AF 139174

JENSEITS DER ZEIT

THOMAS SCHULTHEIS

MYSTERY-GESCHICHTEN

JENSEITS DER ZEIT

1. Auflage

Besuchen Sie mich im Internet
unter
www.thomasschultheis.jimdo.com

Lektorat: Benjamin Haller

Copyright: 2014 Thomas Schultheis

Herstellung und Verlag:
BoD – Books on Demand, Norderstedt
ISBN: 9783738600735

Danksagung:

Mein Dank gilt Beni Haller, der in mühevoller und zeitintensiver Kleinarbeit, meine Geschichten durchgelesen hat und sie verbesserte; und sie dadurch nur noch interessanter machte.

Danke Beni

INHALT

Vorwort:

Wenn man eine Geschichte schreibt, gibt es meiner Ansicht immer nur drei Möglichkeiten.
Erstens: Es handelt sich um eine wahre Begebenheit.
Zweitens: Sie ist einfach nur erfunden.
Drittens: Es ist eine Mischung aus beidem.
In diesem Buch werden sie 15 Geschichten vorfinden, in dem alle drei Möglichkeiten vereint sind und die mich alle irgendwie beschäftigt haben oder es noch tun. Es sind Geschichten, die ich entweder selbst erlebt habe oder die auf eine gewisse Weise etwas mit mir und meinem Umfeld zu tun haben.

In *Endlose Liebe* schreibe ich über meine Mutter, die schon seit einigen Jahren an Demenz leidet. Vor einigen Monaten war es dann soweit. Ein Heimaufenthalt war unumgänglich und seit dem lebt sie mehr schlecht als recht in ihrer eigenen Welt. Es wird wahrscheinlich nicht mehr lange dauern, dann wird sie diese Welt für immer verlassen und ich weiß nicht, ob ich mich für sie freuen oder ob ich weinen soll.

In *Zukunft* schreibe ich ein klein wenig von mir selbst. Wenn mich die Dämonen meiner Angst und des Selbstzweifels heimsuchen, fühle ich genau so.

In der Geschichte *Kreatur* erzähle ich die Erfahrungen wieder, die ich als Kind bzw. Jugendlicher in meiner Schule gemacht hatte. Ich war weder der Klassenliebling, noch war ich der Außenseiter, dennoch habe ich sehr viele unliebsame und unschöne Dinge erlebt, die ich am liebsten heute noch ausgleichen möchte.

Bei *Regulator* und *Zweite Chance* versuche ich meine

Gefühle wiederzugeben, die ich manchmal habe, wenn ich an die Vergangenheit denke. Jeder von uns hatte sich bestimmt schon einmal eine Zeitmaschine gewünscht, um damit in seine eigene Vergangenheit zu reisen. Entweder um einen Fehler wieder gut zu machen oder um eine andere Entscheidung zu fällen.

 Bei *Wald* hatte ich die Idee, meine Angst nieder zu schreiben, die ich vor nunmehr über 35 Jahren gehabt hatte. Es war im Schullandheim und die Lehrer hatten uns ein Spiel vorgeschlagen. Während die eine Gruppe ein befestigtes Depot bewachte, mussten die anderen dieses erobern. Ich gehörte zu denjenigen, die es erobern musste. Wir waren kaum ein paar Minuten im Wald, als uns schon die anderen überfielen und fast alle „gefangen nahmen". Ich konnte mit ein paar anderen fliehen, doch kurz darauf war ich im Wald allein. Ich weiß nicht, wie lange ich in diesem herumgeirrt bin und wie ich mich orientiert hatte, aber in dieser Zeit habe ich Dinge gehört und auch gesehen, die mir keiner geglaubt und auch je glauben wird. Irgendwann schaffte ich es, aus diesem Wald zu entfliehen und zu dem Depot zu gelangen. Die Aufregung war groß, als ich wie aus dem Nichts erschien (man hatte mich schon vermisst) und es mir als einziger gelang, dieses Spiel zu gewinnen.

Erlösung hat keine großartige Gemeinsamkeit mit mir, außer das es die erste Geschichte war, die ich geschrieben hatte. Das ist jetzt mehr als 30 Jahre her und ich habe mir gedacht, sie passt hervorragend dazu.

 In *Die Frau die sich teilte* ist es wiederrum so, dass wir uns alle irgendwie doch wünschten, immer das Richtig zu tun bzw. uns für das Richtig zu entscheiden. Doch manchmal ist es besser, alles so zu belassen, wie es ist.

 Wächter der Zeit hätte eigentlich ein eigenständiger

Roman sein sollen, doch als ich anfing, zu schreiben, merkte ich schnell, dass es dafür leider nicht reichte.

Bei *Der Mann an der Ecke* und *Die Frau am Fenster* habe ich mich von den Sehnsüchten und dem Verlangen leiten lassen, die ein jeder hat, der mit seiner eigenen Situation und seinem Leben nicht immer zufrieden ist. Es gibt immer Punkte in seinem Leben, wo man sich was anderes wünscht, um aus seinem klagvollen Leben zu entfliehen.

Die Grundidee zu *Erinnerungen* hatte ich einmal in einem Film gesehen, indem dies am Rande erwähnt wurde, aber mich hat das sofort fasziniert. Der Hauptdarsteller beschrieb dort die Erinnerung an einem Mädchen, dass er am Bahnhof gesehen hatte. Er hatte sich sofort in sie verliebt und sich nicht getraut, sie anzusprechen. Kurz darauf entschwand sie und er wusste sofort, dass es ein Fehler war. In den folgenden Wochen war er zur gleichen Zeit immer wieder da, um sie vielleicht wieder zu treffen, aber sie kam nicht mehr wieder. Er denkt noch heute daran und er würde zu gerne wissen, was aus ihr geworden ist. Ich habe die Idee aufgenommen und sie ein wenig ausgeschmückt, so nach dem Motto: Was wäre gewesen, wenn? Aber ich glaube, meistens ist es besser, wenn man die Vergangenheit, aber besonders die Zukunft nicht verändert, sondert einfach nur ruhen lässt.

In *Lamia* habe ich mich von meiner Lieblingsband Genesis führen lassen. In ihrem epochalen Werk „The Lamb lies down on Broadway" besteht ein kleiner Abschnitt, wo diese fremdartigen Wesen beschrieben werden. Ich habe mir da die Freiheit genommen und habe eine eigenständige Geschichte darüber geschrieben.

Bis ans Ende der Welt soll die liebevolle Beziehung der Großeltern meiner Frau erzählen. Selten habe ich so eine

Liebe und Zuneigung gesehen und gefühlt, wie sie diese zwei Menschen zueinander gehabt hatten. Leider weilen sie nicht mehr unter uns, doch ich weiß, da oben sind schon längst wieder vereint.

Nichts ist geheimnisvoller, mystischer und aufregender, als eine Geschichte. Aber das Beste daran ist: man weiß vorher nie, wie sie endet.

Endlose Liebe
(Demenz)

Er fragte sie, was sie heute gerne tun würde, doch sie antwortete ihm nicht.

Schon lange nicht mehr, aber es machte ihm nichts aus.

Früher, ja, früher, als noch alles in Ordnung war, da hatte es ihn ein wenig geärgert, wenn sie ihm auf seine Fragen nur spärlich antwortete, doch heute?

Nein, es war schon in Ordnung.

Er ging zu ihr ans Bett und hob sie sanft auf, dann trug er sie in ihren Stuhl.

Sie liebte es am Fenster zu sitzen und dem Treiben auf der Straße zu folgen, doch ihr Blick war leer.

Schon lange.

Die ersten Sonnenstrahlen des Tages brachen sich im Glas und fluteten den Raum, kleinste Partikel stoben im Zimmer umher und vollführten einen kunstvollen Tanz.

Auch das liebte sie, aber konnte sie noch genießen? Er wusste es nicht.

Es war Frühling und der kalte und erbarmungslose Winter, der dieses Jahr im Land gewütet hatte, machte Platz für neues Leben.

Er holte ihren Teppich und legte ihn auf ihren Schoß, denn er wusste, dass sie immer fror, egal welche Jahreszeit es war.

Er wusste viel von ihr.

Als sie sich vor über 60 Jahren getroffen hatten, verliebte er sich sofort in sie. Bei ihr war es anders, doch im Laufe ihrer Freundschaft, die es für sie am Anfang nur war, kamen auch bei ihr Gefühle von Zuneigung und Leidenschaft auf, die schlussendlich in ihrer Liebe zu ihm endete.

Sie liebte die Blumen.

Sie liebte die Tiere.

Sie liebte die Natur.

Sie setzte sich für jeden Schwachen ein, der sich nicht selbst wehren konnte.

Sie genoss gutes Essen.

Sie war offen, herzlich und sah sofort, wenn er Sorgen hatte.

Sie mochte den Frühling, genoss den Sommer, freute sich auf den Herbst und hasste den Winter.

Sie las gerne, diskutierte über jedes Thema und hatte immer einen hilfreichen Rat zur Hand.

Es gab noch viele andere Dinge, die er von ihr wusste, doch in den letzten Jahren wurde ihr Interesse immer weniger, bis es ganz versiegte.

Genauer gesagt, vor zwei Jahren.

Da hörte sie ganz auf, zu existieren.

Es war schwer für ihn.

An manchen Tagen unerträglich schwer, aber im Laufe der Monate gewöhnte er sich daran.

Was sollte er auch machen?

Er schaute sie an und betrachtete sie eingehend.

„Wie schön du immer noch bist", sagte er sanft, dann zog er ihr den Teppich ein wenig höher.

Er drehte sich von ihr weg und ging in die Küche. Sein Gang war langsam und schwer. Seine Gicht machte ihm wieder zu schaffen, aber das war das kleinste Problem, das er hatte.

Es war der Krebs, der in ihm wütete.

Vor 5 Monaten hatte er angefangen, Blut zu spucken. Verängstigt und aufgeregt ging er zu einem Spezialisten und bekam, nach unzähligen Untersuchungen, die traurige Mitteilung.

Krebs im Endstadium.

Er wusste es, dachte noch *Scheiß Raucherei*, und *warum ich*, aber eigentlich war es ihm egal.

Er war 82 Jahre alt und hatte sein Leben gelebt.

Sein Arzt riet ihm, trotz der eindeutigen Ergebnisse, zu einer Operation mit nachfolgender Behandlung.

Chemotherapie.

Falls er die Operation überlebte.

Der Arzt sagte ihm, die Chancen stünden nicht schlecht, *1:10*, das er den Eingriff überlebte.

Aber wenn nicht?

Was wurde aus ihr werden, wenn er unter dem Skalpell der Ärzte starb?

Was würde mit ihr geschehen, wenn er sich nicht mehr um sie kümmern konnte?

Wer würde für sie sorgen, wenn er nicht mehr da war? Ihre Kinder?

Ihr erstes Kind, ein Junge war schon kurz nach der

Geburt verstorben, was für sie beide ein schwerer Schlag war, ihre Tochter hatte sich mit ihnen verkracht.

Nein, eigentlich mit ihm.

Sie wussten nur vage, wo sie sich gerade aufhielt. In Kanada, (oder war es Australien?), hatte sie selbst eine Familie, für die sie sorgen musste, da hatten sie beide keinen Platz.

Die Familie, die Verwandten?

Alle schon tot.

Die Freunde?

Entweder auch schon verstorben oder sie hatten selbst ihr Päckchen zu tragen

Der Staat, das Amt, die Fürsorge?

Am Anfang ihrer Erkrankung, kamen sie oft, dann immer seltener, bis sie nur noch sporadisch auftauchten.

Es war auch kein Wunder, wurde die Pflege doch immer intensiver.

Sie muss ins Pflegeheim, sagten sie zum Schluss, *wir können es nicht mehr alleine tragen.*

Der Staat auch nicht.

In einem offiziellen Schreiben teilten sie es ihm mit.

Wenn er sich nicht entschloss, seine Frau ins Pflegeheim zu geben, würden alle Leistungen eingestellt werden.

Sie waren herzlos.

Aber waren sie das?

Er wusste, was er zu tun hatte, konnte es aber nicht.

Er erkannte es eindeutig, brachte es aber nicht über das Herz.

Er verstand es, wollte es aber nicht erkennen.

Es war keiner mehr da.

Wer also, würde sich ihrer annehmen?

Er wusste die Antwort.

Niemand.

Also war die Möglichkeit, sich unter das Messer zu legen (und höchstwahrscheinlich zu sterben), keine Option.

Er blickte wieder zu ihr, dann stand er auf.

Er machte das Frühstück.

Kaffee, zwei gekochte Eier und ein paar Brötchen, dazu etwas Schinken und Käse. Das war alles, was sie noch an Essen hatten.

Eigentlich müsste er heute noch einkaufen gehen, aber wozu?

Er hatte für heute, für diesen Tag, eine Entscheidung getroffen.

Eine endgültige.

Er goss den Kaffee in zwei Tassen, dann legte er die Brötchen, den Käse und den Schinken auf ein Teller und kehrte damit zu ihr zurück.

„Frühstück ist fertig", sagte er freundlich.

Sie starrte ihn wortlos an.

Er war es gewohnt, keine Antwort zu bekommen.

Er stellte alles auf den Tisch, dann holte er aus dem Schlafzimmer ihren Rollstuhl.

Als bei ihr die ersten Anzeichen einer Demenz einsetzten, war sie gerade 70 Jahre alt geworden.

Viel zu jung, dachte er damals, aber er belog sich selbst.

Es war jenes Alter, in dem die meisten Menschen diese Erkrankung bekamen, also musste er sich nicht wundern.

Am Anfang war es noch harmlos.

Ein vergessener Geburtstag, häufiges Fragen (*was hatten wir noch einmal zum Mittagessen* oder *was für einen Tag haben wir heute?*) und hin und wieder kleine Aussetzer, indem sie nicht wusste, wo sie war.

Dann wurde es schlimmer.

Sie nahm die Wäsche, steckte sie in den Backofen und wunderte sich später, warum sie immer noch dreckig war. Oder sie zog sich die Unterhose über die Jeans, holte Bettlaken aus der Kommode und überzog damit den Tisch oder biss in jedes Lebensmittel, das sie ergreifen konnte, um es dann doch nur achtlos liegen zu lassen.

Dann wurde es furchtbar.

Sie trippelte durch die Wohnung und hastete von einem Fenster zum anderen, machte sich in die Hose und weigerte sich vehement, sich zu waschen.

Am Schluss kreischte sie, wenn man sie nur anfasste.

Das war der Zustand, wo sie sich vom irdischen Leben verabschiedete und an einen Ort verschwand, wo sie niemanden hereinließ.

Auch ihn nicht.

Es war schwer.

Sehr schwer.

Unsagbar schwer.

Aber er liebte sie.

Immer noch.

Für immer.

Denn sie hatten sich etwas geschworen.

Als sie beide heiraten, war es ihr beider Gelübde gewesen, immer für einander da zu sein, wie in Guten, so auch in schweren Zeiten.

Daran hatte sie sich gehalten, als er krank wurde und es war nun an ihm, seinen Teil zu erfüllen.

Er versorgte sie, so gut es ging.

Am Anfang mit der Hilfe von Sozialstationen, die ihm Pflegekräfte schickten, dann, als diese Stütze wegbrach, versuchte er es allein.

Er wusch sie, obwohl sie schrie, er gab ihr zu Essen, obwohl sie das meiste wieder erbrach, er befreite sie von ihrer Notdurft, obwohl sie kurz darauf wieder die

Windeln beschmutzte und er wieder von vorne beginnen musste.

Aber er tat es.

Weil er sie liebte.

Weil er sie immer lieben würde.

Sein Leben lang.

Er ging zu ihr und hob sie behutsam aus ihrem Stuhl und setzte sie in den Rollstuhl, dann fuhr er sie an den Tisch.

„Hier, dein Kaffee", sagte er liebevoll und stellte die Tasse vor sie hin.

Sie reagierte nicht.

Er achtete nicht darauf, sondern schnitt eines der Brötchen der Länge nach auf und legte eine Scheibe Käse, sowie eine Scheibe Schinken darauf.

Er reichte es ihr, doch sie nahm es nicht an.

„Ich lege es dir da hin", meinte er und lächelte, dann legte er das Brötchen neben die Tasse.

Er selbst trank nur einen Kaffee.

„Heute ist ein schöner Tag, ich glaube, er ist perfekt", sagte er und lächelte erneut.

Ja, dachte er, *er ist wie geschaffen dafür.*

Die Schmerzen kamen langsam wieder.

Gestern Nacht konnte er sie durch eine Morphiumtablette besänftigen, doch jetzt schlichen sie sich wieder an ihn heran.

Er konnte sie kaum beschreiben, so vielfältig waren sie.

Sie waren manchmal stechend, dann wieder quälend und beißend, dann wieder brennend und ziehend. Manchmal kamen sie wie ein Orkan über ihn, manchmal schlichen sie sich heimtückisch an.

Nur eines blieb immer gleich.

Sie waren raubend.

Kräfteraubend.

Lebensraubend.

Er leerte die Tasse, dann stand er langsam auf und ging ins Bad. Als er dort mühsam angekommen war, öffnete er den Arzneischrank und nahm aus einem Regal ein kleines Päckchen heraus.

Er steckte es sich in seine Tasche und kehrte zu ihr zurück.

Als er wieder bei ihr war, setzte er sich wieder auf den Stuhl und kramte das kleine Päckchen hervor und legte es auf den Tisch.

„Valoron", las er leise.

Er konnte sich noch gut an den Tag erinnern, als ihm sein Arzt dieses Medikament verschrieben hatte.

Nur eine Tablette am Tag, nicht mehr, hatte er gemeint.

Doch er nahm schon seit längerem zwei, in den letzten Wochen sogar drei.

Die Schmerzen, die der Krebs verursachte, waren bestialisch. Am Anfang wirkte dieses Medikament noch gut, aber schon nach kurzer Zeit hatte sich der Körper so daran gewöhnt, dass er mehr benötigte. Erst halfen zwei, aber ihre Wirkung war bald verflogen, so dass er auf den Tag verteilt noch eine dritte benötigte.

Aber auch das half nicht lange.

Bald muss ich die ganze Packung fressen, damit sie noch helfen, dachte er oft und jedes Mal, wenn er das dachte, fielen ihm die mahnenden Worte seines Arztes ein:

Fünf dieser Tabletten, hauen ein Pferd um, 10 davon und sie schlafen ihr Leben lang und 20, ja, 20 mein Freund, dann haben sie es geschafft.

Er wusste, was sein Arzt meinte.

Er drückte eine Tablette aus der Blisterpackung und schluckte sie ohne Wasser hinunter.

„10 Minuten", sagte er leise, doch er belog sich selbst.

Sie brauchten jetzt immer länger, bis sie wirkten und sie hielten nicht lange an.

Das Schlimme aber war, sie vertrieben die Schmerzen nicht mehr.

Der pochende, meist quälende Schmerz blieb immer Gast in seinem Körper und ließ sich nicht mehr verbannen.

Auch das hatte ihm sein Arzt damals schon gesagt.

Irgendwann wird es soweit sein, das dieses Morphium nicht mehr hilft, meinte er.

Auf die Frage, was dann noch möglich wäre, schüttelte dieser resignierend mit dem Kopf.

Manchmal muss man keine Antwort geben, eine Geste reicht oft aus.

Er hatte verstanden.

Er schloss die Augen und versuchte, sich dem Schmerz zu stellen. Am Anfang gelang es ihm noch gut, dann aber verlor er langsam, aber stetig den Kampf. Kraken artig breitete sich der Schmerz um seine Lungen aus, dann drückte er gnadenlos zu. Er versuchte krampfhaft nach Luft zu schnappen, aber je mehr er es versuchte, desto weniger Luft durchströmte seine von Metastasen befallene Lunge.

„Scheiße", ächzte er, während Schweiß an seinem schmerzverzerrten Gesicht hinablief.

Krampfhaft ballte er seine Hände zu Fäusten und hämmerte auf den Tisch, bevor er benommen auf diesen herab sank.

Immer noch nach Luft ringend, zuckte sein ganzer Körper, dann nach gnaden- und hoffnungslosem Kampf, erschlaffte er.

Er wusste nicht, wie lange er bewusstlos gewesen war.

Auch dies war egal.

Er musste bald handeln, sonst….

Die Anfälle kamen jetzt immer öfter. Auch das hatte ihm sein Arzt prognostiziert.

Wenn sie nicht rechtzeitig etwas dagegen tun, wird einer dieser Anfälle der letzte sein.

Er hatte damals nur genickt, mehr nicht.

Weil er wusste, dass es nicht soweit kommen würde.

Dafür würde er sorgen

Und er hatte vorgesorgt.

Er erhob sich mühsam aus seinem Stuhl, dann wankte er auf sie zu.

„Meine Liebe, bald ist es soweit", hauchte er sie an.

Er schob ihren Rollstuhl wieder an das Fenster, dann kehrte er ihr den Rücken zu und verschwand abermals in das Badezimmer. Zum wiederholten Male öffnete er das Schränkchen und holte weitere Päckchen des Morphins hervor und steckte sie in seine Tasche.

20 mein Freund und sie haben es geschafft, hörte er seinen Arzt sagen.

Er lachte.

Er ging ins Schlafzimmer und legte die Arzneipäckchen auf sein Nachtkästchen, dann ging er in die Küche und holte sich ein Glas Wasser. Als er das Wohnzimmer durchquerte, sah er sie an.

„Wie friedlich sie doch ist", sagte er leise, dann ging er zu ihr.

Er streichelte sie sanft an ihrer Wange, dann gab er ihr zärtlich einen Kuss.

„Ich liebe dich", hauchte er, dann verließ er sie wieder.

Als er im Schlafzimmer zurück war, stellte er das Wasserglas auf sein Kästchen, nahm sich ein Arzneipäckchen und öffnete es. Behutsam löste er eine

Tablette nach der anderen aus der Blisterpackung und legte sie alle auf die Bettdecke.

„20", sagte er leise, ein weiteres Päckchen nehmend.

Er wiederholte das Spiel.

„Doppelt hält besser", meinte er lächelnd.

Als er auch damit fertig war, nahm er die ganzen Tabletten und schüttete sie in das Wasser.

Gespannt beobachtete er, wie sich die Tabletten nach und nach auflösten und dabei kleine sprudelnde Wirbel im Wasser verursachten.

Erleichtert genoss er den Anblick.

Warum?

Weil er wusste, dass er sich richtig entschieden hatte.

Nichts anderes war wichtig.

Denn dieser Weg, war der einzige, der ihm noch blieb.

Er drehte sich ab von diesem Schauspiel und schloss die Augen.

Was hatten sie nur für glückliche Tage erlebt.

Ihre erste Liebesnacht, in der er (und nicht sie) seine Unschuld verlor, die Geburt ihrer Tochter, die unbeschwerten und fröhlichen Urlaube, die sie gemeinsam genossen hatten, das liebevolle Miteinander, welches sie tagtäglich vollzogen und noch vieles andere mehr.

Seit er mit ihr zusammen war, schwamm er in einem Meer von Glückseligkeit und er dankte es ihr mit grenzenloser Treue und Liebe.

„Wir werden immer beisammen sein", sagte er leise und weinte.

Tränen liefen an seinem von Falten übersäten Gesicht hinab, dann versiegten sie.

Er fasste sich wieder.

Er nahm seine Handfläche und wischte sich die Tränen

aus dem Gesicht, dann ging er wieder zu ihr. Als er bei ihr angekommen war, legte er sacht seine Hand auf ihre Schulter.

„Ich wäre soweit", sagte er leise.

Sie gab keine Antwort.

Das brauchte sich auch nicht.

Er wusste warum.

Schon seit langem.

Die Erkrankung seiner Frau schritt unaufhörlich fort, bis sie nur noch ein lebloser Mensch, ein Stück Fleisch war.

Aber das störte ihn nicht.

Er liebte sie weiterhin.

Vielleicht auch deswegen.

Sie war seine Frau, seine Geliebte, seine Gefährtin, sein Seelenpartner, sein Schatz.

Seine Liebe.

Das würde sie ewig sein.

Er gab ihr noch einige Minuten, in denen er wortlos neben ihr stand, dann legte er abermals seine Hand auf ihre Schulter.

Komm` meine Liebe", sagte er.

Ohne auf eine Antwort zu warten, drehte er ihren Rollstuhl vom Fenster weg, dann trug er sie behutsam ins Schlafzimmer.

Sie war leicht.

Federleicht.

In den letzten beiden Jahren hatte sie immer mehr an Gewicht verloren, bis sie schließlich so leicht war, das ein Windhauch sie hätte fortwehen können.

Irgendwann einmal, vor langer Zeit, hatte sich ihr Gehirn noch einmal aufgebäumt. In einem letzten klaren Gedanken hatte sie einmal zu ihm gesagt, während draußen ein Sturm tobte:

„So ein Herbstwind nimmt mich noch einmal mit".

Kein Wunder, hatte er oft gedacht.

Das Essen, wenn man es überhaupt so nennen konnte, bestand eigentlich nur aus Brei und Suppe. Feste Nahrung konnte sie schon lange nicht mehr zu sich nehmen; der Schluckmuskel hatte seinen Dienst aufgegeben. Noch so ein Schicksalsschlag, den sie einstecken musste. Als wenn das nicht schon schlimm genug war, erbrach sie sich auch noch des öfteren. Mehr als sie gegessen hatte. Schlussendlich musste sie durch eine Sonde mit sogenannter *Astronautennahrung* ernährt werden, weil alles andere nicht mehr half.

Aber auch das hielt nicht lange an.

Er legte sie achtsam auf das Bett, dann zog er ihr die Kleider aus. Als er damit fertig war, faltete er diese sorgsam zusammen und verstaute sie dann in den Kleiderschrank.

„Ich ziehe dir deine Lieblingskleider an", sagte er und lächelte sie verliebt an.

Er nahm aus dem Schrank eine Jeans und eine geblümte Bluse, die sie sehr oft und gerne getragen hatte. Als er wieder an das Bett trat, strahlte er sie an.

„Ich bin gleich fertig, meine Liebe", meinte er, dann fing er an, sie wieder anzuziehen.

Es dauerte nur wenige Sekunden, dann war er fertig. Wieder strahlte er sie an.

„Du siehst wunderhübsch aus".

Sie erwiderte nichts.

Sie brauchte ihm nicht zu antworten, denn er sah es.

Er sah es in ihren Augen, in ihrem Gesichtsausdruck, in ihrem Wesen, was sie sagen wollte.

Ja, ich bin hübsch und ich liebe dich auch. Lass es uns tun.

Er nickte zufrieden.

Er ging um das Bett herum, dann legte er sich ganz nah zu ihr.

„Ja, ich liebe dich auch", antwortete er, dann griff er nach ihrer Hand.

Als er sie umschloss, fühlte und spürte er ihre Wärme, ihre Zuneigung und Hingabe zu ihm.

Er fühlte und spürte ihre grenzenlose Liebe.

Er sah sie noch einmal an, dann drehte er seinen Kopf und nahm das Wasserglas in die Hand.

Er führte das Glas an den Mund, dann setzte er es wieder ab.

Für einen Moment zögerte er.

Nein, sein Zögern bedeutete nicht, dass er es nicht tun wollte.

Für einen kurzen Augenblick zog er Revue.

Im aberwitzigen Tempo raste sein Leben mit ihr an ihm vorbei. Die glücklichen Tage, die schweren Stunden und die unbeschwerten Momente lösten einander ab, bis er im Heute, in der Gegenwart wieder ankam.

Eine Zeitreise der Liebe, dachte er und lächelte.

„Ja, es war schön mit dir", hauchte er und nickte.

Er setzte das Glas erneut an, dann schloss er die Augen und trank.

Die Flüssigkeit verteilte sich in seinem Körper und Minuten später, spürte er schon die Wirkung.

Das Glas, das er immer noch in der Hand hielt, fiel aus dieser und landete auf dem Läufer, der vor dem Bett lag. Er konnte noch genau den dumpfen Laut hören, als es aufschlug, dann entfernte sich sein Geist mehr und mehr aus seinem Körper.

Er fühlte sich wohl.

Wie schon seit Jahren nicht mehr.

Endlich wieder schmerzfrei, dachte er noch, dann verabschiedete sich auch dieses Gefühl.

Ein seidiger Kokon, der sich samtig und kuschelig wohl anfüllte, umschloss ihn und er nahm das Geschenk dankbar an.

Im Dämmerzustand, in welchem er sich nun befand, hatte alles keine Bedeutung mehr. Nichts war mehr wichtig, nichts hatte mehr Sinn und nichts war mehr zu erledigen.

Er wusste nur, dass er nun befreit war.

Befreit von all den Sorgen.

Befreit von all den Ängsten.

Befreit von all den Schmerzen.

Aber was noch wichtiger war.

Er würde bald bei ihr sein.

Nichts wünschte er sich sehnlicher.

Er glitt durch seinen Zustand und war bald dort, wo er nur noch wenige Sekunden zu leben hatte. In diesem Stadium konnte er nicht mehr denken, fühlen oder spüren; alles lief so ab, wie sein Arzt es erklärt hatte.

Er würde einfach sterben.

Er würde einfach aufhören, zu existieren.

Er würde dorthin zurückkehren, wo er einst herkam.

Asche zu Asche, Staub zu Staub.

Doch bevor er in einen endlos währenden Schlaf glitt, hatte er in seiner allerletzten Sekunde ein Bild vor Augen.

Ein Bild von ihr, wie sie ihm zu lächelte.

Ein Bild von ihr, das ihre kristallblauen Augen zeigten.

Ein Bild von ihr, wie ihre leicht gewellten blonden Haare an ihr herunterhingen.

Ein Bild von ihr, wie ihre Lippen etwas formten.

Er bekam das Geschenk, es hören zu dürfen.

„Ich liebe dich".

Dann hörte er auf zu leben und verschwand ins Nichts.

Einige Wochen später

Vier Wochen brauchte man, bis man sie fand.

Vier lange Wochen hatte man sie nicht vermisst.

Vier geschlagene Wochen fragte keiner nach ihnen, obwohl sie schon seit Jahrzehnten in dem Haus wohnten.

Niemand kümmerte sich um sie.

Niemand vermisste sie.

Niemand.

Erst der Gestank der Verwesung, der sich nach und nach im Haus ausbreitete, brachte einige Bewohner dazu, endlich bei ihnen zu klingeln. Als keiner öffnete und auch auf Zuruf niemand antwortete, erst da, wurde die Polizei informiert.

Als die Beamten die Tür aufbrachen und in den Flur eintraten, kam ihnen der Schwall des Todes entgegen.

Sie waren vorbereitet, hatten so was schon oft mitgemacht und waren nicht aus Zucker, aber was sie diesmal erlebten, würden sie ihr Leben lang nicht vergessen.

Als sie dem Gestank folgend ins Schlafzimmer kamen und sahen, wer auf dem Bett lag, konnten sie sich das ganze Ausmaß der Geschichte noch nicht erklären. Sie sollten später erst erfahren, was hier geschehen war.

Zuerst waren sie nur angewidert, dann schockiert, dann von Ekel erfüllt.

Es war makaber.

Es war grausam.

Es war schauerlich.

Der Leichenbeschauer kam und bevor er sich an die Arbeit machte, musste er erst einmal schlucken.

„So etwas habe ich noch nie gesehen", meinte er betroffen.

Er fing an, die Leichen zu untersuchen und konnte kurz darauf den Beamten ein vorläufiges Ergebnis mitteilen.

„Ich bin mir nicht sicher, genau kann ich das erst sagen, wenn ich sie in der Leichenhalle habe, aber …", meinte er und verstummte mitten im Satz.

„Was?", fragte der leitende Kommissar.

„Wissen sie, wer diese Menschen waren?", fragte der Leichenbeschauer, ohne auf die Frage des Kommissars zu antworten.

„Wir wissen nur wenig. Die Frau hatte Alzheimer und der Mann Krebs im Endstadium, mehr nicht".

Der Leichenbeschauer nickte, dann lächelte er.

„Dann weiß ich, was passiert ist".

Er packte seine Instrumente wieder zusammen und legte sie in seinen Arztkoffer, dann kam er wieder zum Kommissar zurück.

„Der Mann dürfte so vor einem Monat gestorben sein, die Frau schon vor über einem Jahr", sagte er nur, dann ging er zum Ausgang.

Der Kommissar stand mit offenem Mund da und blickte ihm nach.

Er wollte etwas sagen, doch es fiel ihm nichts ein, erst als er wieder auf die Leichen starrte, da kam ihm ein Gedanke.

Er war nur flüchtig und nicht von langer Dauer, dennoch setzte es sich in ihm fest.

„Endlose Liebe", sagte er leise, dann folgte er dem Leichenbeschauer.

Zukunft

Er hatte Geburtstag.

Heute.

Aber freute er sich?

Nein, er hatte keinen Grund dazu.

Warum?

Die Gründe waren vielfältig.

Zum einen, weil er mal wieder arbeitslos war.

Es war nicht seine Schuld (diesmal nicht), dass er seine Arbeitsstelle verlor. Der Konzern (ein Multiunternehmen) hatte sich infolge der Bankenkrise verzockt. Milliardenschulden blieben übrig und das Ende war unausweichlich. Ausnahmslos alle Angestellten wurden entlassen, dann wurde das, was noch übrig blieb, unter den Gläubigern verramscht.

Ihm blieb nichts anderes übrig, als zum Arbeitsamt zu gehen und um Unterstützung zu bitten, doch aufgrund diverser Verstöße (wie so oft, hatte er in der Vergangenheit vergessen, sich bei seinem Berater zu melden), wurden ihm die Leistungen versagt.

Er hatte kein Geld.

Dann war da noch die Scheidung.

Sie hatte sich von ihm getrennt, weil er sie angeblich misshandelt, ihr kein Haushaltsgeld gegeben und sie scheinbar mit einer anderen betrogen hat (dabei war sie es, die einen anderen gehabt hatte).

Es stimmte alles nicht (außer ihrem neuen Stecher), aber die Richter glaubten nur ihr.

Sie bekam alles, er nichts.

Auch das Sorgerecht für ihren gemeinsamen Sohn, den er über alles liebte.

Aber es kam noch schlimmer.

Es folgte der nächste Schlag.

Der härteste.

Es war nicht sein Sohn.

Sie hatte es ihm im Gericht gesagt.

Fast beiläufig.

Er glaubte es nicht, lachte noch, verwünschte sie und bestritt es vehement.

Man sah es dem Kind, seinem Sohn doch an, dass er von ihm stammte.

Doch ein Vaterschaftstest brachte es an den Tag.

Er war nicht von seinem Leib.

Das brachte ihn fast um.

Noch nicht.

Er hatte heute Geburtstag.

Den 40-sten.

Ein Grund zum Feiern?

Nicht für ihn.

Die Depression, die ihn vor einem Jahr (genau an dem Tag, an dem er das Ergebnis mitgeteilt bekam), befallen hatte, verließ ihn nicht wieder.

Sie war wie ein ungebetener Gast.

Ein Geschwür, das in seinem Kopf wütete.

Ein Übel, das ihm seine ganze Kraft raubte.

Er hatte keine Freude mehr am Leben und es war ihm auch egal, wie die Zukunft für ihn aussah.

Zukunft?

Was für eine?

Wenn er daran dachte, musste er sich angeekelt schütteln.

„Scheiße", fluchte er, „ich habe keine".

Ja, er hatte keine.

Bevor er sich das eingestand, stellte er sich in Gedanken einen Weg vor, der schlammig und mit Dornen überwuchert war.

Das war sein Weg.

Doch je weiter er ging, desto mühsamer wurden seine Schritte, und als er es dennoch schaffte, weiter zu gehen, kam er an eine Mauer.

Seine Mauer.

Sie war hoch.

Viel zu hoch.

Aber er gab nicht auf.

Er versuchte, die Mauer zu erklimmen, doch er rutschte immer wieder an der glatten Oberfläche ab und fiel unsanft zu Boden. Einmal, ja einmal, hätte er fast das Ende erreicht, doch als er es bis nach oben geschafft hatte und seine Hand auf den Rand legte, da schrie er gequält auf.

Er starrte auf seine blutbefleckten Hände.

Scherben und Stacheldraht.

Es waren rasiermesserscharfe Scherben und spitziger Draht.

Scherben seiner Kindheit und der Stacheldraht seiner Ehe.

Sie schlummerten in seinem Innersten und jetzt traten sie unheilvoll zu Tage.

Die Misshandlungen, die Demütigungen und die Martern seiner Kindheit.

Das Verlogene, das entwürdigende Verhalten, die Untreue seiner Frau.

Sein Kuckuckskind.

Er prallte hart auf den Boden, doch er richtete sich wieder auf und ging die Mauer entlang.

Er hatte noch Hoffnung.

Hoffnung, das Ende der Mauer zu erreichen, um weiter zu gehen.

Doch die Mauer endete nicht.

Aber er gab immer noch nicht auf.

Sein Wunsch, sein Glaube, auf eine Tür zu treffen, durch die er hindurchgehen konnte, um dahinter seine Zukunft zu finden, trieb ihn an, aber auch dies war vergebens.

Es gab keine.

Aber es musste doch Abzweigungen auf seinem Weg geben, dachte er oft.

Es gab sie.

Und er folgte ihnen.

Doch auch hier endeten die Wege immer an einer Mauer, die noch höher und die noch mit mehr Scherben und Stacheldraht gesichert waren.

Er musste sich eingestehen, dass sein Weg zu Ende war.

Endgültig.

Er musste handeln.

Und er tat es.

Er kramte sein letztes Geld zusammen (ganze 128,-- Dollar und ein paar Cent) und ging in die Großstadt.

Dort wollte er sein Schicksal besiegeln.

Er ging in die Klubs, hörte die Musik und ließ sich treiben. Er trank ein paar Bier, kaufte sich dann vom letzten Geld einen Joint und ließ sich in einer Seitengasse nieder.

Er wollte die letzten Minuten seines Lebens alleine genießen, als er sie plötzlich sah.

Sie kam wie aus dem Nichts.

Als sie vor ihm stand und er in ihre Augen sah, wusste er, dass sie sein Ende war.

Das machte ihm nichts aus, hatte er doch mit seinem Leben abgeschlossen, aber wollte er es wirklich?

Ihm blieb keine andere Wahl.

Sie beugte sich zu ihm hinunter und reichte ihm ihre Hand.

Er nahm sie dankend an und erhob sich.

Als er abermals in ihre nachtschwarzen Augen sah, sah er sein Leben darin.

Es war düster und rußfarben.

„Komm", hauchte sie.

Er nickte, dann zog sie ihn fort.

Sie brachte ihn an Orte, die er noch nie gesehen hatte.

Sie führte ihn in einen Raum, wo Schatten geheimnisvoll tanzten, in einen Raum, wo Licht ihn umhüllte und in einen Raum, wo Gestalten ihn liebkosten.

Er sog gierig die Gefühle in sich hinein und stöhnte lustvoll:

„Mehr, meeeeeeeeeehr".

Er bekam es.

Seine Begierde steigerte sich ins unermessliche und als er kurz vor dem Höhepunkt angelangt war, da zog sie ihn weg.

„Komm´ zu mir, ich gebe dir alles, was du willst", säuselte sie ihm sinnlich ins Ohr.

Voller Leidenschaft folgte er ihr und sie brachte ihn an einen Ort, denn sie ihr Zuhause nannte.

Es war eine Nebenstraße, und sie war kalt und dreckig. Es war ihr Nest.

Sie lehnte sich an die Wand, dann zog sie ihren Mantel aus.

Völlig nackt winkte sie ihn zu sich.

„Nimm mich", raunte sie und er trat näher.

Er blickte sie voller Wollust an, dann zog auch er sich aus.

Als er bei ihr war, blickte er auf sie.

Sie hatte etwas dämonisches, etwas unheimliches, aber er wusste es ja.

Sie war sein Verderben und …

… sie war seine Rettung.

Er drang in sie ein.

Seine Leidenschaft trieb ihn an und unaufhörlich stieß er auf sie ein.

Sie stöhnte ekstatisch auf:

„Jaaaaaaaaaaaaaaaaaaaaaaaaaaaaaaaaaaaaaaaa".

Er machte immer weiter, während er mit einer Hand ihre wohlgeformte Brust knetete.

Sie stöhnte erneut auf:

„Weiter so, das ist gut".

Er machte weiter.

Er wusste nicht, wie lange seine Vereinigung mit ihr dauerte, doch plötzlich umklammerten ihre Füße die seinen.

„Bald bist du mein", flüsterte sie leise.

Er wusste nicht, ob er nickte, aber es war auch egal, denn er ahnte, dass sein Ende bald kommen würde.

Immer noch stieß er auf sie ein, dann fühlte er ihre Hände auf seinem Rücken.

Für einen kurzen Moment erschauderte er, dann verließ ihn dieses Gefühl wieder.

Ab diesem Augenblick spürte er nichts mehr.

Auch dann nicht, als sich ihre Finger in Krallen verwandelten und langsam sein Fleisch durchbohrten.

Er spürte keinen Schmerz.

Er fühlte nur Erlösung.

Sie riss ihren Kopf nach hinten und entblößte ihre Zähne. Sie waren spitz und lang, und sie waren tödlich.

Sie schnellte nach vorne, dann biss sie zu.

Seine Halsschlagader wurde durchtrennt und das Blut strömte literweise aus seiner Kehle.

„Ahhhhhhhhhhh", schrie sie auf, während sein Lebenssaft sie besudelte, doch sie genoss es.

Ihre Krallen bohrten sich noch tiefer in sein Fleisch, dann zog sie ihn näher zu sich.

Er hob seinen Kopf und schaute sie ein letztes Mal an.

Was er sah, erfreute ihn.

In ihren Augen sah er Hoffnung.

Er sah Trost und Liebe.

Er sah Zuversicht und Glaube.

Er sah wieder eine Zukunft.

Sie drückte erneut zu, klammerte sich noch mehr an ihn und trieb ihre Klauen tiefer und tiefer in ihn hinein, bis sie fast ganz in ihm aufgegangen war.

In einem letzten klaren Gedanken dachte er an das, was vor ihm lag.

Meine Zukunft.

Mehr dachte er nicht, denn kurz darauf war er tot.

Sie ließ nicht von ihm ab, sondern drückte und drückte solange, bis man sie nicht mehr voneinander unterscheiden konnte, erst dann ließ sie ab.

Als die ersten Sonnenstrahlen die Nacht vertrieb und sie noch immer vereint waren, da verschmolz er und wurde eins mit ihr.

Kreatur

Sie saß in ihrem Zimmer und rekapitulierte den heutigen Tag.

Er war wieder schlimm gewesen.

Die Beschimpfungen, die sie erdulden musste, waren wieder einmal böse und verletzend.

Fette Kuh und *Igitt, wie die stinkt* und *sie mal, wie die aussieht* waren noch harmlos, aber als Jennifer kam und sie anspuckte und sie eine *verdammte Hexe* nannte, konnte sie es kaum noch ertragen.

Warum taten sie das nur? dachte sie oft, *sie kennen mich doch gar nicht.*

Nein, sie kannten sie nicht und sie wollten es auch nicht, das hatte sie in den letzten Wochen mehr als einmal erfahren.

Sie war ein *Neuling*, so nannten sie diejenigen, die erst seit kurzem in der Schule waren.

Vor vier Wochen waren sie umgezogen und fast genauso lange war sie jetzt schon an dort. Kaum hatte sie sich ihr Zimmer in der neuen Wohnung eingerichtet, schon musste sie sich beim Rektor vorstellen. Als er sie das erste Mal sah, zuckte er mit den Augenbrauen. Sie hatte es genau gesehen, verstanden hatte sie es nicht.

Warum auch.

Sie sah wie jedes andere Mädchen in ihrem Alter aus.

Stimmt dies wirklich?

Sie dachte es zumindest.

Aber es war anders.

Ihre Eltern wussten es.

Deshalb mussten sie auch immer wieder umziehen.

Nicht wegen der Arbeit ihres Vaters (er war Vertreter) oder wegen ihrer Mutter (sie war ein wenig verrückt), nein, es war wegen ihr.

Aber warum?

Sie konnte es sich denken, wollte es aber nicht wahrhaben.

Manchmal, wenn sie nachts nicht schlafen konnte, überlegte sie, woran es lag.

Ihre Kleidung?

Sie trug ausnahmslose dunkle, meist schwarze Kleider. Sie fand es nicht ungewöhnlich, auch wenn sie keinen anderen Schüler, der sich so anzog, sah.

Lag es eventuell an ihrem Aussehen?

Sie war nicht gerade schlank, aber dick war sie doch auch nicht, oder?

Gestern hatte sie sich gewogen. Sie musste genau hinsehen, damit sie es glauben konnte.

102 Kilo.

Dabei hatte sie den Tag vorher extra weniger gegessen. Nur eine kleine Mahlzeit, nicht mehr.

Trotzdem hatte sie 6 Kilo mehr.

Oder lag es an ihrem Geruch?

Sie litt an Bromhidrose. Eine Krankheit, bei der es zu einer übermäßigen Steigerung der Schweißabsonderung kommen kann.

Nun, bei ihr war es so, dass sie immer roch.

Aber Stinken?

Nein, unmöglich, nicht sie.

An was lag es dann?

Sie wusste es einfach nicht.

Heute Vormittag im Chemieunterricht, hatte sie mitbekommen, dass eine Party bei Chelsea steigen sollte. Eingeladen war sie nicht, das war ihr klar, aber dennoch fragte sie bei ihr nach.

Die Frage hätte sie sich sparen können.

Sie bekam keine Antwort, nur spöttisches und herablassendes Gelächter.

Dies war für sie Antwort genug.

Der Tag hatte noch eine besondere Überraschung für sie parat.

Keine positive.

Kevin, ihr Schwarm, kam zu ihr und trat sie wortlos und ohne Grund in den Magen. Für einen Moment blieb ihr die Luft weg, dann musste sie sich setzen.

„He, fette Schlampe, du siehst ekelhaft aus", schrie er so laut, dass alle es mitbekamen.

Sofort fing fast der ganze Schulhof zu lachen an. Mit Fingern wurde auf sie gezeigt, als sie sich am Boden vor

Schmerzen krümmte, aber damit nicht genug.

Mark, der beste Freund Kevins, zog sie an ihren Haaren nach oben, dann tat er so, als ob er an ihr roch.

Angewidert rümpfte er seine Nase, dann stieß er sie mit beiden Händen weg.

„Wasch dich mal, du stinkst wie eine Müllkippe", schrie er.

Wieder höhnische Lachen.

Sie fiel wieder auf den Boden und schlug sich das Knie dabei auf.

Sie wollte weinen, aber keine Träne kam aus ihren Augen. Sie hatte schon so oft solche Erniedrigungen über sich ergehen lassen müssen, ohne dass sie etwas dagegen hatte tun können. Dieses Mal würde es nicht anders sein.

Sie erhob sich langsam, dann machte sie sich auf, das grausige Theater zu verlassen.

So war es heute gewesen und gestern auch.

Und morgen?

Nun morgen, würde es ebenso sein.

Jeder Tag war für sie gleich.

Die Erniedrigungen, das spöttische Gelächter, die Beleidigungen wechselten sich in regelmäßigen Abständen ab. Eine Möglichkeit, dem zu entgehen, hatte sie nicht.

Aber sie hatte etwas anderes.

Der Tag neigte sich zu Ende und die Sonne versank langsam aber stetig hinter dem Horizont. Dämmerung breitete sich aus und kurz darauf wurde es Nacht.

Sie dachte oft, dass jeder Mensch seine Zeit hatte, in welcher er am liebsten existierte. Viele lebten am Tage und einige in der Abenddämmerung. Andere wiederum lebten am Morgen und wieder andere nur am Mittag.

Sie jedoch war ein Nachtmensch.

Dies war ihre Zeit.

Und sie war jetzt angebrochen.

Sie schloss ihre Zimmertür ab und öffnete das Fenster.

Voller Erwartung blickte sie in die Nacht.

„Bald wird es beginnen", flüsterte sie leise.

Sie legte ihre Kleidung ab, dann legte sie sich entspannt auf das Bett.

Nicht mehr lange, dann würde die Verwandlung beginnen.

Ihre Metamorphose.

Sie schaute auf die Uhr.

20:46

Nur noch knapp eine Viertelstunde, dann brach ihre Zeit an.

Sie legte sich auf das Bett und schloss die Augen. Im Stillen überlegte sie, wo sie heute auf die Jagd gehen würde, aber eigentlich hatte sie ihr Ziel schon gewählt.

Sie wusste es.

„Ja", flüsterte sie leise.

Die Zeit verging schnell und plötzlich begann sie zu zittern.

„Es beginnt", sagte sie nur, dann transformierte sie sich.

Es begann ganz langsam.

Wie immer.

Zuerst traten aus ihren Poren kleine Tentakel hervor, die für kurze Zeit unschlüssig hin und her wippten, um dann plötzlich über den ganzen Körper zu kriechen. Im Nu war sie von diesen Tentakeln, die wie feine Spinnweben aussahen, bedeckt. Wie ein Schmetterling war sie in einem seidig glänzenden Kokon eingehüllt, der silbrig schimmerte, dann war plötzlich Ruhe.

Nichts rührte sich mehr.

Von dieser Verwandlung bemerkte sie eigentlich nicht viel. Sie hatte weder eine Erinnerung, noch fühlte oder spürte sie etwas.

Es war einfach nichts.

Es vergingen einige Minuten, dann pulsierte plötzlich der Kokon. Ein gleißendes Licht, wie von einem Blitzlicht, erhellte den Raum, dann zerplatzte der Kokon und sie war befreit.

„Ja", krächzte sie.

Sie breitete ihre Flügel aus und ihr vogelähnlicher Kopf, wippte von einer Seite zur anderen, dann fingen ihre Flügel zu schlagen an. Sie erhob sich und als sie fast an der Decke hing und ihre Flügel immer noch schlugen, riss sie den Kopf nach hinten.

„Jagd", schrie sie, dann stürzte sie aus dem Fenster, hinaus in die schwarze Nacht.

In wenigen Sekunden hatte sie schon so viel an Höhe gewonnen, dass sie ihr Haus winzig unter sich sah. Sie fühlte sich gut, denn sie wusste, was nun geschah.

Sie riss abermals ihren Kopf nach hinten.

„Hunger", flüsterte sie, dann flog sie in ihr Revier.

Sie orientierte sich an den Lampen, die die Straße säumten. In weniger als einer Minute hatte sie die Stadt hinter sich gelassen und näherte sich dem Wald.

Ihrem Jagdrevier.

Sie spähte mit ihren funkelnden Augen nach einem Opfer und kurze Zeit später sah sie es schon. Auf einer Lichtung erkannte sie sofort, wer ihren Hunger stillen musste. Für einige Sekunden schwebte sie darüber, dann kreiste sie kurz und stürzte lautlos hinunter.

Sie liebte die Jagd.

Sie hatten sie noch nicht bemerkt, auch dann nicht, als

sie fast nur noch wenige Meter von ihnen entfernt war.

Sie stieß einen Schrei aus, der nicht von dieser Welt war und erst jetzt schauten sie nach oben.

Es war zu spät.

Sie hatte sich schon ein Opfer auserkoren.

Ungläubig starrten sie nach oben und konnten nicht erfassen, was da auf sie zukam. Einige blieben regungslos stehen, andere liefen panisch und kreischend umher, während wieder andere sich auf den Boden kauerten und nichts taten.

Sie wusste, wen sie jagen würde.

Nicht die, die weiterhin auf sie glotzten, auch nicht diejenigen, die sich flach auf den Boden warfen.

Nein, sie war eine Jägerin.

Ihr Trieb spornte sie an.

Zwei von ihren potentiellen Opfern liefen fort von der Lichtung in Richtung des Waldes, eines rannte auf eine kleine Hütte zu, die nicht weit entfernt vom Waldrand stand.

Für einen kurzen Moment überlegte sie, in welche Richtung sie fliegen sollte.

Den zweien oder dem einen hinterher?

Sie entschied sich schnell.

Sie wählte die zwei.

Somit verdoppelten sich ihre Chancen, falls eines entwischen sollte.

Sie flog eine Kurve, dann stieg sie wieder in die Höhe. Mit ihren der Nacht hervorragend angepassten Augen sah sie, wie die zwei noch weiter in den Wald rannten, dann trennten sie sich plötzlich.

Wieder stand sie vor der Wahl.

Die Qual der Wahl.

Sie musste innerlich kurz schmunzeln, dann entschied

sie sich rasch.

Es sollte das Männchen sein.

Sie verfolgte ihn und beobachtete, wie das Männchen plötzlich stehenblieb.

„Es muss aus dem Wald heraus", krächzte sie und stieß hinab.

Ein spitziger kreischender Schrei entkam ihrem Schnabel, dann flog sie knapp über die Baumwipfel und scheuchte somit ihr Opfer vor sich her.

Es klappte, denn auf einmal rannte das Männchen den gleichen Weg wieder zurück, von dem es gekommen war.

Sie verfolgte es.

Achtsam und unaufhörlich waren ihre Augen auf es gerichtet. Nicht mehr lange und sie würde ihren ersten Angriff starten.

Kurze Zeit später war es wieder auf der Lichtung.

Ihre Chance war gekommen.

Sie stürzte hinab.

Ihre Klauen öffneten sich und ihre rasiermesserscharfen Krallen traten hervor.

Kurz bevor sie es erwischte, konnte sie Todesangst in den Augen des Männchens erkennen.

Ja, sie war sein Todesengel.

Sie packte zu und in diesem Moment wusste sie, das sie gewonnen hatte.

Das Ding unter ihr sträubte und wand sich, doch ihr Griff war eisern.

Es schrie und kreischte, doch das war ihr egal.

Es musste so sein.

So war das Leben.

Sie schaute auf das Wesen, dann schnellte sie mit ihrem spitzigen Schnabel nach unten.

Sie wollte es nicht sofort töten, noch nicht. Erst wollte sie es verletzen, ein wenig schwächen, denn sie hatte noch etwas vor.

Ihr Jagdtrieb war befriedigt, aber sie wollte noch etwas anderes.

Etwas, das ihr an der Jagd am meisten Spaß machte.

Sie wollte spielen.

Der Schnabel bohrte sich in den Unterleib des Männchens und verletzte es so schwer, dass es fast keine Chance mehr hatte, zu entkommen. Aber sie zog rechtzeitig ihren Schnabel wieder zurück. Wie gesagt, sie wollte noch spielen.

Das Männchen schrie auf, dann hob es seine Beine und stieß sie weg.

Es wehrt sich, dachte sie zufrieden.

Sie flog einige Meter nach oben und beobachtete die Reaktion. Sie hoffte, dass es aufstehen würde und wegrannte, aber es blieb nur schreiend und wehklagend liegen.

Dies missfiel ihr.

So würde es keinen Spaß machen.

Sie stürzte abermals nach unten und ihre Krallen verletzten das Männchen am Bein.

Es schrie abermals auf, dann rappelte es sich wieder hoch.

So ist es gut, dachte sie, in der Hoffnung, es würde diesmal wegrennen.

Ihr Wunsch wurde erfüllt.

Das Männchen schaute verzweifelt nach rechts, dann kurz darauf nach links. Es suchte etwas.

Hilfe?

Schutz?.

Erbarmen?

Sie wusste es, und sie fühlte es.

Nicht mehr lange, nur ein paar Minuten noch, dann werde ich dem ein Ende machen, dachte sie.

Sie sah, wie das Männchen den Weg nach Links wählte und stolpernd einen Ausweg suchte. Das eine Bein nach sich ziehend, taumelte das Männchen wieder in Richtung des Waldes.

Sie ahnte, was es vorhatte.

Sie flog in dieselbe Richtung und verharrte kurz vor ihrem Opfer in der Luft, dann spreizte sie ihre fledermausartigen Flügel vor ihm aus.

Ihr Opfer kreischte erneut, dann machte es kehrt.

Sie flog kurz nach oben, machte einige Flügelschläge und stellte sich ihm erneut in den Weg.

Es glotzte sie ungläubig an, dann schlug es einen Haken und rannte, so gut es noch konnte, wieder in den Wald.

Sie wiederholte dieses Manöver mehrmals, bis das Männchen scheinbar den Lebensmut verloren hatte, denn es blieb plötzlich stehen.

Sie beobachtete aus einigen Metern Höhe, was es tat, dann glitt sie hinunter.

Als sie bei dem Männchen war, heulte es nur noch, dann fiel es zu Boden. Auf allen vieren kriechend versuchte es, dem Unausweichlichen noch zu entkommen, doch sein Schicksal war in dem Moment besiegelt gewesen, als sie es auserkoren hatte, ihre Mahlzeit zu sein.

Als sie in seine Augen starrte, konnte sie Furcht, Angst und Panik erkennen.

Es gefiel ihr.

Dadurch wurde das Fleisch noch saftiger.

Sie handelte nun schnell.

Ihr Trieb war vollständig befriedigt, nur ihr Hunger noch nicht.

Ihr Schnabel schnellte nach vorn und traf das Männchen in den Rücken, dann durchbohrte er ihn.

Ein letzter Aufschrei, dann erschlaffte es.

Das Männchen war tot.

Sie war wieder erfolgreich gewesen.

Für einen Moment tat sie nichts, sondern schaute das Männchen nur an.

Es hatte etwas falsch gemacht.

Es hatte sich gegenüber ihr etwas zu Schulden kommen lassen.

Hatte sie Mitleid?

Nein.

Warum auch.

Sie musste ihren Hunger stillen.

So war die Natur eben.

Sie hob ihre Klaue und stellte diese auf seinen Rücken, dann legte sie ihren Kopf nach hinten.

„Du hättest mir nicht in den Magen schlagen dürfen", krächzte sie, dann schnellte sie wieder nach vorne. Kurz darauf fing sie an, mit ihrem spitzigen Schnabel Fleischstücke aus Kevins Rücken heraus zu reißen.

Regulator

12305 Fifth Helena Drive, Los Angeles
04.08.1962

Er klopfte an die Tür.

Sekundenlang vernahm er nichts, dann hörte er auf
einmal Schritte.

Er machte sich bereit.

Er hörte, wie das Schloss aufging und die Tür sich
langsam öffnete.

„Wer sind sie?", fragte die Frau.

Er schaute sie eingehend an.

Lucinda Westwood, dachte er, *ihre Krankenschwester.*

„Dr. Greenson schickt mich, ich soll ihnen helfen",
antwortete er.

Sie schaute ihn misstrauisch an. Für einen kurzen
Moment zögerte sie, dann machte sie die Tür auf.

„Schnell, kommen sie rein", sagte sie nur und zog ihn
hinein.

Als er im Flur stand, schloss Lucinda die Tür schnell wieder zu, dann baute sie sich vor ihm auf.

„Was fällt diesem Quacksalber ein, mir eine Hilfe zu schicken. Ich kann das selbst erledigen", sagte sie erbost.

Er musste schnell reagieren, wie schon so oft.

„Das weiß er", meinte er nur und ging an ihr vorbei.

Sie folgte ihm.

Er wusste anhand des Planes, wo sie lag.

Er durchquerte den Flur, dann ging er ins Schlafzimmer.

Sie lag benommen mit dem Rücken auf dem Bett.

Sie war schön.

Sie würde immer schön sein.

Sein Auftraggeber wusste, warum man sie retten musste.

„Was haben sie ihr bisher schon gegeben"? fragte er.

„Nur ein paar Noctamin".

„Wann?".

„Vor ein paar Stunden. Sie wird noch eine Weile in diesem Zustand sein, aber wir müssen uns beeilen", antwortete sie, dann ging sie an den Tisch und holte ein Fläschchen.

Nembutal.

Er las es ganz deutlich.

Das wird sie töten.

Lucinda stellte das Medikament wieder auf den Tisch, dann nahm sie eine Spritze. Sie öffnete das Fläschchen, dann zog sie den gesamten Inhalt mit dieser ein. Als sie damit fertig war, holte sie einen kleinen Schlauch und legte ihn mitsamt der Spritze auf den Tisch.

„Halten sie sie fest, während ich ihr den Einlauf verabreiche?", fragte sie.

Er nickte, aber er log.

Er schaute auf seine Uhr.

Er war jetzt schon sieben Minuten hier und hatte noch

23 Minuten übrig.

Als er mit diesem Fall beauftragt worden war, hatte er sich zeitlich genau mit der Abfolge befasst. Er wusste wann und wo, was passieren würde. Also hatte er einen Zeitplan ausgearbeitet. An diesem würde er sich peinlich genau halten, egal was auch kommen kam.

Jetzt war es Zeit für die erste Tat, denn in weniger als zwei Minuten würde die nächste Aktion beginnen.

Lucinda nahm den Schlauch und die Spritze und ging an das Bett, dann nahm sie Platz.

„Helfen sie mir, sie umzudrehen", forderte sie ihn auf. Sie schaute ihn nicht an, sondern wartete.

Seine Chance.

Er ging auf sie zu.

Als er bei ihr war, blickte er nochmals auf seine Uhr.

Nur noch sieben Sekunden, dachte er, dann zählte er langsam zurück.

Sechs, Fünf, Vier, Drei, Zwei, Eins.

Als er bei Null war, schlug er Lucinda die Spritze aus der Hand, dann zog er sie nach oben.

Für einen Moment sah sie ihn erstaunt an, dann schlug ihr Erstaunen in blankem Hass um.

„Sie Bastard", schrie sie und schlug auf ihn ein.

Er wich dem Schlag aus, dann drehte er sie um, so dass sie ihm den Rücken zukehrte.

Er hätte sie jetzt töten können.

Sein Auftraggeber wollte es so, aber er konnte handeln, wie er es für richtig hielt und die Situation es verlangte.

Sie schlug heftig mit ihren Armen und versuchte sich, aus seinem Griff zu lösen, doch er ließ nicht locker.

Er musste jetzt schnell handeln, sagte ihm sein Zeitgefühl.

Er schlang seinen Arm um ihren Hals und drückte zu.

Wie gesagt, er wollte sie nicht töten, nur unschädlich machen.

Die Sekunden vergingen, während sie immer noch verzweifelt versuchte, sich von ihm zu lösen, doch es war vergebens.

Sein Griff war eisern.

Ihre Bemühungen wurden immer weniger, bis sie schließlich langsam erschlaffte.

Er ließ sie los, weil er wusste, dass sie nun das Bewusstsein verloren hatte. Wenn er weiter zugedrückt hätte, nur ein paar Sekunden länger, hätte er sie erwürgt.

Sie fiel nach unten und blieb regungslos liegen.

Er schaute wieder auf seine Uhr.

1Minute und 32 Sekunden, dachte er.

Soviel Zeit hatte er noch.

Er holte aus seiner Tasche eine Spritze heraus.

Ephedrin, las er.

Das allerneuste Aufputschmittel, das es 1962 noch nicht gegeben hatte. Damit würde er sie aus ihrer Benommenheit holen. Damit konnte man einen Elefanten wieder auf die Beine bringen.

Er setzte sich an das Bett, dann schlug er ihr den Hemdsärmel auf. Er nahm die Spritze und setzte sie an, dann verabreichte er ihr das Mittel.

Für eine kurze Zeit passierte nichts, dann plötzlich schlug sie die Augen auf.

Sie schaute verloren umher, bis sie ihn erblickte.

„Wer sind sie?", fragte sie unsicher.

„Das tut nichts zur Sache", erklärte er, „sie müssen sofort aufstehen".

Sie blickte ihn wortlos an.

Er schaute abermals auf die Uhr.

Nur noch 23 Sekunden, dachte er und stand auf.

Die Zeit drängte.

„Los, machen sie schon", trieb er sie an, als er plötzlich etwas hörte.

Er lauschte angestrengt, dann flüsterte er ihr leise zu:

„Ich komme gleich wieder".

Ohne auf eine Antwort zu warten, sprang er vom Bett auf und hastete zur Eingangstür. Wenn er Recht hatte bzw. seine Nachforschungen richtig waren, würde in den nächsten Sekunden die Tür aufgeschlossen werden.

Er wartete hinter der Tür und starrte auf den Sekundenzeiger.

Wieder zählte er im Stillen die Sekunden.

Vier, Drei, Zwei, Eins.

Die Tür öffnete sich und ein Schatten kam herein.

Wieder musste er schnell sein.

Er sprang nach vorne, schloss mit dem Fuß die Tür und packte den Mann an seinem Mantel, dann warf er ihn nach vorne. Der Mann stürzte über einen Stuhl, der im Flur stand und schlug auf den Boden auf.

„Was?", schrie der Mann.

Mehr konnte er nicht mehr sagen, denn sofort schlitzte er ihm mit einem Messer die Kehle auf.

Ihn musste ich töten, dachte er, denn er war für alles verantwortlich gewesen.

Der Körper des Mannes zuckte noch einige Sekunden, dann lag er regungslos da.

Er ging in die Knie und drehte ihn um.

So sah also Dr. Greenson aus, dachte er, dann stand er wieder auf.

Die Zeit raste.

Er ging ins Schlafzimmer zurück, wo sie gerade dabei war, aufzustehen. Wackelig und unsicher versuchte sie auf ihren eigenen Beinen zu stehen.

Er sah es und eilte zu ihr.

Nicht zu spät, denn plötzlich sackten ihr die Beine wieder weg und er konnte sie gerade noch auffangen.

„Langsam, Miss, nicht so schnell", sagte er einfühlsam.

Sie nickte und setzte sich wieder.

Er kniete sich vor sie.

„Sie müssen mir jetzt genau zu hören".

Sie nickte abermals.

„Das Mittel, das ich ihnen gerade gespritzt habe, wird noch einige Sekunden brauchen, bis es richtig wirkt. Also bleiben sie einfach noch sitzen", sagte er und drückte sie auf das Bett zurück.

Er hatte noch 1 Minute und 30 Sekunden von seiner Zeit übrig, dann mussten sie gehen.

Sie sah ihn an.

„Wer sind sie?", fragte sie abermals.

Er gab keine Antwort, sondern schaute sie nur an.

Sie sah wirklich wunderhübsch aus.

Sie war ein Sexsymbol der damaligen Zeit gewesen, aber auch in seiner würde sie unzählige Verehrer haben, da war er sich sicher.

„Wie geht es ihnen?", fragte er, als einige Sekunden vergangen waren.

„Besser", sagte sie nur, dann streifte sie sich durch ihr Haar.

„Viel besser".

Sie atmete hörbar, dann lächelte sie.

Er kannte ihr Lächeln.

Und er liebte es.

„Schön", antwortete er, „dann lassen sie uns gehen".

Er nahm sie bei der Hand und zog sie hoch, dann führte er sie vom Bett fort.

Plötzlich quickte sie.

„Lucinda", schrie sie, dann beugte sie sich hinunter.

Er hielt sie davon ab.

„Wir haben keine Zeit", schrie er sie an und schaute ihr eindringlich in die Augen.

„Aber was haben sie mit ihr gemacht?", wollte sie wissen.

„Sie ist nur ohnmächtig, glauben sie mir", versicherte er ihr und zog sie wieder nach oben, dann gingen sie aus dem Schlafzimmer in den Flur.

Als sie Dr. Greenson dort liegen und das viele Blut sah, schrie sie erneut:

„Oh mein Gott".

Auch diesmal wollte sie auf den Boden stürzen, doch er vereitelte es.

Er zog sie zu sich.

„Ja, ihr Arzt", bestätigte er, „er wollte sie umbringen".

Sie blickte ihn ungläubig an und wollte sich von ihm losreißen, doch auch dies ahnte er voraus.

„Sie haben ja keine Ahnung, mit wem sie sich da eingelassen haben", meinte er nur und schleppte sie zur Haustür.

Er verharrte einige Momente, dann wandte er sich ihr zu.

„Dieser ach so gutmütige Doktor wollte ihnen so viel Nembutal geben, dass er sie damit umgebracht hätte".

Sie starrte ihn bestürzt an und obwohl sie es im ersten Moment nicht glauben konnte, wusste und spürte sie, dass es die Wahrheit war.

Er öffnete die Tür und spähte nach draußen.

Sekunden vergingen, bis er sich sicher war, das niemand dort war, erst dann ging er mit ihr nach draußen.

„Los kommen sie", forderte er sie auf und diesmal folgte sie ihm ohne zu zögern.

Sie rannten den kleinen Vorgarten hinunter, dann über die Straße bis zu einem gelben Buick, der am Straßenrand parkte. Dort suchten sie Schutz.

„Hier", sagte er und gab ihr einen Autoschlüssel.

Sie nahm ihn entgegen und starrte ihn wieder an.

„Wer in Gottes Namen sind sie?", fragte sie.

„Ein Niemand", antwortete er trocken, dann richtete er sich wieder auf.

Er schaute auf die Straße, die nach Osten führte. Wenn alles stimmte, würde in weniger als fünf Minuten derjenige kommen, der den Mord in Auftrag gegeben hatte.

Solange würde er noch bleiben, erst dann würde er zurückkehren.

„Jetzt steigen sie schon ein", forderte er sie auf und sie gehorchte.

Sie schloss den Wagen auf, dann stieg sie ein.

„Im Handschuhfach ist etwas Geld und eine Pistole", meinte er und zeigte mit seiner Hand darauf.

Sie erschrak und er bemerkte es sofort.

„Nur zur Sicherheit", meinte er, dann piepste es plötzlich.

Er nahm aus seiner Tasche ein kleines Gerät, das nicht größer als ein Handy war und drückte auf eine seitlich angebrachte Taste.

„Ja, was ist?", fragte er in das Gerät.

„Und, hat die Befreiung geklappt?", fragte eine männliche Stimme.

„Alles in Ordnung, sie ist in Sicherheit. Ich werde ihr jetzt den Rest erklären, dann fährt sie zu ihm", erklärte er.

„Okay", sagte die Stimme, „du hast noch 2 Minuten und 40 Sekunden, dann holen wir dich wieder zurück".

Er nickte.

„Ich werde bereit sein", meinte er, dann drückte er auf die Taste und steckte das Gerät wieder ein.

Sie starrte ihn überrascht an.

„Sie würden es ohnehin nicht glauben, wenn ich es ihnen erklären würde", meinte er.

Er beugte sich ins Auto und startete den Motor, dann stand er auf und wollte gehen, doch sie griff nach seiner Hand.

„Was hat das alles zu bedeuten?", fragte sie.

Er schaute wieder auf seine Uhr.

Noch 2 Minuten und 34 Sekunden.

Er beugte sich abermals zu ihr.

„Mein Auftraggeber wollte, dass sie weiterleben", meinte er, „dafür hat er mich geschickt. Sie müssen etwas wissen, dass verdammt nochmal sehr gefährlich ist. So gefährlich, dass man sie töten will, damit es nicht an die Öffentlichkeit gelangt. Mir ist das egal, es interessiert mich nicht. Das einzige, was für mich von Bedeutung ist, ist ihr Überleben. Mein Auftrag ist erfüllt".

Er hörte plötzlich ein Auto, das sich von Osten näherte.

„Los, fahren sie zu ihm, er wird sie schützen", sagte er aufgeregt.

„Wer?".

„Joe".

„Joe Di Maggio?", fragte sie erstaunt.

„Ja, genau der. Ich habe ihn angerufen und ihm alles erklärt. Er liebt sie immer noch und würde alles für sie tun, also machen sie schon und fahren sie zu ihm", erklärte er.

Das Auto kam immer näher.

Nur noch 1 Minute und 22 Sekunden.

Er drängte.

„Wenn sie jetzt nicht bald losfahren, kann ich sie nicht mehr beschützen und alles wäre umsonst gewesen", log er sie an.

In Wahrheit hätte er unendlich oft herkommen und es erneut versuchen können, sie aus dieser Situation zu befreien.

Sie nickte, obwohl sie nicht verstanden hatte.

„Wie kann ich ihnen nur danken?", fragte sie und lächelte.

„Mein Auftraggeber hat mich schon entlohnt, aber ich soll ihnen noch etwas ausrichten. Machen sie noch ein paar Filme, darüber würde er sich freuen, Miss Monroe".

Sie lächelte ihn an, dann bückte sie sich aus dem Fenster und gab ihm einen Kuss.

„Danke", hauchte sie, dann fuhr sie los.

Er sah ihr noch kurz nach, dann hörte er schon das Auto kommen. Er ging hinter einem anderen Wagen in Deckung und wartete ab, was geschah. Kurze Zeit später stoppte das Auto vor dem Haus von Marilyn Monroe. Zwei Männer stiegen aus und sondierten das Gelände, dann ging einer der beiden nach hinten und öffnete die Tür.

Ein etwas kleinerer Mann stieg aus und er erkannte ihn sofort.

„Dieser Dreckskerl", fluchte er leise.

Er beobachtete, wie die drei Männer auf das Haus zu gingen, dann piepste es erneut.

Die letzten 10 Sekunden. Der Countdown, dachte er und ging vom Wagen weg.

Nach ein paar Schritten blieb er stehen und wartete.

Er sah, wie die Männer sich zu ihm umdrehten und schnell auf ihn zukamen. Als sie nur noch wenige Meter von ihm entfernt waren, zogen zwei von ihnen eine

Waffe und zielten auf ihn.

Er lächelte nur.

Drei ...

„Fuck you, Mr. Präsident", sagte er, ...

Zwei ...

... dann zeigte er ihm den Stinkefinger.

Eins ...

Er begann sich langsam aufzulösen und kurze Zeit später verschwand er.

Kensington Street No. 236 Montreal/Hauptzentrale
23.03.2037

Er erschien so, wie es schon hundert Male zuvor geschehen war. Irgendwoher pfiff es, aber er kannte das Geräusch bereits. Es war der Signalton eines weiteren Zeitreisenden, der gerade zu einer neuen Mission gestartet war.

Er ging von dem Plateau hinunter, dann winkte er Danny zu, der für diesen Auftrag sein Koordinator war.

Dieser winkte freundlich zurück.

„Alles klar?", fragte er.

Er sagte nichts, sondern streckte den Daumen nach oben, dann verließ er die Zentrale.

Es war nicht mehr aufregend gewesen, sondern alltäglich. Er hatte schon tausende von solchen Zeitreisen hinter sich gebracht, so dass für ihn schon zur Routine geworden war.

Er ging in sein Zimmer zurück und setzte sich hinter dem Schreibtisch auf seinen Stuhl. Müde kniff er seine Augen zu, dann lehnte er sich verspannt zurück.

Ein weiterer Auftrag erfüllt, dachte er, dann öffnete er die Augen wieder.

Er musste noch seinen Bericht schreiben. Bevor er anfing, surfte er im Internet und holte sich einige Informationen. Nach wenigen Minuten war er fertig. Sein Bericht war kurz.

Sie war wieder ins Filmbusiness eingestiegen und hatte noch insgesamt sieben Filme gedreht (für den letzten bekam sie sogar einen Oscar), dann hatte sie sich zur Ruhe begeben. Sie heiratete Joe zum zweiten Mal, bekam einen gesunden Sohn und starb im Alter von 77 Jahren friedlich in den Armen Ihres Mannes.

Das war es.

Es hatte sich gelohnt.

Für John Fitzgerald Kennedy, der den Mord in Auftrag gegeben hatte, nicht.

Er wurde 18 Monate später, von wem auch immer, bei einem Attentat getötet.

Seine gerechte Strafe, dachte er.

Er tippte seinen Bericht in den Computer, dann lehnte er sich wieder zurück.

Er würde heute noch einmal starten müssen.

Diesmal würde es härter werden.

Als vor 15 Jahren der *Zeitstrom* entdeckt wurde, gab es nur wenige Menschen, die in den Genuss kamen, auf ihm zu reisen. Warum er einer von ihnen war, fragte er sich nie.

Warum auch.

Er konnte es und nichts anderes war wichtig.

Reisen in die Zukunft waren nicht möglich.

Warum?

Weil der Strom nur in eine Richtung ging.

Jede Sekunde, die verrinnt, birgt einen Strom in sich, der aber nur in die Vergangenheit führt. Die Zukunft hat diese Möglichkeit nicht. Ist ja auch klar, denn es findet ja auch nichts statt. Die Vergangenheit, also jeder Bruchteil einer Sekunde, hat ihn, da er ja bereits stattgefunden hatte.

Man kann nur dorthin zurückkehren, wo bereits etwas passiert war. Die Gegenwart ist eine freie Zone, eine Nulllinie, aber sobald der Zeiger eine Sekunde weiter gegangen ist, könnte man in diese zurückkehren, aber nicht weiter.

Er hatte es auf Anhieb verstanden.

Er tippte etwas in den Computer ein, dann öffnete er eine Datei.

Sein neuer Auftrag.

Er würde heute noch in eine viel frühere Zeit zurückreisen.

1944.

Genauer gesagt zum 20.Juli 1944.

Er hatte sich alles besorgt.

Die Kleidung hing in seinem Schrank, die Papiere und Dokumente, die er benötigte, lagen in seiner Schublade.

Das was er aber am wichtigsten brauchte, würde er erst kurz vor seiner Abreise erhalten.

Ihn schauderte kurz, als er daran dachte.

Es wird schnell gehen.

Er nickte und erhob sich dann.

Plötzlich musste er an seine erste Reise denken.

Es war ein Probelauf gewesen und er sollte nur einen Tag zurückreisen und ein Brief auf der Post abgeben. Als er es getan hatte und die halbe Stunde vorüber war, kehrte er wieder zurück.

Der Brief kam einen Tag später an und der Beweis, dass er es war, der ihn abgeben hatte, war erfolgt.

Es hatte funktioniert.

Seitdem waren er und einige seiner Kollegen unzählige

Male in die Vergangenheit gereist.

Das Konsortium, so wurde die Gesellschaft genannt, führte in den folgenden Jahren Richtlinien ein, wann und aus welchen Gründen man eine Zeitreisen machen durfte, und wann nicht.

Ein Team von Analytikern und ein Programm, das die Prognosen berechnete, stützen das System.

Die Zukunft sollte nicht massiv verändert werden, war die oberste Prämisse und daran hielt sich das Konsortium.

Nur einmal, es war in den Anfangsjahren, wurde er auf eine Reise geschickt, um einen Senator zu retten, der gerade dabei war, in sein Flugzeug zu steigen. Es würde abstürzen und er würde dabei umkommen.

Ein reicher Unternehmer und auch Teile der Regierung wünschten, dass man ihn retten sollte, denn er würde eventuell mal ein Präsidentschaftskandidat werden. Das Konsortium wägte das Für und Wider ab, ließ Prognosen über den Computer laufen und wollte von den Analytikern wissen, ob es ein Risiko wäre, den Senator zu retten.

Nach wochenlangem zähen Ringen war man mit fast 90 % Sicherheit der Meinung, dass es keine Bedenken gäbe, es nicht zu tun.

Er wurde mit dem Auftrag betraut.

Es war schlimm.

Als er wieder zurückkehrte, stand die Welt kurz vor einem Nuklearkrieg. Kriegstreiber Nr. 1 war eben dieser Senator, der in der Zwischenzeit zum Präsidenten der USA gewählt worden war.

Gott sei Dank bestand das Zeitreiseprogramm weiterhin und er wurde nochmals in die Zeit zurückgeschickt.

Er konnte sich noch deutlich daran erinnern, wie er dem Senator half, ins Flugzeug einzusteigen.

Er musste lachen, als er daran dachte.

Heute würde es so ähnlich sein, aber auch diesmal hatte man sorgfältig und lange darüber nachgedacht und man war zu dem Schluss gekommen, es zu wagen.

In Europa tobte weiterhin der Zweite Weltkrieg.

Obwohl dieser Konflikt schon über vier Jahre andauerte und mehr als 45 Millionen Menschen ihr Leben verloren hatten, wurde es noch schlimmer. In den letzten Kriegsmonaten starben noch etliche Millionen. Dem musste man Einhalt gebieten.

Er stand auf und holte sich die Kleider aus dem Schrank, dann legte er sie über den Stuhl.

„Dann mal los", sagte er und zog sich aus.

Er streifte sich die deutsche Wehrmachtsuniform eines Oberleutnants der SS über, dann kehrte er nochmals an seinen Schreibtisch zurück.

Er klickte eine weitere Datei an.

„Oberstleutnant von Rochow", sagte er leise.

Sein neuer Name für die Mission.

Es würde gefährlich werden, das wusste er, aber es war notwendig.

Er musste die Vergangenheit regulieren.

Er musste vergangenes wieder richtig stellen.

Er musste die Unschuldigen schützen und ein begangenes Verbrechen sühnen.

Er war der *Regulator*.

Er zog sich die Stiefel an, dann nahm er die Mütze und setzte sie sich auf.

Es passte alles.

Als er sich im Spiegel sah, erschrak er. Er sah furchterregend aus. Ihm fielen sofort die alten Bilder und Filme des Dritten Reiches ein, die er sich angesehen hatte, um einen Eindruck zu gewinnen, wie es damals gewesen war.

Er schüttelte sich kurz, dann drehte er sich um und sah aus dem Fenster.

Plötzlich kam Danny herein.

„Bist du soweit?".

„Ja", antwortete er kurz und kam zu ihm.

„Ich bin startklar".

Er lachte.

Gemeinsam verließen sie sein Zimmer und kehrten in die Kommandozentrale zurück.

Er stellte sich wieder auf das Plateau, während Danny in sein Zimmer verschwand und alles für die Reise vorbereitete.

Er schloss die Augen und ging in Gedanken die nächsten 30 Minuten durch.

Er würde an einem Ort erscheinen, von dem aus er nicht zu sehen war.

Dann würde er warten, bis sein Ziel in den Bunker kam.

Es würden qualvolle 20 Minuten vergehen, bis er endlich handeln konnte.

War es geschehen, würde er sich zu Fuß aufmachen und die restlichen 3 Minuten und 25 Sekunden in Deckung gehen und hoffen, dass man ihn nicht erwischte.

Er hörte plötzlich den pfeifenden Ton wieder.

Nur noch eine Minute bis zum Start.

Er öffnete die Augen wieder und sah, wie Danny den Daumen hob.

Er erwiderte die Geste, dann kam Mr. Pleasant, der Sicherheitschef zu ihm.

„Na, sind sie bereit?", fragte er.

„Natürlich".

Er war sich sicher.

„Gut, hier ihre Pistole".

Er drückte ihm eine Walther P38 in die Hand.

„Zeigen sie es dem Dreckskerl", meinte er und lachte, dann ging er.

Er nickte.

Nur noch 30 Sekunden.

Nochmals schloss er die Augen und in Sekundenschnelle lief sein Auftrag vor ihm ab.

Ja, er würde diese Mission, wie die vielen vorherigen, erfolgreich abschließen, da war er sich sicher.

Denn er, Jason Dunham, war der *Regulator* und…

… er war derjenige, der dem Leben des Diktators ein Ende setzten würde.

Drei, Zwei, Eins …

Er würde in zwanzig Minuten Adolf Hitler erschießen.

Null.

Er verschwand.

Wald

„Der Wald enthält Schrecken, die älter sind als die Menschheit.
Sie kennen keine Gnade"

Sie hastete durch das Unterholz und rannte um ihr
Leben.
Ihre Augen waren voller Angst und mehrmals starrte sie
irrsinnig hinter sich, doch da war nichts.
Aber sie wusste es besser.
Sie rannte weiter, hieb mit ihren Händen die Äste der
Bäume beiseite, dann stürzte sie zu Boden.
„Scheiße", fluchte sie und stand schnell wieder auf.

Wieder hetzte sie weiter, schlug die Äste immer wieder zur Seite, doch dann traf sie ein dicker Ast genau auf die Stirn. Für einen Moment wurde ihr schwarz vor Augen, dann fiel sie benommen auf die Erde. Für Sekunden umgab sie vollkommene Dunkelheit. Labsal für ihre Seele, denn in diesen wenigen Augenblicken vergaß sie, in welch schreckliche Situation sie sich befand.

Die Schwärze ging und als sie wieder erwachte, hörte sie die Geräusche erneut.

„Geh weg", schrie sie, dann robbte sie auf allen Vieren weiter.

Scharfkantige Steine und abgerissenen Äste schnitten ihr die Handflächen auf, doch sie spürte die Schmerzen nicht.

„Ich will nicht, dass du hier bist. Geh weg", schrie sie abermals.

Sie brach aus dem Unterholz hervor, während sie immer wieder hektisch nach hinten starrte, dann rappelte sie sich auf und stürzte auf einen dicken Baum zu. Als sie kurz vor ihm war, fiel sie abermals hin.

Sie schlug hart auf und gleichzeitig hörte sie plötzlich ein Knacken. Zuerst wusste sie nicht, was es war, dann kam der Schmerz.

Ihre Hand fühlte sich brennend und stechend an und als sie darauf starrte, fing sie an zu weinen.

„Meine Finger", klagte sie.

Sie schwollen sofort an und an ihrem Mittelfinger konnte sie erkennen, dass ein Stück Knochen daraus herausragte.

„Oh mein Gott", schrie sie, dann kroch sie auf allen vieren weiter. Als sie beim Baum angekommen war, lehnte sie sich an ihn und blieb dort einfach liegen.

Plötzlich sah sie es.

„Lass mich in Ruhe", schrie sie

Sie nahm einen Stock, der vor ihr lag und hob ihn abwehrend vor sich.

„Lass mich doch bitte in Ruhe", brabbelte sie weinerlich.

Vor vier (oder waren es auch fünf?) Tagen hatte alles angefangen, dachte sie, dann schloss sie ihre Augen.

Erster Tag: Ankunft und die Reise in den Wald

Sie hatten sich das ganze Jahr schon auf die Reise in die Berge gefreut. Bob, ihr Ehemann, hatte endlich Urlaub erhalten und nun konnten sie ihr Vorhaben in die Tat umsetzen. Sie buchte sofort ein Doppelzimmer genau in dem gleichen Hotel, wo sie sich vor über zwanzig Jahren das erste Mal getroffen hatten.

Sie war noch jung gewesen, gerade erst 18 Jahre alt geworden, als sie ihn kennen gelernt hatte.

Sie hatte sich sofort in ihn verliebt; und er auch in sie. Kaum drei Monate später heirateten sie und bekamen in den folgenden Jahren, zwei gesunde Kinder.

Sie blieb Hausfrau, während er das Geld nach Hause brachte. Es war eine glückliche Ehe und sie hoffte, dass es auch weiterhin so bleiben würde.

Sie fuhren Freitagmittag los und waren in weniger als fünf Stunden am Hotel angekommen. Sie checkten ein, aßen am späten Abend noch eine Kleinigkeit, dann liebten sie sich.

Es war der Beginn eines perfekten Urlaubs.

Die Kinder hatten sie bei ihrer Mutter untergebracht. Nach all den Jahren, war es das erste Mal, dass sie den Urlaub alleine miteinander verbrachten.

Als sie morgens aufstanden, war der Tag schon mit der

ersten Unternehmung verplant. Sie wollten gemeinsam mit zwei weiteren Ehepaaren und einem Führer eine Wanderung durch die Wälder machen.

Um kurz nach neun Uhr gingen sie los. Die Landschaft war grandios und die Berge majestätisch, doch schon nach einer halben Stunde, musste sie auf die Toilette.

Sie verdammte sich.

Egal, wohin sie auch gingen, fuhren oder einen Termin hatten, spätestens nach wenigen Minuten meldete sich ihre Blase. Sie war schon beim Arzt gewesen, hatte sich untersuchen lassen, weil sie es als nicht normal empfand, aber es ließ sich nichts finden.

Eine normale Blasenschwäche, nichts außergewöhnliches, hatte der Arzt gemeint.

„Bob, ich muss schon wieder", klagte sie leise.

Er nickte nur, weil er schon Bescheid wusste.

„Ich sag es den anderen", meinte er nur und ging zu ihnen.

Sie blickte ihm kurz nach, dann ging sie in den Wald.

Sie bahnte sich den Weg durch die Bäume und hatte gerade ein Plätzchen gefunden, als sie plötzlich ihren Mann hörte:

„Geh nicht zu weit, Jen", schrie er ihr nach.

„Ja", meinte sie nur, ging aber weiter.

Sie waren noch viel zu nah, dies hatte sie durch den Ruf ihres Mannes erkannt.

Noch so ein Problem, dass sie hatte.

Sie konnte einfach nicht ihr Geschäft erledigen, wenn sie der Meinung war, oder besser gesagt, das Gefühl hatte, sie würde beobachtet werden oder man könnte sie hören.

„Jen, hörst du mich?" rief er wieder, diesmal weiter entfernt.

„Ja, ich muss noch weiter weg, wie du weißt", schrie sie ihm entgegen, aber dies hörte er schon nicht mehr.

Sie ging noch einige Schritte, bis sie einen geeigneten Ort gefunden hatte. Sie schaute sich um, dann rief sie Bob zu.

„Hörst du mich?", fragte sie in den Wald hinein.

Keine Antwort.

Zufrieden öffnete sie ihre Hose, dann hockte sie sich hin und erledigte ihr Geschäft. Kurze Zeit später war sie fertig. Sie knöpfte ihre Hose zu und wollte gerade zu ihnen zurückkehren, als ihr plötzlich schwindelig wurde. Sie schloss ihre Augen und hielt sich an einem Baum fest, damit sie nicht zu Boden stürzte. Als sie sie wenige Sekunden später wieder öffnete, sah sie erstaunliches.

Die Luft fing zu vibrieren an und ein neblig wabernder Dunst zog auf. Durch diesen Schleier erkannte Jen schemenhaft, wie die Bäume sich ihre Wurzeln ausrissen und dann die Seiten wechselten.

Die einen wanderten nach links, während die anderen nach rechts gingen. Fassungslos starrte sie auf diese merkwürdig Prozession, als plötzlich die Luft zu flimmern begann. Alles wurde undeutlich und verschwommen, dann hörte sie einen dumpfen Ton, gefolgt von einem Summen.

Jen hielt sich die Ohren zu, weil das Summen immer lauter und lauter wurde.

Auf einmal begann die Erde vor ihr aufzureißen. Staub und Dreck flog ihr entgegen und ein tiefer und breiter Riss bildete sich. Jen befürchtete, wenn sie weiter hier bleiben würde, könnte sie womöglich in diesen stürzen. Sie nahm ihre ganze Kraft zusammen, dann stürzte sie vom Baum weg und brachte sich in Sicherheit. Als sie einige Meter gelaufen war, groll hinter ihr immer noch der Riss, der sich weiterhin ausbreitete. Hastig rannte sie weiter, bis sie das Geräusch nur noch vage vernahm, dann blieb sie erschöpft stehen. Nach Atem ringend, drehte sie sich um und was sie dann sah, erschreckte sie zutiefst. Mitten im Wald tat sich vor ihr ein breiter Graben auf, der scheinbar unendlich in beide Richtungen zu führen schien. Sie nahm ihren ganzen Mut zusammen und ging ein paar Schritte nach vorne, bis sie fast am Rand des Grabens stand. Als sie dann nach unten schaute, sah sie sofort, wie tief er war. Nach wenigen Metern sah sie nur noch dunkle Schwärze. Aber sie entdeckte noch mehr. Sie musste erkennen, dass der Graben nicht zu überwinden war. Sie schätze, dass er mindestens 5 Meter breit und nicht zu überspringen war.

Ihr Rückweg war abgeschnitten.

In ihr machte sich Hoffnungslosigkeit breit.

„Bob, Hallo Bob", schrie sie panisch.

Doch er hörte sie nicht.

Sie wusste nicht, wie lange sie noch geschrien hatte, aber dann hörte sie auf.

Es machte keinen Sinn.

Sie musste einen anderen Weg finden, damit sie wieder zu ihm zurückkehren konnte.

Sie ging an dem Graben entlang und nach einigen Metern sah sie, dass er noch tiefer in den Wald hinein führte.

Ich muss nur einfach weitergehen, irgendwann wird der Graben ja aufhören, dachte sie.

Sie mühte sich durch das Unterholz, dann über umgestürzte und verwilderte Bäume, bis sie wieder auf eine kleine Lichtung kam.

Schweiß stand ihr auf der Stirn und die Mittagssonne brannte ihr auf den Kopf. Plötzlich hatte sie unsäglichen

Durst und trotz der Strapazen knurrte ihr der Magen. Sie stemmte ihre Hände an ihren Körper, dann richtete sie sich wieder auf. Was sie dann sah, erschütterte sie zutiefst. Von der Lichtung aus, konnte sie meilenweit in die Landschaft sehen und als sie den dunklen, langen Graben erkannte, der bis zum Horizont führte, wusste sie, dass sie in diese Richtung nie den Graben überqueren konnte.

Sie machte sich notgedrungen auf den Rückweg

Wieder einmal mühte sie sich durch den Wald und als sie zu ihrem Ausgangspunkt zurückgekehrt war, hielt sie erst einmal inne.

Tausend Gedanken durchpflügten ihren Verstand und tief im Innersten wusste sie, dass der Graben auch auf der anderen Seite bis in die Unendlichkeit führte, aber sie musste es versuchen.

Sie machte sich auf und nach Stunden mühseliger Qual, die noch mehr Kraft und Energie kostete, musste sie schmerzlich feststellen, dass auch hier kein Ende des Grabens zu erwarten war.

Wieder einmal setzte sie sich hin und diesmal schlug ihre Angst in Panik um.

„Oh mein Gott, was soll ich jetzt nur tun?", fragte sie wehklagend.

Aber es war keiner da, der ihr eine Antwort geben konnte.

Sie war auf sich allein gestellt.

Der Abend nahte und die sengende Sonne ging langsam unter. Jen hatte immer noch unsäglichen Durst und auch der Hunger wurde nun immer unerträglicher, doch sie hatte nichts dabei. Nicht einmal einen kleinen Energieriegel, den sie meistens in ihrer Hosentasche versteckt hatte. Diesmal jedoch hatte sie es einfach vergessen.

Aber sie war auch müde und gekennzeichnet von den Strapazen, die sie über sich ergehen hatte lassen müssen, nachdem sie so erfolglos einen Weg über den Graben gesucht hatte.

Sie sondierte die Umgebung und erkannte, dass nicht weit von ihr entfernt einige Bäume umgestürzt am Boden lagen. Ihre Äste, die noch immer vom Stamm ragten, bildeten ein natürliches Dach und Jen ging auf sie zu. Als sie dort war und sich nach unten bückte, sah sie sofort, dass sie dort geschützt und sicher übernachten konnte. Sie schlüpfte unter die Bäume und legte sich in das feuchte Laub, das am Boden lag. Es war hart und nass, aber sie war zu erschöpft, um anspruchsvoll zu sein.

Für einige Sekunden überlegte sie noch, dann schlief sie erschöpft ein.

Zweiter Tag: Erste Geräusche und tiefe Verzweiflung

Als der Morgen graute, erwachte sie aus tiefem Schlaf. Sie hatte einen wunderschönen Traum gehabt. Sie und Bob hatten sich fein angezogen, dann speisten sie fürstlich auf der Terrasse vor ihrem Hotel. Als sie damit fertig waren, machten sie noch einen kleinen Spaziergang, danach gingen sie sofort auf ihr Zimmer. Bob liebte sie leidenschaftlich und seine Hände erforschten begierig ihren Körper. Feurig heiß drang er in sie ein und als es ihr kam, spürte sie immer noch die Wollust und das Feuer, das in ihr brannte.

Sie konnte noch immer seine Hände auf ihr spüren und als sie langsam die Augen aufmachte, traf sie die Realität wie ein Schlag. Sie sah über sich verschwommen den kahlen Baumstamm und erst da wurde ihr klar, dass alles nur ein Traum gewesen war.

Aber sie spürte und fühlte immer noch den wohligen Schauer von Bobs Händen auf ihrer Haut. Sie hob leicht den Kopf, dann sah sie das Grauen, das auf ihrem Körper lag. Sie war über und über mit Maden und kleinen schwarzen Käfern übersät und instinktiv fing sie zu kreischen an.

„Igitt, weg da, weg da".

Sie nahm ihre Hände und versuchte damit, die Massen kriechenden Getiers von sich zu entfernen, doch es gelang nur müßig. Immer schneller wurden ihre Bewegungen und auf einmal spürte sie kleine Stiche, welche die kleinen schwarzen Biester auf ihrer Haut hinterließen.

Mit einem Aufschrei schreckte sie hoch und schlug sich mit voller Wucht den Kopf an dem Baumstamm an. Für eine Sekunde sah sie nur schwarz, dann wurde sie ohnmächtig. Sie wusste nicht, wie lange sie nicht bei Besinnung gewesen war, doch als sie abermals die schmerzhafte Stiche bemerkte, verlor sich das Gefühl. Sie drehte sich um und Unmengen von Maden und Käfern fielen von ihrem Körper zu Boden.

Schnell raus hier, waren ihre Gedanken.

Sie stützte sich ab, dann gruben sich ihre Hände in die welken Blätter. Sie krabbelte so schnell wie möglich nach draußen. Auf der Flucht bemerkte sie angewidert, wie ihre Hände hunderte der kleinen Käfer zerquetschten. Mit einem leisen, kaum wahrnehmbaren knirschenden Geräusch zerplatzten sie und abgestoßen vor Ekel verzog sie ihr Gesicht.

Nach einigen Sekunden hatte sie es geschafft und war

endlich draußen. Sie richtete sich auf, dann schlug sie erneut wild und voller Entsetzen um sich. Mit abstreifenden Bewegungen entledigte sie sich von dem Getier, doch hatte sie es noch nicht geschafft, denn noch immer spürte sie die schmerzhaften Stiche. Erst jetzt bemerkte sie, dass sie bereits unter ihren Kleidern waren.

„Scheiße", schrie sie, dann zog sie sich rasch die Hose und dann die Bluse aus. Mit Abscheu sah sie, wie diese kleinen Biester sich an ihr vergingen und versuchten, ihr kostbares Blut zu ergattern. Sie schlug erneut mit ihrer flachen Hand auf die Käfer. Sie wusste nicht, wie lange sie diese Prozedur wiederholte, doch nach einigen Minuten war sie sich sicher, dass auch der letzte Käfer von ihr abgefallen war. Sicherheitshalber entledigte sie sich noch ihrer Unterhose und erst als sie erkannte, dass wirklich kein Käfer mehr auf ihr saß, atmete sie erleichtert auf.

Ihr Herz pochte und nach Atem ringend setzte sie sich auf den Boden. Kaum saß sie schon, krampfte ihr Magen zusammen. Sie spürte, wie etwas aus ihrem Magen die Speiseröhre hinauf kam. Ihr wurde schlecht und erst jetzt kam das würgende Gefühl. Sie erhob sich noch, dann übergab sie sich. Ein weißlich gelber Strahl, vermischt mit kleinen Käfern, die teilweise noch lebten, ergoss sich aus ihr. Mit tränenden Augen kotzte sie sich die Seele aus dem Leib und erst als wirklich alles aus ihr herausgekommen war, kippte sie nach hinten.

Ausgestreckt und völlig erschöpft, begann sie zu weinen.

„Ich will wieder heim, endlich heim", wehklagte sie.

Schluchzend verbarg sie ihr Gesicht unter ihren Armen und erneute Hoffnungslosigkeit stieg in ihr auf.

Wie sehr sie sich doch nach Bob sehnte. Er war ihr Fels

in der Brandung und immer zur Stelle, wenn es ihr nicht gut ging.

Wo aber war er jetzt?

Warum kam er ihr nicht zur Hilfe?

Die Fragen, die sie sich in Gedanken stellte, konnte niemand beantworten, aber sie wollte eigentlich keine Antwort.

Sie wollte einfach nur wieder heim, mehr nicht.

Sie beruhigte sich langsam wieder, dann stand sie mit Tränen in den Augen auf. Sie ging zu ihrer Kleidung und prüfte sorgfältig, ob sie maden- und käferfrei war. Als sie damit fertig war, zog sie sich rasch an.

Es war ein nebliger Morgen und als Jen in den Himmel schaute, sah sie schon die grauen und dunklen Regenwolken, die sich nach und nach zusammen brauten. Kurze Zeit später regnete es.

Wohltuend nahm sie das kühle Nass auf ihrem Gesicht war und als sie die Zunge herausstreckte, konnte sie die Tropfen darauf spüren. Sie riss den Mund weit auf und dicke, fette Tropfen flogen in ihn hinein. Der quälende Durst, der sie noch gestern heimgesucht hatte, wurde nun gestillt, aber nur kurz, denn als das erste kleine Rinnsal ihre Kehle hinabfloss, wollte ihr Körper noch mehr. Immer breiter und größer wurde ihre Mundöffnung, doch egal wie sie sich bemühte, ihre Gier wurde nur noch größer. Sie machte ihren Mund zu, dann eilte sie zu den Bäumen. Die Blätter waren von dem Regen befeuchtet und Jen leckte sie genüsslich ab. Nach und nach wurde ihr Durst befriedigt und erst als sie wirklich kein Verlangen mehr spürte, hörte sie damit auf.

Sie lehnte sich an einen Baum, dann dachte sie nach.

Wie lange werde ich wohl noch hierbleiben müssen? fragte sie sich selbst.

Sie blieb noch einige Minuten dort angelehnt, dann wollte sie sich gerade wieder auf dem Weg machen, als sie plötzlich ein Knacken hinter sich hörte.

Sie drehte sich schlagartig um und horchte in den dunklen Wald hinein.

Stille.

Nichts.

Sie hatte sich wohl verhört.

Doch nur eine Sekunde später vernahm sie das gleiche Knacken.

Wieder horchte sie angestrengt.

Sekunden vergingen, in denen sie regungslos verharrte, doch sie hörte nichts.

Ihre Gedanken waren vielfältig.

Waren es ihre Retter?

War es Bob?

Insgeheim hoffte, nein wünschte sie es sich, doch es sollte sich nicht bewahrheiten, denn kaum hatte sie ihre Gedanken vollendet, da hörte sie ein Knurren.

Sie schreckte zusammen, dann tat sie einen Schritt zurück.

„Hallo, ist da wer?", sagte sie leise, wohlwissend, dass dies Geräusch von keinem Menschen stammen konnte. Dennoch rief sie weiter.

„Hallo, bitte können sie mir helfen?".

Keine Antwort.

Sie trat nochmals einen Schritt zurück.

Plötzlich wurde das Knurren lauter und ein Knacken war erneut zu vernehmen.

Sie zuckte abermals zusammen, dann drehte sie sich um und hastete tiefer in den Wald hinein. Hinter sich hörte sie plötzlich Schrittgeräusche und als sie einen Blick nach hinten warf, sah sie, wie das Gestrüpp auf einmal wackelte. Wieder erklang das Knurren, dann folgte ein markerschütternder Schrei. Jen kannte sich in der Tierwelt nur mäßig aus, aber eines wusste sie genau: Dieses Geräusch war nicht von dieser Welt. Es klang fast so, wie der Schrei eines Dinosauriers. Auch wenn es sich unmöglich anhörte, sie hatte oft den Film „Jurrasic Park" gesehen und genauso wie dieser T-Rex geschrien hatte, genauso klang auch dieser Schrei.

Sie blickte wieder nach vorne, dann rannte sie so schnell sie nur konnte weiter. Über umgestürzte Bäume und dichtes Gestrüpp führte sie ihre Flucht und noch immer hörte sie hinter sich die kehligen Schreie ihres Verfolgers.

Voller Panik eilte sie weiter.

Nach einigen Minuten hörte sie abermals einen Schrei, der diesmal aber weiter entfernt zu ertönen schien. Es schien so, als ob sie das Wesen abschütteln konnte, doch darauf wollte sie sich nicht verlassen. Sie rannte weiter und weiter, bis sie fast nicht mehr konnte. Sie lehnte sich an einen Baum und schloss die Augen. Ihr Herz schlug ihr bis zum Hals und ihre Lungen rangen nach Atem.

Sie hechelte wie verrückt und plötzlich bemerkte sie, wie ihr wieder schlecht wurde. Ihr wurde flau im Magen, dann krampfte er sich erneut zusammen. Ein wässriger Strahl kam aus ihrem Mund und keuchend und hustend ging sie in die Knie.

Das kostbare Nass, dass sie so dringend benötigte, gab sie vollständig wieder von sich. Sie würgte noch ein paar Mal, dann war alles draußen.

Sie robbte auf allen Vieren weiter und lehnte sich an einen Baum, dann schnaufte sie tief durch.

„Warum gerade ich?", fragte sie leise.

Sie begann zu weinen.

Um sich herum vergaß sie die Zeit und sie legte den Kopf nach hinten legte und sah in den Himmel. Die Wolken hatten sich verzogen und langsam kam die Sonne zum Vorschein. Als die ersten Strahlen sie erfassten, keimte Hoffnung in ihr auf. Woher auch immer dieses Gefühl kam, es wärmte und erfüllte sie.

Sie blieb noch einige Minuten so verharrend und als sie keine weitere Geräusche und Schreie hörte, rappelte sie sich wieder auf. Jen ging weiter und als sie wieder einmal aus einem Waldstück an eine Lichtung kam, sah sie ungefähr 500 Meter von sich entfernt, eine Anhöhe, die kaum bewaldet war und von wo aus man eine bessere Sicht hatte, als von ihrem jetzigen Standpunkt. Sie mühte sich weiter und nach mehr als einer halbe Stunde, hatte sie den Aufstieg bewältigt. Als sie die letzten Meter mehr gerobbt, als gegangen war, brach sie auf der Anhöhe zusammen.

Erneut krampfte ihr Magen, doch diesmal musste sie sich nicht übergeben. Wie auch, sie hatte nun seit mehr als 2 Tagen fast nichts mehr gegessen und noch weniger getrunken. Das bisschen Wasser, welches sie von den Blättern geleckt hatte, hatte sie schon längst wieder erbrochen.

Sie blieb erschöpft liegen und ruhte sich aus. Nach einigen Minuten, die ihr wie Stunden vorkamen, erhob sie sich wieder. Mit wackligen Füßen ging sie noch ein paar Schritte, dann hatte sie es geschafft. Sie war jetzt genau auf dem höchsten Punkt der Anhöhe angelangt.

Sie erhoffte sich, irgendetwas erkennen zu können.

Eine kleine Siedlung, ein einzelnes Haus, eine Straße oder ein Weg, Hauptsache irgendwas.

Sie schaute nach Osten und sah nichts außer Wälder und Berge.

Dann blickte sie nach Norden und Süden, aber auch da war nichts.

Ihre letzte Chance lag im Westen.

Sie drehte sich angsterfüllt um, dann kniff sie ihre Augen zu.

„Bitte lieber Gott, lass da etwas sein", bat sie leise.

Sie öffnete langsam die Augen und als sie auch dort nichts sah, da brach sie erneut zusammen.

Sie fiel auf ihre Knie, dann hämmerte sie vor Wut mit ihren Händen auf den noch nassen Boden.

„Bitte, bitte, ich brauche Hilfe", klagte sie wie ein altes Weib.

Doch niemand war da, der sie hätte hören können.

Sie rollte sich zusammen und blieb dann enttäuscht und entmutigt auf dem Rücken liegen. Als sie wieder in den Himmel starrte, fiel ihr plötzlich etwas auf.

Es war etwas, dass ihr gestern schon aufgefallen war, dass sie aber nicht beachte hatte, doch heute sah sie es wieder.

Oder besser gesagt, sie sah es nicht.

Es waren keine Flugzeuge am Himmel.

Egal, wo sie auch gewesen war und egal, um welche Uhrzeit es sich auch gehandelt hatte, sie hatte sonst immer Flugzeuge oder deren Kondensstreifen am Himmel gesehen.

Nur hier nicht.

Es kam ihr ungewöhnlich vor, denn normalerweise war dieses Gebiet eine Hauptverkehrsroute der Fluggesellschaften.

Warum also konnte sie keine erkennen?

War es überhaupt wichtig, ob von hier welche zu erkennen waren?

Sie wusste es nicht.

Nur eines wusste sie sicher; es war sonderbar.

Sie richtete sich wieder auf und schaute erneut in die Landschaft. Egal wohin sie auch blickte, nur Wälder und Berge.

In den letzten zwei Tagen hatte sie nur planlos und panisch gehandelt. Nun musste sie ihre Strategie überdenken und sich notfalls eine andere zu Recht legen. Es brachte nichts jetzt, in Wehklagen und Jammern zu verfallen, sondern sie musste sich zusammennehmen und einen Ausweg aus diesem Dilemma finden.

Sie sprach sich selbst Mut zu, obwohl nur wenig davon in ihr übrig war.

Sie schleppte sich hoch, obwohl ihr Körper ihr signalisierte: *es ist genug, ich kann nicht mehr.*

Sie schöpfte Hoffnung, obwohl es nichts gab, an dem sie sich hätte aufraffen können.

Aber das Leben ging weiter.

Noch bin ich nicht am Ende, dachte sie.

Der Tag ging langsam zu Ende und als im Westen die Sonne allmählich hinter den Bergen verschwand, entschloss sich Jen, genau hier zu bleiben und die Nacht zu verbringen. Keinesfalls wollte sie wieder in den Wald zurück und unter einem Baum schlafen. Lieber wollte sie frieren oder vom Regen überrascht und nass werden, als wieder bei den Maden und Käfern zu nächtigen.

Sie rollte sich zusammen und als der letzte Sonnenstrahl auf ihrem Körper verblasste, war die Hoffnung, die noch in ihr keimte, beinahe versiegt.

Dritter Tag: Hunger und Durst

Die Nacht war kalt und als Jen inmitten der Dunkelheit aufwachte, meinte sie von weitem ein Licht zu erkennen.

Sie erhob sich und schaute in die Richtung, in der sie das Licht ausgemacht hatte, doch schnell musste sie erkennen, dass es nur ein Trugschluss gewesen war.

Ein Streich ihrer Wahrnehmungen und ein Wunschgedanke, irgendjemand würde nach ihr suchen und sie dann heimführen, wenn er sie gefunden hätte.

Schlaftrunken blickte sie noch einige Sekunden darauf, dann übermannte sie wieder die Müdigkeit.

Als die Sonne aufging und am Himmel stand, erwachte Jen kraftlos und ausgelaugt. Obwohl sie fast 10 Stunden geschlafen hatte, war sie immer noch müde. Sie erhob sich langsam und plötzlich spürte sie einen schrecklichen Schmerz in ihrer Hüfte. Er war stechend und ziehend und Jen musste in die Knie gehen, damit der Schmerz wieder verschwand.

Mir tun meine Knochen weh, mir tut alles weh, klagte sie innerlich.

Zwei Nächte auf dem kalten und harten Boden hatten ihren Tribut gefordert, doch noch schlimmer war ihr Hungergefühl, das sich sofort wieder meldete, kaum das sie wieder bei klarem Verstand war.

Sie blieb noch einige Sekunden in ihrer Haltung erstarrt, dann erhob sie sich langsam aber stetig. Sie reckte ihre Glieder, dann streckte sie sich und machte ein paar Dehnungsübungen. Gott sei Dank hatte der Schmerz sich verzogen und Jen konnte wieder aufrecht stehen. Sie musste kurz schmunzeln, als sie dachte, wie komisch es wohl aussehen mochte, wie sie von Hunger und Durst geplagt, Morgengymnastik machte. Sie hatte fast alles verloren, ihren Humor anscheinend noch nicht.

Bevor sie vor Erschöpfung und Hunger gestern Nacht eingeschlafen war, hatte sie ihre Gedanken sortiert. Aber vor allem hatte sie verschiedene Punkte vorgesehen, die sie heute in Angriff nehmen wollte.

Der erste war, unbedingt etwas zu essen zu finden.

Egal was, Hauptsache es sättigt mich.

Der zweite war, wie sie hier entfliehen konnte.

Immer weiter gehen, irgendwann werde ich in die Zivilisation zurück gelangen.

Der dritte Punkt war derjenige, der ihr am meisten zu schaffen machte.

Das Knurren und die Geräusche. Da ist etwas. Etwas das mich jagt und Beute machen will.

Sie wusste nicht im Entferntesten, was es war. Sie wusste nur eines: Sie musste in Bewegung bleiben und ihren Vorsprung wahren. Nur so konnte sie sich sicher fühlen.

Als wieder Leben in ihre Glieder gekommen war, machte sie sich an den Abstieg. Sie hatte beschlossen, nach Westen zu gehen. Das Ding, das sie gestern so fürchterlich erschreckt hatte, befand sich in entgegengesetzter Richtung, also war es klar, dass sie genau die andere Richtung einschlagen musste. Es war einerlei, wo sie hinging, nur nicht in die Richtung, aus der sie gekommen war.

Sie brauchte fast eine Stunde, dann kam sie zum wiederholten Male in ein Waldstück. Sie hatte in Biologie und in dem darauffolgenden Studium über Agrarpolitik ein wenig Erfahrung gesammelt, viel helfen würde dies ihr zwar nicht, aber eventuell würde sie das eine oder andere „Nahrungsmittel" erkennen und für sich nützen können. Sie durchquerte den Wald und fand an einem Baum eine sonderbare Frucht, die sie so noch nie gesehen hatte. Sie war gelblich und sah nicht sonderlich appetitlich aus, aber Jen hatte nicht viel Auswahl. Mit einem am Boden liegenden Ast schlug sie die Frucht vom Baum, dann nahm sie sie in die Hand. Sie schnüffelte daran und ein Geruch nach Moder und Erbrochenem, stieg ihr in die Nase. Angeekelt und angewidert verzog sie ihr Gesicht, dann roch sie erneut daran. Es hatte sich nicht viel verändert und Jen suchte nach einem harten Gegenstand am Boden. Nicht unweit von ihr entfernt lag ein kleiner Felsbrocken. Jen lief darauf zu, dann schlug sie die Frucht mit ein paar harten Schlagen entzwei. Als sie den gräulich braunen und schleimigen Inhalt sah, musste sie würgen.

„Igitt", sagte sie abgestoßen.

Zum wiederholten Male führte sie die Frucht an ihre Nase und fast wieder musste sie brechen.

Es stank noch ekelhafter und schlimmer wie zuvor, als die Frucht noch ganz gewesen war.

Sie legte sie auf den Boden und dachte nach.

Ist sie giftig und falls ja, was kann mir dann passieren? Oder ist sie nur ungenieß-, aber essbar?

Welche Alternativen hatte sie schon?

Sie nahm ihren Finger und kratzte ein Stück vom Inneren ab, dann führte sie es langsam und bedächtig an ihren Mund. Wieder roch sie den fauligen Gestank.

„Wenn ich leben will, muss ich essen", sagte sie leise. Sie machte die Augen zu, dann leckte sie ihren Finger ab. Es schmeckte säuerlich und zuerst musste sie abermals würgen, als ihre Zunge das schleimige Etwas berührte, dann schluckte sie es schnell hinunter. Zum großen Glück merkte sie nun nichts mehr und sie nahm die Frucht in ihre Hand.

„Also gut, Jen, los jetzt", spornte sie sich an.

Sie nahm die Frucht, dann biss sie hinein. Wieder roch sie den altbekannten Geruch, aber diesmal zwang sie sich, nicht zu würgen. Sie biss sehr schnell zwei, drei

Stücke heraus und schluckte sie dann ohne zu kauen hinunter. Sie merkte, wie die Stücke in ihrer Speiseröhre hinunter wanderten und im ersten Moment fühlte sie sich glücklich. Sie hatte sich ihrer Angst gestellt und hatte ihre Selbstzweifel überwunden; und das machte sie ein wenig stolz.

Sie holte sich die andere Hälfte und diesmal machte sie nicht viel Federlesen. Mit einigen wenigen Bissen, hatte sie die andere Hälfte bald vertilgt, dann machte sie sich auf, eine zweite Frucht zu holen.

Nach ein paar Minuten hatte sie auch diese gegessen. Jen holte sich noch eine dritte und als sie sie vom Boden holte, bemerkte sie dort kleine Ameisen.

Sofort musste sie an die Eingeborenen in Afrika und Australien denken. Hatten die nicht auch Insekten gegessen?

Sie überlegte nicht lange, sondern nahm eine und steckte sie in den Mund. Sie spürte, wie sich das kleine Insekt windete, dann biss sie zu. Es schmeckte nach gar nichts und Jen nahm noch eine.

Dann noch eine und eine weitere, dann eine ganze Hand voll.

Sie kaute und kaute, dann schluckte sie hinunter.

Sie wusste nicht, wie lange sie dieses Massaker unter den Ameisen anrichtete, dann ließ sie davon ab. Der Hunger war immer noch da und machte sich quälend wieder bemerkbar.

Aber da war noch ein anderes Gefühl.

Ein viel schlimmeres.

Erst jetzt bemerkte sie wieder ein Grummeln im Bauch.

Zuerst nur ein leichtes Ziehen, dann rumorte es abermals.

Jen wusste sofort, was das zu bedeuten hatte.

„Oh scheiße", fluchte sie, dann zog sie sich so schnell sie nur konnte, die Hose runter.

Sie schaffte es gerade noch, als schon alles wieder aus ihr herauskam.

Aber das war noch nicht das Schlimmste.

Jetzt fingen auch wieder die Krämpfe an.

Obwohl sie fast nichts im Magen hatte, musste sie schon wieder würgen. Sie beugte sich nach vorne und kaum hatte sie das getan, erbrach sie sich.

Schwarze, kleine Krümel mit etwas Flüssigkeit vermischt, kamen zähflüssig aus ihrem Mund und als sie fertig war, ließ sie sich weinend auf den Boden rollen.

Ich werde elendiglich verhungern müssen, dachte sie.

Sie blieb noch einige Momente liegen, dann zog sie sich, beschmutzt wie sie war, ihre Hose wieder an.

Sie musste sich etwas einfallen lassen, aber was?

Wenn sie nicht bald etwas Essbares fand, dass sie auch vertragen konnte, dann würde es nicht mehr lange dauern und sie würde verhungern und sterben.

Jen stand auf und sah sich um.

So weit sie auch sehen konnte, außer Bäumen wie Tannen, Kiefern und anderen Nadelbäumen konnte sie nichts erkennen.

Wo waren nur die Apfel-, Birnen oder Kirschbäume, von deren Früchten sie sich wenigstens hätte notdürftig ernähren können?

Es gab einfach keine.

Vielleicht nicht hier, aber sicher wo anders. Ich muss einfach suchen und weitergehen, dachte sie wieder.

Obwohl sie fast schon am Ende ihrer Kräfte war, konnte sie nicht so einfach aufgeben. Noch war Hoffnung da und ihr Lebensmut hatte sie noch nicht verlassen.

Aber wie lange reichte er noch?

Sie schüttelte den Gedanken von sich, dann ging sie los und durchstreifte den Wald.

Nachdem sie fast den ganzen Nachmittag mehr schlecht als recht durch den Wald geschlichen war, hörte sie plötzlich ein leises Plätschern.

Sie hob den Kopf und lauschte.

Es war noch ganz fern, doch als sie ein paar Schritte gelaufen war, hörte sie es ganz deutlich.

Irgendwo musste ein Bach oder ein kleiner Fluss sein.

Ihre Stimmung hellte sich auf und sie folgte dem Geräusch.

Tatsächlich, nur wenige Sekunden später hörte sie anstatt des Plätscherns nun ein Rauschen.

„Wasser", sagte sie leise und seit langem lachte sie wieder.

Sie durchschritt eine kleine Lichtung, dann noch ein kurzes Waldstück und dann sah sie es vor sich.

Ein kleiner, vielleicht einen Meter breiter Bach, schlängelte sich durch den Wald.

Sie hastete durch das Unterholz und wäre beinahe in den Dornen des Gestrüppes hängen geblieben. Die spitzen feinen Widerhaken ritzten ihre Füße auf, doch sie ignorierte es.

Wasser. Endlich etwas zu trinken.

So einfach waren ihre Gedanken gestrickt.

Nur noch wenige Meter trennten sie von dem kühlen Nass, da hörte sie es wieder.

Zuerst nur leise, dann schwoll es immer lauter und lauter an, bis sie es ganz nah hören konnte.

Sie blieb wie erstarrt stehen und blickte in den dunklen Wald, der jenseits des Baches lag.

„Bitte nicht", winselte sie, doch das Kreischen und

Knurren übertönte ihr Flehen.

Zuerst hörte sie nur Schreie, dann plötzlich das Fletschen von Zähnen.

Sie ging panisch einen Schritt zurück, dann sah sie es.

Die Zweige und Blätter in den oberen Kronen der Bäume raschelten und erst jetzt konnte sie erkennen, dass dieses Ding riesengroß sein musste. Sie sah, wie sich die Baumwipfel nach rechts und links bewegten, als würde sich etwas Gigantisches einen Weg bahnen.

Jen ging angsterfüllt nochmals einen Schritt zurück.

„Bitte, nur ein wenig Wasser", bat sie.

Wieder hörte sie ein Kreischen.

Sie schreckte zusammen, sah noch einmal auf den Bach, dann rannte sie so schnell sie nur konnte fort.

Nicht zu spät, denn kaum war sie den dornenreichen Weg zurück gerannt, da hörte sie hinter sich schon die schweren Tritte der Bestie.

„Nein", schrie sie von Panik befallen.

Plötzlich schlug neben ihr ein verrotteter Baumstamm auf, dann kurz darauf noch ein zweiter. Sie hastete weiter und immer wieder hörte sie diesen markerschütternden Schrei.

„Lass mich in Ruhe", kreischte sie.

Jen rannte um ihr Leben. Um sich nicht erwischen zu lassen, schlug sie Haken, machte einen Bogen und rannte dann weiter.

Sie wusste nicht, wie lange sie im Wald umher gerannt war, aber als sie einen Blick nach hinten riskierte, erkannte sie, dass sie diesem Ding wahrscheinlich entkommen war, denn nichts regte sich und auch die Schreie hörte sie nun nicht mehr.

Sie blieb stehen und atmete hektisch, dann spürte sie, wie ihr das Herz bis zum Hals schlug.

Ihr wurde wieder schlecht, doch diesmal musste sie sich nicht erbrechen.

Wie auch, sie hatte ja nichts mehr im Magen, das heraus musste, aber dennoch fühlte sie sich elendiglich.

Jen blieb noch einige Sekunden stehen, dann machte sie sich auf, von hier zu verschwinden.

Sie ging weiter und als sie nach einer halben Stunde nicht mehr konnte, blieb sie stehen.

Sie lauschte und nach ihr endlosen erscheinenden Sekunden war sie sicher, der Bestie entkommen zu sein.

Sie brach zusammen und weinte hemmungslos.

„Warum hilft mir denn keiner?", fragte sie in den tiefen dunklen Wald hinein.

Wieder einmal erhielt sie keine Antwort.

Ihre Augen blickten leer und gedankenverloren in den Himmel. Es näherte sich wieder der Abend und als sie in den Himmel starrte und immer noch keine Flugzeuge dort oben sah, ahnte sie, dass sie es wahrscheinlich nicht schaffen würde, hier lebend heraus zu finden.

Sie war am Ende ihrer Kräfte angelangt.

Sie überlegte noch kurz, wo sie übernachten sollte, gab aber schließlich auf. Jeder Platz war genauso gut oder schlecht, wie der andere. Es war einerlei, wo sie die Nacht verbrachte.

Sie schlief vor Erschöpfung fast auf der Stelle ein.

Kurz nachdem sie die Augen schloss, hörte sie noch ein leises Knacken, dann verabschiedete sie sich von der grausamen Realität und glitt in einen traumlosen Schlaf.

Vierter Tag: Auf der Flucht

Als sie die Augen aufmachte und wieder einmal Käfer auf sich entdeckte, machte ihr das bereits nichts mehr aus. Auch als sie die kleinen Stiche an sich wahrnahm, war es ihr egal.

Ihr war alles egal.

Sie mühte sich nach oben und als sie aufrecht stand, fielen die Käfer wie von selbst an ihr ab.

Sie musste lachen.

„Geht doch", sagte sie sarkastisch.

Ihr tat alles weh und als sie sich streckte, knackte es plötzlich an ihrem Körper.

„Scheiße, verdammt".

Irgendetwas hatte sich am Rücken verrenkt und ein stechender Schmerz durchzuckte ihren Körper.

Sie blieb regungslos stehen und wartete geduldig ab, bis sich der Schmerz wieder legte, dann erst bewegte sie sich wieder.

Gott sei Dank hatte sich die Verrenkung gelöst und sie konnte sich wieder schmerzfrei bewegen. Erst jetzt fiel ihr auf, wie sich ihr Körper in den letzten Tagen verändert hatte; und das nicht zum Guten.

Überall hatte sie Schrammen und Verletzungen, die teilweise schon zu eiterten begannen. Ihr Knie war aufgeschürft, am Ellbogen hatte sie einen riesengroßen blauen Fleck und die Knochen traten an ihr hervor.

Sie war schon immer auf eine gute Figur gewesen, doch jetzt sah sie wie ein spindeldünnes Model aus und dies erzürnte sie.

Tränen des Zorns standen ihr in den Augen und in dieser Sekunde ahnte sie, sollte sie nicht heute errettet werden, würde sie es wahrscheinlich nicht mehr heil aus dieser Gefahr schaffen.

Nicht nur das sie an Hunger und Durst litt, nein, auch ihr Lebensmut und ihre nur noch spärliche vorhandene Energie neigten sich langsam dem Ende.

Sie blickte trostlos und geistesabwesend um sich, dann rappelte sie sich abermals auf, um einen Ausweg aus dieser Situation zu finden.

Sie wanderte den ganzen Tag umher und spät am Mittag, als sie noch immer nichts Essbares gefunden hatte, ließ sie sich einfach zu Boden sinken.

Sie war am Ende.

Sie wollte nicht mehr.

Jen legte sich flach auf den Boden, dann sah sie die am Himmel aufkommenden grauschwarzen Wolken. Schon wenige Minuten später fing es zu donnern an. Der darauffolgende Regen durchnässte sie, doch aus irgendeinem Grund öffnete sie ihren Mund nicht.

Warum auch, dachte sie, *warum soll ich mein Leiden noch verlängern.*

Jen war an einem Punkt angekommen, wo jegliche lebensverlängernden Maßnahmen einfach umsonst gewesen wären. Sie war durstig, aber noch mehr plagte sie der Hunger.

Sie lag einfach nur da, ohne sich zu regen.

Plötzlich spürte sie ein Vibrieren. Erst nur ganz leicht, dann wurde es immer stärker und stärker.

Jen wusste sofort, was es war.

Sie hob mühsam den Kopf, dann hörte sie schon wieder diesen Schrei.

Zuerst blieb sie einfach nur liegen und wollte nicht erneut flüchten. Sie hatte keine Kraft mehr und warum sollte sie schon wieder fliehen? Es brachte ja doch nichts, sie würde sowieso sterben. Also warum nicht gleich hier.

Die Schreie und das Kreischen kamen immer näher und Jen richtete sich doch noch auf. Sie sah, wie sich die Wipfel wieder bewegten und plötzlich stieg Panik und

Angst in ihr auf.

Es war also doch noch nicht zu Ende.

Jen stand mühsam auf, dann wandte sie sich zur Flucht.
Sie schleppte sich aus dem Wald und war nach einem
Kraftakt an eine Lichtung gekommen. Ihr Herz pochte
wie wild und Jen dachte, wenn sie jetzt noch einen
Schritt weiter gehen würde, würde sie einen Infarkt
erleiden. Sie stemmte ihre Hände auf ihre Beine, als es
hinter ihr raschelte

Sie drehte sich um und starrte panisch und angsterfüllt
in den Wald.

Sie wusste, dass es ganz nah bei ihr war.

„Lass mich in Ruhe, hast du gehört, verschwinde",
quiekte sie.

Sie dachte, jetzt würde es gleich kommen, um sich auf
sie zu stürzen.

Endlose Sekunden verstrichen, ohne dass etwas geschah.

Wieder einmal brach sie vor Erschöpfung zusammen.
Als sie nach unten stürzte, knackte auf einmal ihr
Knöchel.

„ARGGGGHHHHH", schrie sie schmerzerfüllt, dann
blickte sie an sich herab.

An ihrem Knöchel hatte sich sofort eine Schwellung
gebildet und als sie diese mit ihren Fingern berührte,
nahm der Schmerz nur noch zu.

Sie fing an zu weinen, dann klagte sie bitterlich:

„Ich will nicht mehr, ich möchte jetzt endlich, dass dies
alles vorbei ist".

Tränen flossen an ihrer knöchernen Wange herab, die
einzige Flüssigkeit, die noch in ihrem Körper vorhanden
war.

Jen wartete auf ihr Ende, doch noch war es nicht soweit.

Die Schreie verstummten und Jen blieb mit ihren

Schmerzen allein. Es vergingen wieder Minuten, bevor
sie plötzlich etwas sah.

Durch das Dickicht blitzten zwei dunkelrote Augen
hervor, die riesig und furchterregend aussahen.

Jen quiekte erschrocken auf.

„Hau ab, lass mich verdammt nochmal in Ruhe".

Sie stemmte sich hoch, dann wandte sie sich ab und
humpelte davon.

Jeder Schritt tat ihr weh, doch ihr Überlebenswille war
größer als der Schmerz. Jammernd und klagend
schleppte sie sich über die Lichtung, während sie hinter
sich schmatzende Geräusche vernahm.

„GEH WEG".

Doch es ging nicht weg, sondern folgte ihr.

Jen hatte es fast geschafft, die Lichtung zu durchqueren,
als sie wieder die Schreie hörte. Sie kamen immer näher
und Jen brach erneut zusammen.

Der Regen wurde immer heftiger und Donner erfüllte
den Wald. Blitze zuckten und als Jen wieder vorwärts
robbte, spürte sie hinter sich plötzlich einen hechelnden
Atem.

Sie verharrte in ihrer Bewegung, dann spürte sie, wie
etwas ihren Rücken berührte. Sie zitterte und voller
Angst traute sie sich nicht, nach hinten zu sehen.

Ein nach Fäulnis und Moder stinkender Gestank drang
in ihre Nase und Jen blickte angeekelt zur Seite.

„Bitte lass mich doch in Ruhe", flehte sie wieder.

Ein schmatzender Laut war zu vernehmen und plötzlich
spürte Jen in ihrem Nacken etwas Schleimiges und
feuchtes, dass sie langsam abschleckte.

Jen zitterte am ganzen Leib.

Plötzlich erfüllte ein Krachen, gefolgt von Donner den
Wald und sie zuckte zusammen.

Die Erde begann zu beben und als Jen den Kopf hob, sah sie, das nicht weit von ihr entfernt, ein Blitz eingeschlagen und mehrere Bäume in Brand gesteckt hatte.

Hinter ihr erklang ein Urschrei, dann vibrierte wieder die Erde. Sie bemerkte, wie dieses Ding sich von ihr wandte und kurz darauf im Wald verschwand.

Während der Regen unaufhörlich auf sie nieder prasselte, brach sie endgültig zusammen. Schluchzend und wehklagend heulte sie wie ein Schlosshund, dann erlosch jeder ihrer Gedanken.

Fünfter Tag: Erlösung?

Irgendwann registrierte sie etwas. Es hörte sich wie Stimmen und Rufen an. Zuerst bekam sie es gar nicht mit, doch als sie ganz entfernt ihren Namen hörte, zuckte sie zusammen.

Sie hob ihren Kopf und wollte antworten, aber geschwächt wie sie war, brachte sie keinen Ton heraus.

„Jen, Jen, bist du hier irgendwo?", rief eine Stimme, die sie nur all zu gut kannte.

Es war Bob.

Ihr liebender und treuer Ehemann.

„Bob, hierher, ich bin hier", krächzte sie.

In ihr stieg Freude empor und das Gefühl, bald errettet zu werden, bestärkte sie.

Sie erhob sich und dann sah sie schon die vielen Lichter, die von Taschenlampen herrührten.

Sie hob ihre Hand, dann rief sie mit letzter Kraft:

„Hierher, ich bin hier. Hallo, hört ihr mich",

Plötzlich teilte sich vor ihr das Dickicht und einige Männer brachen daraus hervor.

„Da ist irgendwas", hörte sie es rufen, dann vernahm sie sich ihr nähernde Schritte.

Sie sah, dass sie nun fast bei ihr waren und sie erkannte noch etwas:

Einer von ihnen war Bob.

„Schatz, ich bin da", rief sie noch, dann glitt sie wieder nach unten.

„Ja, da ist sie", hörte sie ihren Mann rufen.

Kurz darauf spürte sie, wie Bob sie umdrehte und aufrichtete. Sie schaute in seine glücklichen Augen und als er seine Arme um sie schlang, da …

… wachte sie auf.

Es war nur ein Traum und …

… die Erkenntnis traf sie wie ein Schlag in die Magengrube.

Hemmungslos begann sie zu weinen und schlug vor Enttäuschung auf den Boden.

„Warum?", schrie sie nur, dann fiel sie in Ohnmacht.

Sie wusste nicht, wie lange sie ohnmächtig gewesen war, doch als sie wieder erwachte, hatte bereits ein neuer Tag begonnen.

Als die Sonne auf ihr Gesicht traf und sie die wohlige Wärme auf sich spürte, dachte sie für einen kurzen Moment an den Tag zurück, an dem sie mit ihrem Mann in den Wald gegangen war.

Wenn sie nur die Zeit zurückdrehen könnte, kam ihr in den Sinn, dann würde sie vieles anders machen.

Aber es war wohl ihr Schicksal.

Ein letztes Mal richtete sie sich auf, obwohl sie dazu eigentlich keine Kraft mehr hatte. Wacklig und unsicher stand sie breitbeinig da und schaute auf die unendlichen Wälder, die sich vor ihr erstreckten.

Ich werde es hier nie rausschaffen, dachte sie.

Ihr Gesundheitszustand war erbärmlich. Jede Faser ihres Körpers schmerzte und Hunger- und Durstgefühl waren ins Unermessliche gestiegen. Sie hätte für ein Stück Fleisch oder ein Schluck Cola ihre Seele gegeben.

Sie schleppte sich weiter in den Wald hinein und sah dann nicht weit von sich entfernt, wieder einmal eine Lichtung auftauchen.

„Wieder eine", seufzte sie.

Sie kroch weiter, dann hörte sie die altbekannten Schreie wieder.

Sie waren bereits sehr nahe.

Jen mobilisierte nochmals ihre letzten Kräfte und trotz des gebrochenen Knöchels hastete sie über die Lichtung.

Hinter ihr vibrierte die Erde.

Das Ding war nun ganz nah bei ihr.

Jen spürte schon seinen Atem und in einem allerletzten Kraftakt riss sie sich noch einmal zusammen.

Sie hastete durch das Unterholz, sprang über einen umgestürzten Baum, doch es war vergebens.

Das Ding blieb immer knapp hinter ihr.

Jen konnte nicht mehr.

Sie war fertig.

Erledigt.

Ihr tat alles weh und auch ihr Lebensmut hatte sie nun endgültig verlassen.

Sie robbte an einen Baumstamm und lehnte sich gebrochen dagegen.

„Lass mich doch bitte in Ruhe", flehte sie ein letztes Mal.

Doch es ließ sie nicht in Ruhe.

In diesem Moment wusste Jen, dass es keinen Ausweg mehr gab.

Sie blickte auf das Ding, das langsam näher und näher

kam und als sie sah, was es war, verschlug es ihr die Sprache.

Etwas so furchterregendes und abscheuliches hatte sie noch nie gesehen. Sie konnte es sich nur schwerlich erklären und es zu beschreiben, übertraf all ihre Vorstellungskraft.

Sie wusste nur eines:

Es war nicht von dieser Welt.

Sie wurde nun ganz ruhig und so komisch es auch schien, sie freute sich.

In wenigen Momenten würde sie von ihrer Qual erlöst werden und Kummer und Sorgen würden sich in Nichts auflösen.

Das Ding schrie noch einmal, dann schloss Jen ihre Augen zum letzten Mal.

Als die Klauen sich auf sie zu bewegten, breitete sie ihre Arme aus.

Sie nahm dankbar die Erlösung entgegen und hieß sie in ihrem Geist willkommen.

Erlösung

22. April 1915

Er war in der Hölle ...
... in der Gashölle von Ypern.
 Er stand in seinem Graben und spähte ins
Niemandsland. Erst vor wenigen Tagen, hatten die
Deutschen genau dort das Gas losgelassen.
 Diese verdammten Hurensöhne, dachte er, doch er irrte sich.
 Nicht die Deutschen waren es, die damit angefangen
hatten. Nein, ihre Verbündeten, die Engländer hatten
schon vor einigen Monaten versucht, mit Reizgas die
Deutschen aus ihren Gräben zu schmeißen, mit wenig
Erfolg. Es war nur eine logische Konsequenz, dass sie
reagierten und ebenfalls diese geächtete Waffe
einsetzten. Nur mit einem großen Unterschied:
 Ihr Gas war tödlich.
 Er konnte es immer noch riechen.
 Aber nicht nur das.
 Es stank auch nach Verwesung und Tod.

Als sie vor zwei Tagen in ihren Graben zurückgekehrt waren, sahen sie die schrecklich zugerichteten Leiber ihrer gefallenen Kameraden. Im Todeskampf und nach Luft ringend, hatten sich ihre Körper verkrampft und in ihren fratzenhaft entstellten Gesichtern, konnte man die Furcht vor dem nahenden Ende ihres Lebens erkennen.

Er wollte Rache.

Und er bekam sie.

Sie rüsteten sich zu einem Gegenangriff und als sie dazu bereit waren, stürmten sie los. Maschinengewehrfeuer ließ sie erzittern und manch einer fiel tot getroffen zu Boden, doch die meisten schafften es, in den feindlichen Graben zu gelangen.

Das Gemetzel war blutig.

Als sie die Oberhand gewannen und den Graben sicherten, fielen ihnen zwei Deutsche in die Hände, die noch nicht von ihnen getötet worden waren. Zitternd und die Hände erhoben, baten sie um Gnade, doch sie wurde ihnen nicht erteilt.

Man band sie fest und dann begann ihr Martyrium. Zuerst rissen sie ihnen die Kleider vom Leib, dann holte einer seiner Kameraden sein Bajonett und schnitt ihnen langsam und genüsslich die Ohren ab. Die Deutschen schrien und wanden sich, doch er machte dennoch weiter.

Sie handelten wie Bestien.

Jeder von ihnen schrie:

„Mach weiter, los, jetzt die Zunge", und tatsächlich, kurz darauf lagen die blutigen Zungen der gemarterten Seelen auf dem dreckigen, mit Blut beschmierten Boden.

In diesem Moment durchfuhr ihn ein Blitz und er wusste, wenn er sich dies noch weiter mit anschauen müsste, würde er verrückt werden.

Nein, er war schon verrückt.

Er musste es beenden. Er nahm sein Messer und stach wild auf sie ein. Sie zuckten noch kurz, dann sah er das, was er nie hatte sehen wollen.

Er starrte in ihre Augen und erblickte das Leid und die Angst.

Todesangst.

Er drehte sich weg und musste sich übergeben, während die anderen weiter schrien und ihr Blutdurst immer größer und unersättlicher wurde.

Er wusste nicht, wie lange die anderen noch ihrem Blutrausch gefolgt waren, doch irgendwann hörte er die Schreie der Deutschen nicht mehr.

Es war nur noch ein Röcheln, das schließlich ganz versiegte.

Als es endlich vorüber war und er die Deutschen noch einmal ansah, erblickte er nur noch einen blutigen Rumpf, dem Arme und Beine fehlten.

Angewidert wandte er sich abermals ab, dann flüchtete er aus dem Graben und rannte in diesem Niemandsland umher, bis er schreiend zusammen brach.

Was haben wir nur getan? dachte er und wand sich weinend auf dem Boden.

Er schloss die Augen und dachte an den Moment, als alles begonnen hatte.

Als letztes Jahr im August der Krieg ausbrach, war er einer der Ersten, die sich freiwillig meldeten. Er war froh, dem Mief und dem spießigen Bürgertum entfliehen zu können und wünschte sich sehnlichst, sofort in den Krieg zu ziehen. Ihm dürstete es nach Abenteuer und dem ritterlichen Kampf gegen einen Gegner, der verabscheuungswürdig und widerwärtig war. Er fühlte sich berufen, Gottes Auftrag zu erfüllen und er war sich sicher, richtig zu handeln. Er wollte nur eines:

Die Deutschen von der Erde tilgen.

Als er gemustert und für tauglich befunden worden war, befand er sich schon drei Tage später auf dem Weg an die Front. Er nahm seinen Tornister und sein Gewehr und marschierte mit seinen Kameraden zum Bahnhof, damit sie mit dem Zug unmittelbar an das Kriegsgeschehen transportiert werden konnten. Es war ein reges Treiben und viele seiner Mitstreiter verabschiedeten sich von ihren Liebsten. Manche Träne wurde vergossen, doch sie waren sich alle sicher, in ein paar Wochen, spätestens aber an Weihnachten, würden sie alle wieder zu Hause sein.

Alle?

Gewiss nicht alle.

Manches Opfer würde in diesem heroischen Kampf fallen und viel Blut würde vergossen werden, doch sie starben für eine gerechte Sache.

Er war aufgeregt und er war guten Mutes, war er sich doch sicher, dass ihm nichts passieren würde. Er war ein guter Mensch, immer freundlich und hilfsbereit. Gott würde ihn nicht opfern, nicht ihn, das konnte er sich einfach nicht vorstellen. Allein nur die Deutschen waren es, die bluten und sterben mussten, aber weder die Franzosen, noch die Engländer.

Er wusste in diesem Moment nicht, dass Gott sich längst von ihnen alle abgewandt hatte.

Es würde die Zeit kommen, in der er es schnell selbst erfahren würde.

Er nahm seinen Tornister und sein Gewehr und ging auf einen Waggon zu. Lächelnd las er die Zeilen, die in großen Buchstaben darauf geschrieben waren.

„Auf nach Berlin" und *„Tod den Boches"*

Ja, dachte er, *so wird es kommen.*

Er wollte gerade einsteigen, als er am Bahnsteig eine ältere Dame sah, die hilflos in der Menge stand und immer wieder mit dem Kopf schüttelte. Er ging auf sie zu und als er bei ihr war, nahm er sie an die Hand.

„Madame", sagte er, „kann ich ihnen helfen?".

Sie schüttelte mit dem Kopf und starrte ihn ausdruckslos an.

„Sie wissen nicht, was sie tun", sagte sie leise, während sie immer noch mit dem Kopf schüttelte.

Er schaute in ihr Gesicht und erst jetzt konnte er erkennen, dass sie blind war. Behutsam führte er sie aus der Menge weg und geleitete sie auf eine Bank, die nicht weit vom Bahnsteig entfernt war. Als sie dort Platz nahm, sah er plötzlich Tränen ihren Augen entweichen.

„Als sie in den Krieg zogen, sangen sie, doch als sie wieder zurück kehrten, waren sie alle still", meinte sie nur, dann griff sie nach seiner Hand.

„Lauf Pierre, solange du noch Zeit hast", schrie sie mit schriller Stimme.

Erschrocken fuhr er hoch.

Woher kannte sie seinen Namen?

„Tod und Verderben werden dich erwarten, du musst fliehen, hörst du?", raunte sie, dann verstummte sie.

Er wollte gerade etwas sagen, als plötzlich eine junge Frau aufgeregt zu ihm gerannt kam.

„Großmutter", schrie sie besorgt, dann kniete sie sich vor sie hin. „Wo warst du bloß, wir haben dich schon überall gesucht".

Sie nahm ihre Hand und half ihr von der Bank auf.

Pierre war immer noch entgeistert und wollte gerade die junge Frau ansprechen, als sie selbst das Wort ergriff.

„Sie müssen entschuldigen, Monsieur, aber meine

Großmutter ist leider dement", meinte sie nur, dann gingen sie gemeinsam mit der Alten weg und waren bald schon in der Menge verschwunden.

Er schüttelte fassungslos mit dem Kopf und nachdenklich bestieg er dann den Zug.

Sie sollte Recht behalten.

Nicht lange danach, konnte er die Schrecken des Krieges am eigenen Leib erfahren. Schon in den ersten Tagen des Kampfes, drang ein Granatsplitter in seinen Oberschenkel, während der Rest der Granate drei Männer tötete, die nur wenige Meter entfernt mit ihm stürmten. Schreiend lag er am Boden und nach Hilfe rufend, sprangen Wellen von Männern über ihn hin weg und rannten in den sicheren Tod. Für einen kurzen Moment verlor er die Besinnung, dann raffte er sich auf und humpelte unter Schmerzen zu seiner Stellung zurück. Es war nur eine Fleischwunde und kurze Zeit später war er wieder einsatzbereit.

In den kommenden Wochen wiederholte sich immer wieder der gleiche Ablauf.

Kämpfen und Stürmen, töten und getötet werden.

Ihn ekelte das an.

Alles ekelte ihn an.

Der Dreck, der Schlamm, die verwesenden Leichen in diesem Niemandsland, das Essen, die Fliegen, die Ratten, das Krachen und Explodieren der Granaten, das Heulen der Geschosse, das Trommelfeuer, die Schreie der Verwundeten und das letzte Röcheln der Sterbenden.

Er konnte die zerrissenen Leiber, die abgetrennten Köpfe, Beine und Arme und die zermarternde Körper der Toten nicht mehr sehen.

Er war erst 22. Noch so jung, aber er sah schon viel älter aus. Sein Haar war grau geworden, seine Lider geschwollen und tiefe Risse in seiner Haut, zeugten von der Härte der Kämpfe und den Entbehrungen, unter denen er zu leiden hatte.

Es war genug.

Er würde fliehen, so schnell es möglich sein würde.

Er öffnete die Augen wieder und schleppte sich in seinen Graben zurück. Dort angekommen fiel er erschöpft und desillusioniert zu Boden.

Er musste hier weg.

Bald hatte er seinen Plan geschmiedet. Nur noch zwei Tage musste er aushalten, musste er den Kugeln, den Schrapnellen und Granaten noch ausweichen, dann hatte er Fronturlaub. Erholung und ausruhen in der Etappe. Danach müsste er wieder in die Knochenmühle des Krieges zurückkehren, doch er würde sich nicht mehr zur Verfügung stellen. Sollten doch die Politiker, die Generäle oder die Reichen diese Schlachten schlagen, nicht er.

Das Glück war ihm bis jetzt hold gewesen, doch wie lange noch? Trotz erneutem Trommelfeuer und eines Angriffes blieb er unverletzt, während hunderte seiner Kameraden ihr Leben verloren. Verstümmelt und auseinandergerissen blieben sie auf dem Feld der Ehre liegen.

Feld der Ehre?

Süß ist es, für das Vaterland zu sterben?

Sein Leben geopfert, damit wir leben dürfen?

Floskeln.

Nichts als Floskeln.

Welch große Lügen.

Es ist nicht süß, wenn eine Kugel deine Gedärme trifft oder eine Granate deinen Leib zertrümmert. Es ist auch keine Ehre, wenn du auf dem Feld von einem Bajonett erstochen wirst und es ist gewiss keine Opfertat, wenn Maschinengewehrfeuer deinen Körper durchsiebt.

Es ist nur ein sinnloses Sterben in der namenlosen Wüste des Schlachtfelds.

Er würde dem allen entrinnen, da war er sich sicher.

Sein Marschbefehl erreichte ihn, als er gerade dabei war, den Schützengraben zu befestigen. In Ermangelung von Sandsäcken hatte man angeordnet, auch Leichen zu verwenden. Es gab dafür eigens eine Direktive von ganz oben, die einen ausdrücklich dazu aufforderte, die zerschundenen und bis zur Unkenntlichkeit entstellten Körper der Getöteten, in die Schützenlinie einzubetten.

Es war grausam.

Aber nein, nicht es, sondern sie.

Sie waren grausam und sie waren …

… ratlos.

Sie konnten wahrscheinlich bereits selbst nicht mehr Gut und Böse unterscheiden.

Er nahm den Zettel und betrachtete ihn sorgfältig, dann steckte er ihn in seine Tasche und ging.

Er verabschiedete sich nicht, weil er nicht in die Augen seiner Kameraden schauen wollte. Sie waren voller Pein, Angst und Furcht.

Furcht vor dem nahen Tod, der längst seine Schwingen über sie ausgebreitet hatte.

Angst vor dem Sterben, aber vor allem aber über die Art des Dahinscheidens.

Sterben ist das eine, aber getötet werden, etwas ganz anderes. Nur manche von ihnen hatten einen gnadenvollen Abgang, viele von ihnen jedoch, starben einen stundenlangen, qualvollen und mit Schmerzen beschiedenen Tod.

Er wollte sich von dem allen lossagen.

Er musste es, weil er ihr Los monatelang geteilt hatte und er es nicht mehr ertragen konnte.

Er verschwand heimlich und nach wenigen Stunden hatte er eine Behausung gefunden. Ein alter Bauernhof, der nur wenige Kilometer von der Front entfernt lag. Er war dürftig und nur auf notwendigste eingerichtet, aber das war ihm egal. Er würde nur diese Nacht dort bleiben, dann würde er sich auf den Weg machen.

Wohin, das wusste er noch nicht, aber es gab nur einen möglichen Weg.

Weg von diesem Irrsinn.

Früh am Morgen packte er seine Sachen, dann ging er zur Verpflegungsstelle. Als er seine Ration erhalten hatte, machte er sich auf den Weg.

Wohin würde dieser ihn führen und wie sollte er sich verpflegen? Was, wenn er entdeckt würde und was würde dann mit ihm passieren?

Vieles wusste er nicht, aber...

...eines wusste er.

Würde er entdeckt werden, würde er hingerichtet werden.

Feigheit vor dem Feind.

Er genoss für einen Bruchteil einer Sekunde dieses Gefühl. Ein gnadenreicher Tod würde ihn erwarten. Eine Salve und er würde sanft und sachte in die nimmer endende Dunkelheit hinab driften und ewiglich dort verweilen.

Er verwarf diesen Gedanken und ging zügig die Berge hinauf. Dort, so war sein Plan, könnte er Labsal und Ruhe finden, bis er sich weitere Gedanken über seine Flucht machen würde.

Er kam gut voran und nur wenige Stunden später gegen Abend, hatte er sein Ziel erreicht. Er tastete sich durch das Dickicht, bis er eine Lichtung gefunden hatte, auf welcher er sein Lager aufschlug. Er hatte Hunger und gierig nahm er ein Stück Brot aus seinem Beutel, dann setzte er sich nieder. Für einen kurzen Augenblick war er glücklich. Es war eine Wohltat, die Stille und Ruhe des Waldes zu hören. Keine Explosionen, kein Geschrei und kein Wehklagen.

Nur Schweigen.

Er schloss die Augen und sog die kalte Nachtluft in sich hinein. In dieser Sekunde konnte er nur noch den wohltuenden Geruch von Tannen und Kiefern riechen. Vorüber war der ekelhafte Gestank verwesender Leichen, des Schießpulvers und des Gases.

Nur reine und pure Luft.

Er hatte schon vergessen, wie es war, als noch Frieden geherrscht hatte und urplötzlich musste er weinen. Alles schien in diesem Moment von ihm abzufallen und erst jetzt bemerkte er, wie verzweifelt und gebrochen er sich fühlte.

Es war nicht zu spät.

Noch konnte er dem Irrsinn, der ihn befallen hatte, entfliehen. Noch konnte er den Alpträumen, die ihn Nacht für Nacht heimsuchten, entgehen.

Ja, noch hatte er die Wahl.

Und er hatte sich richtig entschieden.

Es war bereits dunkel geworden und er machte aus trockenen Ästen ein kleines Feuer. Es wärmte ihn und als er in den wolkenlosen Nachthimmel schaute, konnte er die ersten Sterne am Firmament erkennen. Sie sahen ebenso wunderbar, wie geheimnisvoll aus. Er dachte zurück an den Tag, als er von seiner Mutter ein Teleskop zum Geburtstag geschenkt bekommen hatte. Die ganze darauffolgende Nacht hatte er vor dem Haus verbracht und durch sein Teleskop zu den Sternen geschaut. Auch heute standen sie wieder so klar am Himmel, wie in jener bewussten Nacht, da sein Leben, seine Kindheit noch wohlbehütet und umsorgt gewesen war.

Doch die Zeiten hatten sich geändert.

Es würde nie mehr so sein, wie es einmal gewesen war.

Müdigkeit übermannte ihn und erschöpft fiel er in den Schlaf.

Die Morgensonne erweckte ihn sanft. Zum ersten Mal seit Monaten hatte er wieder das Gefühl, ausgeschlafen zu sein. Vorbei waren die Nächte der Angst, in der jede Sekunde den Tod hatte bringen können. Fast schien es ihm so, als wäre dies schon eine Ewigkeit her, doch tatsächlich waren erst einige Tage vergangen.

Er machte sich einen Kaffee und als er ihn getrunken hatte, packte er seine Sachen wieder zusammen und war wenige Minuten später bereit, tiefer in die Berglandschaft zu dringen.

Er trat von der Lichtung und wanderte einige Zeit im Wald umher, bis sich plötzlich vor ihm eine weite Ebene auftat. Im Hintergrund sah er schneebedeckte Berge.

Sein Ziel.

Vor ihm lag ein Weg.

Sein Weg.

Erst sehr schmal, doch als er weiter lief, wurde er immer breiter und breiter, bis er in eine Straße mündete, wie er sie so noch nie gesehen hatte. Sie war schwarz und hatte in der Mitte weiße Streifen, die in regelmäßigen Abständen unterbrochen wurden. Er bückte sich und tastete den Belag der Straße entlang. Es war Asphalt und er wunderte sich, weil dies eigentlich nicht weit verbreitet war. Im Gegenteil, die meisten Straßen, die er kannte, waren aus Schotter und nur schlecht befestigt. Er schaute in die Ferne und erst jetzt stellte er fest, dass sich diese Straße endlos bis zum Horizont entlang streckte und erst durch die Berge begrenzt war. Fassungslos ging er weiter und als er einige Minuten gegangen war, sah er am Straßenrand unendlich große Felder, die mit Gerste, Mais und Hirse bepflanzt waren. Zwischen diesen Feldern wuchsen gelbe und rote Kornblumen, die ein farbenprächtiges Panorama abgaben.

Er wanderte weiter und die Sonne hatte ihren Mittagsstand erreicht. Schweißperlen bildeten sich an seinem Körper und er konnte in der Ferne flimmernde Hitzeschleier erkennen, die sich über die Straße legten.

„Verdammte Hitze", fluchte er leise und für einen kleinen Moment verwünschte er sich.

Warum hatte er nur diesen Weg gewählt.

Doch es half nichts. Er musste weiter. Nur dort oben in den Bergen konnte er Asyl finden und dem Schrecken des Krieges entfliehen.

Der Tag ging vorüber und wohltuend brach die Nacht herein und mit ihr die Kühle. Er war immer noch auf der Straße und als er im immer schneller versiegenden Licht auf die Berge schaute, verzweifelte er kurz. Ihm kam es so vor, als hätte er es keinen Meter näher zu ihnen geschafft. Wie lange würde er noch brauchen, bis er sie endlich erreicht hatte? Er wollte doch nur seinen Frieden und Ruhe finden. Mehr nicht. Warum musste dieser Weg so mühsam und aufopferungsvoll sein.

Er verschwand in den Feldern und legte sich erschöpft nieder. Kurze Zeit später schlief er traumlos ein.

Als er wieder erwachte, sah er die Berge majestätisch vor sich aufragen. Er konnte die Kälte des Schnees spüren und in ihm machte sich wieder Hoffnung breit. Er packte seine Sachen zusammen und ging weiter. Kurze

Zeit später endete die Straße und mündete wieder in einen Weg. Er blieb kurz stehen, schaute nach oben und sah, dass sein Weg über ein paar kleine Hügel ging und sich dann um den Berg schlängelte.

Er seufzte erleichtert auf.

Bald habe ich es geschafft, dachte er.

Er zurrte seinen Rucksack fest und machte sich an den Aufstieg. Er kam gut voran und nach wenigen Stunden hatte er es endlich geschafft. Vor ihm lag ein kleines Plateau, auf dem er kurz Rast machte. Als er sich etwas gestärkt hatte, schaute er sich um. Plötzlich sah er eine Höhle, die nicht weit von ihm entfernt war und die man in wenigen Minuten mühelos erreichen konnte.

Seine Zuflucht.

Ja, dachte er, *meine Zuflucht.*

Er ging schnell auf die Höhle zu und als er angekommen war, konnte er feststellen, dass sie riesengroß war. In der Ferne hatte sie eher klein ausgesehen, doch als er genau vor ihr stand, konnte er ihre Ausmaße richtig erkennen. Er betrat sie vorsichtig und als er darin die Stalagmiten und Stalaktiten entdeckte, blieb ihm vor Staunen der Mund offen stehen. Es sah so bizarr und unwirklich aus, als wäre er auf einem fremden Planeten. Er wanderte weiter und bemerkte, dass die Höhle langsam enger und gerade wurde, so als ob jemand einen Gang in diese geschaffen hätte. Aber ihn wunderte noch etwas. Je weiter er in diesen Gang lief, desto heller wurde er. Vermutlich lag es an einer Legierung, die er unter- und oberhalb des Ganges bemerkte und die phosphoreszierend leuchtete. Er ging in die Knie und tastete mit seinen Finger daran. Es fühlte sich komischerweise warm an und es wunderte ihn.

„Was ist das nur"? fragte er leise.

Doch es wurde noch wundersamer.

Als er wiederum ein paar Schritte gegangen war, mündete der schmale Gang in einen halbrunden Raum. Als er ihn betrat, sah er sofort den Teppich, der dort ausgelegt war. Er war in einem bläulichen Ton gehalten und mit komischen Schriftzeichen versehen. Aber auch auf den Wänden, die ockerrot bemalt waren, entdeckte er diese Zeichen. Sie sahen aus wie chinesische oder japanische Zeichen, auf der anderen Seite befanden sich geheimnisvolle Zeichnungen; manche sahen so aus wie ein großes Auge, andere glichen Vögeln und Schiffen.

Als er weiterging konnte er ägyptische Hieroglyphen erkennen, die sich ihm wundervoll und filigran an den Wänden darboten.

Es war absurd und völlig grotesk, aber er scherte sich nicht darum. Im Gegenteil, er fühlte sich geborgen und weich umhüllt.

Wie in einem Kokon.

Er tastete die Wände ab und als er mit seinen Fingern behutsam über die Schriftzeichen fuhr, überkam ihn plötzlich ein eigenartiges Gefühl. Ein Kribbeln durchfuhr ihn und für einen kurzen Moment fühlte er sich in die Vergangenheit versetzt.

Er schüttelte ungläubig den Kopf, dann sah er am Ende des Raumes eine Öffnung, die wie eine Tür aussah. Er ging darauf zu und als er hindurch ging, vernahm er auf plötzlich Gemurmel und tiefe Seufzer.

Ruckartig blieb er stehen und lauschte.

Eine Sekunde hörte er nichts, dann wiederholten sich die Geräusche wieder.

Eigentlich hätte er Angst haben müssen, aber er hatte keine. Obwohl sich alles fremdartig und unwirklich anfühlte, verspürte er weder Besorgnis noch Unbehagen. Er fühlte sich geborgen und behütet.

Die Geräusche kamen vom Ende des Ganges und er ging weiter darauf zu. Er machte einen kurzen Bogen und als er diesen umlaufen war, sah er einen weiteren Raum, indem einige Leute kniend saßen und mit ihren Köpfen wippten.

Verwundert schaute er ihnen zu.

Es wirkte unheimlich, denn alle hatten die gleiche Kleidung an. Sie trugen einen mönchsartigen Umhang, und ihr Gemurmel erinnerte ihn an ein Gebet.

Im ersten Moment hatte Pierre das Verlangen diese Mönche anzusprechen, als plötzlich wie auf Befehl, alle kniend versuchten, sich einer Holztür zu nähern, die am Ende des Vorraumes lag. Der Holzboden machte knarrende und ächzende Geräusche, doch je mehr sie sich bemühten, umso weiter entfernt sich die Tür. Es schien so, als ob sich der Raum vergrößerte, ja wuchs.

Es ist wie Magie, dachte er.

Doch es war keines.

Es war das vergebliche Bemühen von Unglückseeligen, die verzweifelt versuchten, ihrem irdischen Daseins zu entgehen.

Immer und immer wieder machten sie einen neuen Anlauf, bis es Pierre nicht mehr aushielt und einen der Mönche ansprach.

„Was macht ihr hier"? fragte er.

Einer der Mönche drehte sich um und schaute ihn mitleidig an.

„Es ist noch lange hin bis zum Sonnenuntergang", antwortete er, dann drehte er sich wieder in Richtung der Holztür.

Pierre verstand nicht und wollte nochmals fragen, als er

eine Stimme hinter sich hörte.

„Wir alle versuchen, diese Tür zu erreichen, denn dort wartet der Ausgang auf uns. An ihrem Ende werden wir von unseren Sünden erlöst", meinte ein Mönch, der in einer Ecke kauerte. „Aber wir werden sie nie erreichen".

Pierre verstand noch immer nicht, aber es machte wohl keinen Sinn, diese leidvollen Kreaturen weiter zu fragen.

Erlösung aller Sünden, dachte Pierre.

Das war genau das, was er brauchte.

Was er benötigte.

Er musste gereinigt und befreit werden von seinen Untaten, seinen Erinnerungen und seinem Leben.

Er wollte durch diese Tür.

Er ging an den Mönchen vorbei, öffnete sie und gelangte in einen weiteren Raum. Er war etwas kleiner und hinter einem mit Speisen beladenen Tisch konnte Pierre eine Wendeltreppe erkennen. Vor dieser Treppe stand ein Mann, der ebenfalls eine Kutte trug. Pierre ging langsam an dem Tisch vorbei, als der Mann plötzlich seine Hand ausstreckte.

„Nimm einen Bissen und erlöse dich von deiner Vergangenheit", sagte er kühl.

„Ich muss weiter", antwortete Pierre nur.

„Dein Weg endet hier, wenn du dich nicht befreist", meinte der Mönch und zeigte auf die Speisen.

Es blieb ihm wohl keine andere Möglichkeit. Er schaute sich den Tisch an und plötzlich bekam er Hunger. Es war Fleisch, Brot, Gemüse und Obst auf diesem Tisch. Er nahm sich ein Stück Fleisch und als er es in den Mund nahm, fühlte er plötzlich, wie alles von ihm abfiel. Im ersten Moment überfluteten ihn die schrecklichen Ereignisse, das Töten und Morden in den Stellungsgräben, das Abschlachten und Massakrieren der gegnerischen Soldaten. Im nächsten Moment blieb nur Ruhe in ihm zurück.

Er schaute erleichtert zu dem Mönch.

„Du kannst gehen", meinte der nur, dann senkte er den Arm.

Pierre ging an ihm vorbei, dann nahm er die Stufen nach oben, bis er dort erneut eine Tür fand. Er öffnete auch diese und als er hindurch getreten war, sah er eine runde Kammer vor sich. Sie hatte eine große Kuppel mit einer Vielzahl weiterer Türen an ihren Seiten.

Und er sah eine große Menschenmenge, die in einzelne Gruppen verteilt, zusammengepfercht herumstanden. Es war ein lautes Gerede und ein fürchterliches Gedränge und Pierre versuchte sich durch diese Menschenmassen hindurch zu wühlen. Alle, so erschien es ihm, suchten einen Weg.

Ihren Weg.

Er war einer von ihnen.

Er zählte insgesamt 28 Türen und es würde wohl lange dauern, bis er die richtige entdeckte. Er wollte gerade zu einer hingehen, als ein weiterer Mönch ihn aufhielt.

„Wo willst du hin"? harschte der ihn an.

„Durch eine der Türen", antwortete Pierre.

„Bist du dir sicher"? fragte der Mönch.

„Natürlich, warum sollte ich sonst hier sein?".

„Dann schau hin, bevor du deine Wahl triffst", meinte der Mönch und zeigte auf eine Gruppe.

Erst jetzt bemerkte Pierre, wer diese Leute waren. Vor einer Tür sah er gutgekleidete Menschen, vor der anderen Bettler und Gammler. Vor einer weiteren standen altertümlich bekleidete Menschen, Römer und Etrusker, Griechen und Ägypter, während vor einer anderen futuristisch aussehende Menschen standen.

„Diese vielen Menschen sind deshalb hier, weil sie in das Licht wollen. Es sind Reiche und Arme, Geschäftsleute und Bettler, Mörder und Opfer, Kranke und Versehrte, Büßer und Sünder, Alte und Junge. Sie haben es zum Zeitpunkt ihres Todes versäumt, ihren Frieden zu finden. Aber es sind auch welche hier, die noch nicht tot sind und sich trotzdem von ihrem irdischen Dasein verabschieden und ihre Ruhe haben wollen. Aber es kann nur Erlösung geben, wenn sie die richtige Tür finden".

„Ich bin einer von ihnen", antwortete Pierre, „ich habe viel erduldet und möchte erlöst werden".

„Glaubst du, es ist so einfach?".

Pierre überlegte kurz und bevor er antworten konnte, zeigte der Mönch auf eine Gruppe.

„Da schau", meinte er nur.

Pierre starrte in die Richtung, in welche der Mönch gezeigt hatte.

Er sah, wie sich eine Gruppe von Reichen aufmachte, die Treppen zu einer Tür hinauf zu steigen. Als der erste von ihnen sie aufriss, schoss eine Stichflamme aus ihr heraus und verbrannte ihn vollständig. Wie eine brennende Fackel stürzte er von der Treppe und blieb tot am Boden liegen.

„Oh mein Gott", flüsterte Pierre.

Doch es war noch nicht zu Ende.

Im Gegenteil.

Der nächste ging weiter und näherte sich abermals der Tür, so als ob nichts passiert wäre. Als auch er sie öffnete, schoss wiederrum ein Flammenstoß hervor und tötete ihn.

Pierre schrie auf.

„Um Himmelswillen, ihr müsst sie warnen", flehte er

den Mönch an.

„Du kannst sie nicht aufhalten. Sie wollen ihre Chance, auch wenn dies ihren Tod bedeutet", meinte er nur, dann zeigte er erneut auf eine Gruppe.

Pierre wollte nicht hinsehen, aber aus irgendeinem Grund musste er.

Diesmal waren es die altertümlich gekleideten Personen, die vor einer Tür ihr Glück auf dem Weg zur Erlösung suchten. Ein Römer öffnete die Tür und ein Blitzstrahl schoss daraus hervor und pulverisierte den Mann.

So ging es weiter und weiter.

Sie schmolzen dahin wie Schnee in der Frühlingssonne.

Pierre brach weinend zusammen.

Er würde keine Erlösung finden.

Nicht hier.

„Gibt es überhaupt eine Chance"? fragte er.

„Aber natürlich. Es gibt sie, aber wähle gut, denn wenn du auf der Treppe bist, gibt es kein Zurück mehr", erklärte er, dann ging er weg.

Pierre schöpfte neue Hoffnung.

Also doch, ich muss nur die richtige Lösung finden, dachte er. Aber wie?

Plötzlich bemerkte er in dem Menschengewühl eine alte Frau, die von allen herumgeschubst und beschimpft wurde. Dann riss man sie zu Boden und trat auf sie ein.

„Du Hexe", schrie einer der Männer und ein anderer schlug sie mit der Faust.

„Du wirst auch bald sterben", sagte der Mann verächtlich, dann ließen sie von ihr ab.

Zuerst erkannte er sie nicht, erst als er nahe genug war, durchfuhr es ihm.

Es war die alte Frau vom Bahnhof.

Lauf Pierre, solange du noch Zeit hast, hörte er sie in seiner

Erinnerung sagen.

Er hastete zu ihr und half ihr vom Boden auf.

„Ich erinnere mich an sie", sagte er, „aber was tun sie hier?".

Die Frau hielt sich an ihm fest, dann nahm sie seine Hand.

„Ist das wichtig?", fragte sie ihn daraufhin.

Sie wartete nicht auf eine Antwort.

„Ich bin deine Erlösung", meinte sie nur und führte ihn fort.

Er ließ sich von ihr mitführen und als sie an einer Tür waren, vor der niemand stand, offenbarte sie sich ihm.

„Ich bin dein Engel. Dein Engel der Erlösung".

Pierre konnte nicht glauben, was er von ihr erfuhr, doch aus irgendeinem Grund wusste er, dass sie die Wahrheit sagte.

„Dann lass uns gehen", sagte er nur.

Sie gingen die Stufen hinauf und als sie vor der Tür standen, war es Pierre egal, ob ein Flammenstoß, Blitzstrahl oder ein anderes Verderben ihn treffen würde.

„Wollen wir?", fragte er sie.

Sie nickte nur.

Doch plötzlich hielt er inne.

Für einen kurzen Moment überlegte er. Er könnte wieder zurückkehren und sich aus der Höhle entfernen und wo anders sein Glück suchen. Vielleicht würde es noch eine andere Alternative, eine weitere Möglichkeit geben, Erlösung und Frieden zu finden.

Aber wollte er das wirklich.

Tief in sich wusste er, dass dies hier die einzige Möglichkeit war.

Er nahm seinen ganzen Mut zusammen, schloss die Augen und riss die Tür auf. Sekunden vergingen, die ihm wie Stunden vorkamen, doch als nichts passierte, öffnete er vorsichtig seine Augen.

Die Tür stand offen und nichts war geschehen.

Pierre schaute die alte Frau an, dann nahm er sie und geleitete sie durch die Tür. Er sah, dass dahinter ein Korridor lag, der wiederrum in eine Kammer führte.

„Warten sie, ich komm gleich wieder", sagte er zu ihr und kehrte zur Tür zurück.

Bevor er sie schloss, schaute er ein letztes Mal in die Kammer, wo die Unglückseeligen ein Leben lang umsonst auf ihre Chance warten würden. Keiner von ihnen schaute zu ihm hinauf, denn jeder war ganz mit seiner Suche nach der richtigen Tür beschäftigt.

Traurig schloss er sie, dann ging er wieder zu der Frau.

Sie gingen gemeinsam in die Kammer, als Pierre plötzlich ein Licht bemerkte, dass langsam auf ihn zukam. Es hatte ungefähr einen Durchmesser von fünf Zentimeter und pulsierte in allen erdenklichen Farben. Es sah wunderschön aus und insgeheim wusste er, wem es gehörte.

„Ist es meines?" fragte er sie.

„Ja", sagte sie nur, „viel Glück mein Junge".

Sie löste sich langsam vor ihm auf und war bald darauf nicht mehr zu sehen.

„Danke", sagte er nur, dann wandte er sich wieder dem Licht zu.

Er ging einen Schritt darauf zu und allmählich begann das Licht, immer größer und größer zu werden. Bald war es so groß, dass es fast die ganze Kammer einnahm. Das Pulsieren hörte schlagartig auf und Pierre spürte die Wärme und Liebe des Lichts. Aber er spürte noch mehr. Da war Geborgenheit, Schutz und Vergebung. Er freute sich und er wusste, bald würde es vorüber sein.

Gleißende Schwaden, die wie Nebel aussahen, glitten von den Wänden auf ihn zu und umschlangen ihn zärtlich. Dann hörte er auf einmal eine Melodie, die wunderschön und rein klang. Die Schwaden, die ihn immer noch einhüllten, fingen nun an, auf wundersame Weise einen herrlichen und zauberhaften Tanz um ihn herum zu vollführen. Es war wunderschön und Pierre spürte, noch war es nicht soweit. Aus irgendeinem Grund hob er seine Hände und die Schwaden taten es ihm gleich. Das Licht fing wieder an zu pulsieren und die leuchtenden Schwaden umschlossen ihn nun völlig.

„Es ist so schön", flüsterte er.

Als das Licht auf ihn einwirkte, veränderte sich plötzlich sein Haar. Seine grauen und verbrauchten Haare wurden wieder strahlend blond und die tiefen Furchen in seiner Haut verschwanden wieder. Zurück blieb eine reine und glatte, gesunde Haut.

Er war glücklich.

Endlich.

In einem letzten Aufleuchten des Lichts sah er noch einmal auf sein Leben zurück. Die strengen Prüfungen, die er durchleiden musste, hatten nun ihr Ende gefunden. Die Pein und die Opferung seines Lebens würden nun vorüber sein und er würde nur noch Freude und Liebe empfinden.

Als er dachte, nun wäre es endlich soweit, sah er Gesichter vor seinen Augen vorüber ziehen. Zuerst wusste er nicht, wem sie gehörte, aber als er die zwei Deutschen erkannte, die er getötet hatte, da empfand er Reue. Aber nur kurz, denn als er sah, dass sie ihn anlächelten und er vor allem spürte, wie sie ihn von seiner Schuld lossagten, da wusste er, ihm war verziehen worden.

In einem gleißenden Licht stob er davon und kurze Zeit später sah man nur noch abertausende von kleinen Funken in der Kammer, die nach und nach erloschen. Pierre hatte seine Erlösung gefunden.

Die Frau die sich teilte

Veronika Boyd war eine lebenslustige Frau. Sie war 32 Jahre jung, bildhübsch und sehr intelligent. Außerdem liebte sie die Natur und in ihr zu wandern. Sie hatte viele Freunde, die gerne mit ihr etwas unternahmen und auch in ihrem Beruf als Rechtsanwältin, war sie auf der Karriereleiter bereits weit oben angekommen. Sie war clever, immer für einen Spaß zu haben und obendrein auch einfühlsam, wie keine zweite.

Eigentlich konnte sie mit ihrem bisherigen Leben zufrieden sein, wenn da nicht ihre ewige Sorge gewesen wäre, alles richtig zu machen.

Sie konnte sich einfach nicht entscheiden.

Aber so stimmt das nicht.

Entschieden hatte sie sich immer, wenn es darum ging, eine Wahl zu treffen, aber bis es soweit war, konnte so mancher Tag und einige schlaflosen Nächte vorbei gehen.

Es hatte schon früh bei ihr angefangen. Als Kind schon wägte sie das Für und Wider ab, bis sie eine Entscheidung getroffen hatte. Nahm sie das rote oder das bunte Kleid? Wollte sie heute fernsehen oder lieber mit ihren Puppen spielen? Sollte sie lieber Volleyball spielen oder in den Kreativkurs gehen?

Nun, egal wie man es auch betrachtete, geschadet hatte es ihr nie, egal wie sie sich auch entschied, aber das änderte sich bald.

Angefangen hatte es auf dem Abschlussball ihrer Schule. Sie war unsterblich in Brian verliebt, traute sich aber nicht, ihn zu fragen, ob er sie nicht begleiten wolle. Sie hatte gedacht, dass er nichts von ihr wissen wollte, dabei war genau das Gegenteil der Fall. Auch er hatte sich in sie verliebt, traute sich aber ebenfalls nicht sie zu fragen. So passierte es nun wieder einmal: Sie wägt ab, dachte an die Zukunft, was wäre wenn und als sie alles ab gewägt und jedem einzelnen Gedanken nachgegangen war, entschloss sie sich, ihn besser nicht zu fragen.

Hätte sie es doch besser getan.

Brian war heute einer der erfolgreichsten und wohlhabendsten Börsenmakler der USA, verheiratet mit einer hübschen Frau, hatte zwei süße Kinder und wohnte in der besten Umgebung in einer 12 Zimmer Villa und hatte jetzt schon für sein Leben ausgesorgt. Sie hätte an seiner Seite stehen können, ja wenn sie sich für ihn entschieden hätte.

Der nächste Schlag kam bei ihrer Wahl des Arbeitgebers. Sie machte einen hervorragenden Abschluss und im Endeffekt hätte sie sich jede Firma aussuchen können. Nachdem sie wieder einmal ab

gewägt hatte, blieben Gott sei Dank nur noch zwei übrig.
Henderson & Co. und die Gebrüder Barnes.

Es vergingen geschlagene zwei Wochen, bis sie sich
entschieden hatte. In diesen Tagen machte sie kaum ein
Auge zu, weil sie natürlich wieder einmal nicht wusste,
was sie machen sollte, denn beide Kanzleien hatten so
ihre Vorteile.

Sie entschied sich für die Gebrüder Barnes.

Ein Fehler, wie sich bald herausstellen sollte.

Denn kaum hatte sie dort angefangen, als der Milliardär
Collins des Mordes angeklagt wurde. Er sollte seine Frau
erschossen haben, nachdem er sie inflagranti mit ihrem
Liebhaber im Bett überrascht hatte.

Und welche Kanzlei bekam das Mandat?

Natürlich Henderson & Co.

Das wäre alles nicht so tragisch gewesen, wenn nicht
ihre Kanzlei aufgrund des nicht erhaltenden Mandats die
Insolvenz beantragen hatte müssen. Kaum drei Wochen
später, stand sie schon wieder auf der Straße und war
arbeitslos. Gut, schon ein paar Tage später, hatte sie
wieder Arbeit bei einer kleineren Kanzlei gefunden, aber
hier durfte sie nur kleinere Mandate übernehmen.

Wieder einmal dachte sie daran, was gewesen wäre,
wenn sie sich anders entschieden hätte?

Was wäre passiert, wenn sie den Job bei Henderson &
Co. angenommen hätte?

Wahrscheinlich würde sie jetzt mit den anderen
Anwälten den Mordfall bearbeiten. Ja vielleicht sogar
eine führende Rolle darin spielen.

Doch stattdessen?

Nun war sie nur eine kleine Nummer in einer
nichtssagenden Kanzlei.

Doch es wurde noch schlimmer.

Vor drei Wochen hatte sie nach langen Überlegungen einer Verabredung mit einem Mann zugestimmt, den sie über eine Partnervermittlung aus dem Internet kennengelernt hatte. Der Abend war zauberhaft. Steve sah unheimlich gut aus, war charmant und höflich. Es schien so, als ob diese Entscheidung die beste gewesen sei, die sie seit Jahren getroffen hatte, bis er ihr die obligatorische Frage stellte:

Hast du nicht Lust auf einen Kaffee bei mir?

Alles war doch so perfekt, hatte sie gedacht, was konnte schon schlimmes oder fürchterliches passieren?

Sie sollte eines besseren belehrt werden.

Schnell hatte sie sich entschieden und ging mit ihm mit. Kaum bei ihm angekommen, zeigte er ihr sein wahres Gesicht. Sie war kaum in seiner Wohnung, da zerrte er sie mit Gewalt in das Schlafzimmer. Obwohl sie sich wehrte, schrie und versuchte, sich aus dieser Situation zu befreien, hatte sie keine Chance.

Nachdem er sie zweimal vergewaltigt und über drei Stunden schlimme Dinge mit ihr gemacht hatte, ließ er sie endlich frei. Als sie ging, drohte er ihr mit dem Tod, wenn sie ihn anzeigen würde. Dabei machte er mit seinen Händen Würgebewegungen und lachte dämonisch.

Sie war an einem Punkt angekommen, an dem sie eine Entscheidung traf. Nie mehr wieder, würde es soweit kommen, dass sie eine falsche Wahl treffen musste.

Sie entschied sich, sich zu teilen.

Es war ganz einfach und auch wenn es sich unmöglich und fantastisch anhörte, es funktionierte.

Sie stellte sich einfach vor den Spiegel, wünschte es sich und schon war es passiert.

Ihr zweites *Ich* stand neben ihr.

Fortan würde es nie mehr zu falschen Entscheidungen kommen, denn ihr zweites Ich würde dies verhindern. Sie würde ab sofort die negativen Ereignisse meiden und die guten einfach weiterführen.

So simpel war es.

Niemals mehr würde sie in eine Situation kommen, bei welchem sie etwas Schreckliches erfahren müsste.

Am Anfang war es auch ganz gut. Alles verlief nach Plan. Sie selbst wartete einfach ab, während ihr anderes *Ich* die Entscheidung traf. Befand sie es negativ, nahm sie einfach die andere Möglichkeit. War es jedoch positiv, so forderte sie es von ihrem *Ich* einfach ein. Klaglos und unaufgefordert gab sie es ihr ab, bis eines Tages ihr *Ich* nicht mehr so weitermachen wollte. Auch sie wollte das schöne und gute einer Entscheidung spüren und fühlen und nicht nur die negativen Dinge erleiden müssen.

In den folgenden Wochen gab es immer öfters Streit, weil Veronikas *Ich* es nicht mehr ertragen konnte, immer nur der Verlierer zu sein. Wenn sie eine gute Entscheidung getroffen hatte, wollte sie auch die Früchte ihrer Ernte genießen und nicht immer nur das Schlechte erhalten.

So kam der Tag, in dem wieder einmal ein Streit eskalierte und Veronika voller Zorn ihr Gegenstück schlug.

„Du bist nur hier, weil ich es will", schrie sie.

„Ohne mich bist du gar nichts", erwiderte das *Ich*.

„Ha, wenn ich will, lass ich dich einfach verschwinden", schrie Veronika erneut.

„Dann mach es doch, aber dann kannst du deine Scheiße alleine machen, dann hilft dir keiner mehr".

„Also gut, du willst es nicht anders", schrie Veronika und wünschte es sich einfach.

Aber ihr *Ich* verschwand nicht. Es war weiterhin da.

„Du kannst mich nicht mehr einfach so wegjagen. Ich bin da und werde für immer da sein. Ich will mein eigenes Leben und nicht mehr deine negativen Entscheidungen ertragen müssen", sagte ihr *Ich* und lachte.

„Das kannst du nicht, ich habe zu entscheiden und ich will es nicht", schrie Veronika.

„Du kannst mir nichts befehlen. Ich werde dich verlassen und mein eigenes Leben leben, ob du es willst oder nicht, es ist allein meine Entscheidung. Ich habe schon so lange deine schrecklichen und falschen Entscheidungen ertragen müssen. Komm selbst mit ihnen zu Recht, du falsche Schlange", sagte das *Ich* und drehte sich um.

„Du Miststück", rief Veronika und voller Wut packte sie ihr *Ich*. „Ich werde dich einfach töten".

Sie schleuderte das *Ich* an die Wand, dann nahm sie ihre Fingernägel und riss ihr das Gesicht auf.

Es schrie auf, als sie die spitzen und scharfen Nägel in ihrem Fleisch spürte.

„Arghhh, du Hure, lass mich sofort los", schrie das *Ich* panisch und versuchte sich aus der Umklammerung zu lösen. Sie riss sich los und entfernte sich so gut wie möglich von Veronika, doch die ließ nicht locker. Wieder kam sie auf sie zu und diesmal packte sie mit ihrer Hand ihre Haare.

„Du hast keine Chance gegen mich. Ich kenne dich genau und ich weiß, wie ich dich töten kann", schrie sie wütend.

Sie stieß sie zu Boden, dann setzte sie sich auf sie und drückte ihr mit beiden Händen die Kehle zu.

„Was sagst du jetzt?", schrie Veronika hysterisch.

„Jetzt bring ich dich um".

Laut schreiend drückte sie solange zu, bis sich ihr *Ich* nicht mehr rührte, erst dann ließ sie von ihm ab.

Schweißgebadet und lachend lag sie am Boden, als sie plötzlich schon von weitem die Sirene der Polizei hörte. Irgendjemand hatte im Haus wohl den Streit und die Tumulte gehört.

„Man kann mich nicht dafür belangen", sagte sie leise, „ich habe mich doch nur selbst getötet".

Dann fing sie an, wie verrückt zu lachen.

Wochen später begann der Prozess. Sie war siegessicher, denn wie konnte man jemanden verurteilen, der sich selbst getötet hatte. Selbst die Psychologen, die sie untersuchten, gaben ihr Recht. Es war kein Verbrechen, selbst Hand an sich zu legen und sich zu verletzen oder sich gar umzubringen. Niemand würde sie dafür ins Gefängnis stecken. Vielleicht in die Psychiatrie oder in eine geschlossene Anstalt, ja das vielleicht, aber niemals in den Knast.

„Angeklagte, stehen sie bitte auf", sagte der Richter.

Veronika erhob sich und schaute ihn selbstbewusst an.

„Sie werden des Mordes an Jessica Stewart angeklagt, die sie am 17.06.2014 aus niederen Motiven getötet haben sollen. Bekennen sie sich schuldig oder nicht schuldig?".

Veronika stutzte kurz, als sie den Namen hörte, der ihr gänzlich unbekannt war, dann erhob sie ihre Stimme.

„Nicht schuldig, Euer Ehren. Ich kenne diese Jessica nicht und ich habe auch niemanden ermordet. Ich habe mich nur selbst umgebracht, mehr nicht".

Der Richter schüttelte fassungslos den Kopf.

„Bevor wir mit der Anklageschrift beginnen, möchte ich vorab noch klären, ob die Angeklagte im Sinne des

Gesetzes schuldfähig ist oder nicht. Dr. Henderson, bitte, was haben ihre Untersuchungen an der Angeklagten ergeben", meinte der Richter und bat den Arzt in den Zeugenstand.

„Das psychologische Gutachten hat zweifelsfrei ergeben, dass Mrs. Boyd unter zwanghafter Persönlichkeitsstörung und unter ausgeprägter Schizophrenie leidet", erklärte der Arzt. „Weitere Untersuchungen werden noch erfolgen, aber nach den mir bisher vorgelegten Ergebnissen muss ich ihnen mitteilen, dass die Angeklagte aufgrund ihrer Erkrankung nicht schuldfähig ist".

Veronika fing schallend an zu lachen.

„Was erzählen sie da für einen Mist, sie haben selbst zu mir gesagt, dass ich nichts Falsches gemacht habe. Ich habe mich doch nur selbst umgebracht. Was ist daran falsch?".

„Mrs. Boyd, auch wenn sie es vielleicht nicht ermessen oder begreifen können. Sind sie sich im Klaren, das sie ihre Schwester getötet haben?", fragte der Richter.

„Meine Schwester?", meinte sie nur.

„Ja, Mrs. Boyd, ihre Zwillingsschwester Jessica".

Wächter der Zeit

Prolog

Gavrilo Princip (serbisch-kyrillisch Гаврило Принцип;
* 13. Juli/ 25. Juli 1894 in Obljaj, Vilâyet Bosnien; † 28.
April 1918 in Theresienstadt, Österreich-Ungarn, heute
Tschechien) war ein bosnisch-serbischer nationalistischer
Attentäter, der am 28. Juni 1914 in Sarajevo einen
Mordanschlag auf den österreichisch-ungarischen
Thronfolger Franz Ferdinand und dessen Ehefrau
Sophie verübte. Dadurch wurde die Julikrise ausgelöst,
die zum Ersten Weltkrieg führte.
… aus *Wikipedia.*

1.

Es erzürnte ihn, wenn er nur daran dachte, wie diese
Österreicher sich seines Heimatlandes bemächtigten.

„Ich bin ein jugoslawischer Nationalist mit dem Ziel
der Vereinigung aller Jugoslawen, mir ist es egal in

welcher Staatsform, jedoch von Österreich befreit", hatte er oft seinen Freunden erklärt, die sich mit ihm verbündet hatten.

Als er als 15-jähriger nach Belgrad zog, um das Gymnasium zu besuchen, geriet er in das Umfeld der *Narodna Odbrana*, eine nationale serbische Untergrundorganisation. Ziel dieser Organisation war der Schutz der ethnischen Serben in den nun zu Österreich-Ungarn gehörenden Gebieten, die nach ihrer Ansicht unrechtmäßig annektiert worden waren. Die Befreiung und die Zusammenführung von Serbien, Bosnien und Montenegro zu einem vereinigten Jugoslawien war es, was sie alle wollten; und um dies zu erreichen, waren ihnen jegliche Mittel recht.

Er war nicht geblendet, noch war er irregeführt, nein im Gegenteil, er war überzeugt von dieser Sache, der er sich opfern wollte; wenn nötig, auch mit seinem Leben.

Über Umwegen war er nach Sarajevo gereist, so wie es ihm sein Verbindungsmann befohlen hatte. Nach einigen Komplikationen und Irrwege, schaffte er es, am 24. Juni 1914 in die Stadt zu kommen. Milan Ciganović, sein Führungsoffizier hatte ihm, kurz nachdem er in der Stadt angekommen war, über einen treuen Gefolgsmann eine Botschaft zukommen lassen.

Heute Abend, 20 Uhr, bei Tankosić, gez. Schwarze Hand

Als er die wenigen Zeilen gelesen hatte, knüllte er den Zettel zusammen und entsorgte ihn sofort.

Da war es also, dachte er, *jetzt geht es los.*

Als er gegen 20 Uhr am vereinbarten Treffpunkt war, wurde er schon von Tankosić erwartet.

„Komm schnell rein", forderte der ihn auf.

Princip huschte durch die geöffnete Türe und ging mit ihm in das Haus hinein. Es war dunkel und es roch modrig. Das Haus wurde schon seit einigen Jahren nicht bewohnt; es war dreckig und heruntergekommen; aber es war ein perfektes Versteck und vor allem war es sicher.

Er geleitete ihn in den Keller und als er in den muffigen und stickigen Keller eintrat, sah er schon einige bekannte Gesichter.

Čabrinović und Grabež saßen links an einem länglichen Tisch, während Čubrilović und seit alter Freund Jovanović gegenüber Platz genommen hatten.

„Ah Princip", sagte Jovanović und stand auf, „schön, dass du es geschafft hast".

Sie gaben sich die Hand, während Trankovic an die Stirnseite des Tisches ging und seine Stimme erhob.

„Meine getreuen Freunde, der Tag der Entscheidung ist nicht mehr fern. Ich habe gute Neuigkeiten und wenn Gott will, werden wir bald unsere Freiheit erhalten".

Sie alle nickten und über ihre Gesichter huschte ein Lächeln.

Endlich, dachte Princip.

Tankosic fuhr fort.

„Meine Genossen, bevor wir die Einzelheiten besprechen, möchte ich euch noch einen weiteren Mitstreiter für unsere Sache vorstellen. Er wird das Unternehmen leiten und euch alle wichtigen Informationen geben".

Er trat auf die Seite und aus dem Dunkeln trat plötzlich ein Mann hervor. Er war groß, stattlich gebaut und trug einen Dreitagebart.

„Meine Freunde, hier ist Stepanovic", sagte er nur und zeigte auf ihn.

Es folgte ein kleiner Applaus, dann nahm Stepanovic auf einen Stuhl Platz.

„Meine Genossen, Gott hat uns erhört und uns eine

einmalige Chance gegeben. Des Kaisers Sohn, der Erzherzog Franz Ferdinand und seine Gemahlin werden im Anschluss an einem Manöver Sarajevo besuchen. Unsere Informationen haben ergeben, dass sie am 28. Juni eine Stadtrundfahrt machen möchten. Das ist die Gelegenheit, auf die wir schon seit einer Ewigkeit warten. Wir werden an vier verschiedenen Punkten dem Wagenkonvoi eine Falle stellen. Vier Attentäter werden wir auf ihn loslassen und wenn es Gottes Wille ist, werden wir uns von unserem Joch befreien".

Jubelgeschrei ertönte kurz, dann mahnten sie sich wieder zur Ruhe.

„Meine Genossen, seid ihr bereit, dieses Wagnis für unser Land einzugehen oder wollt ihr lieber weiterhin unter der Knute leben?".

Seine Worte waren hasserfüllt.

„Nein", schrien fast alle gleichzeitig.

„Nein, niemals", schrie auch Princip.

Er stand auf.

„Und wenn es mein Leben kosten wird, ich werde es tun".

Die anderen standen nun auch auf.

„Er muss sterben, es ist Gottes Wille und wir sind sein Werkzeug.

Stepanovic lachte.

„Dann soll es so sein", waren seine knappen Worte.

Er stand auf, dann wandte er sich zu Tankosic.

„Ist das Princip?", fragte er und zeigte auf ihn.

„Ja", antwortete der knapp.

„Bring ihn zu mir".

Tankosic ging zu ihm, dann flüsterte er Princip etwas ins Ohr. Als er die Worte vernahm, nickte er kurz, dann ging er zu Stepanovic.

„Was kann ich für sie tun?".
Stepanovic schüttelte mit dem Kopf.
„Nicht hier, komm morgen gegen 11.00 Uhr in meine
Wohnung. Tankosic wird dir erklären, wo sie liegt. Nur
eines noch".
Er schaute Princip eindringlich in die Augen.
„Du bist der Auserwählte", meinte er, dann
verschwand er wieder im Dunkeln.
Princip seufzte laut auf.
Ja, der bin ich, dachte er.

2.

Der Morgen graute und Princip machte sich auf den
Weg. Tankosic hatte ihm noch am Vortag erklärt, wo der
Führer wohnte. Es war ein leichtes, die angegebene
Adresse zu finden und als er angekommen war,
bemerkte er, dass er viel zu früh war. Es war erst kurz
nach 10.00 Uhr und er überlegte, ob er jetzt schon bei
ihm anklopfen sollte oder ob er einfach noch bis 11.00
Uhr hier warten sollte.
Aus irgendeinem Grund entschied er sich, sich jetzt
schon bei ihm anzumelden. Als er die Stufen zu dem
Haus hinauf ging, sah er schon die einen kleinen Spalt
geöffnete Haustür. Er klopfte dennoch und rief nach
Stepanovic, doch er hörte weder einen Antwort noch
Stimmen.
Als er noch einmal rief und er keine Antwort erhielt,
öffnete er die Tür und spähte in den dunklen Gang
hinein.
„Stepanovic?", rief er wieder.
Keine Antwort.
Princip ging durch die geöffnete Tür hindurch, dann

schloss er sie wieder genau so, wie er sie vorgefunden hatte.

Leise und geräuschlos folgte er dem Gang, dann sah er rechts eine Tür, die ebenfalls einen Spalt geöffnet war. Er rief erneut, aber wieder war keine Antwort zu hören.

Es war niemand da.

Er ging in das Zimmer hinein und sah schon von weitem den mit Papieren und Fotos überladenen Schreibtisch. Vorsichtig näherte er sich, dann blieb er stehen.

Ich bin zu neugierig, dachte er, *ich sollte lieber draußen warten.*

Er wollte gerade gehen, als er auf dem Tisch ein kleines rechteckiges Gerät entdeckte, wie er es noch nie gesehen hatte. Es war silbrig und auf einer kleinen Fensterscheibe waren Zahlen und kleine Symbole eingraviert. Behutsam nahm er das Ding in die Hand und als er es näher betrachtete, hörte er plötzlich, dass es leise in regelmäßigen Abständen summte. Vor Schreck hätte er es beinahe fallen gelassen, dann aber war er zu fasziniert davon. So etwas hatte er noch nie gesehen.

Er schaute sich das Ding noch eine Weile an, dann legte er es wieder so hin, wie er es vor gefunden hatte. Als er es hingelegt hatte, bemerkte er sofort die farbigen Fotos auf dem Tisch. Er hatte noch nie welche gesehen und war überrascht, solche hier vorzufinden. Aber es waren keine Fotos, das sah er nun. Es waren bedruckte Blätter und die Schrift, die darauf in kleinen Buchstaben geschrieben stand, kannte er nicht. Er konnte Deutsch und ein wenig Französisch, aber diese Schrift, war ihm gänzlich unbekannt.

Aber er fand noch Seltsameres.

Auf einem Papier fand er ein Datum, das ihn gänzlich verwirrte.

Es war ein Brief.

Und das Datum lautete:

23.06.2034

Er schüttelte mit dem Kopf und sofort bereute er, dass er nicht draußen gewartet hatte.

Aber es blieb ihm noch die Möglichkeit, sofort aus dem Haus zu verschwinden, er musste nur schnell sein.

Er lenkte seinen Blick von dem Schreibtisch fort und machte sich auf, das Zimmer zu verlassen, doch es war schon zu spät. Kaum war er zur Tür gelangt, als er schon die Stimme Stepanovics vernahm.

Verdammt, fluchte Princip in Gedanken.

Er schaute sich hektisch um, dann sah er den mannshohen Kleiderschrank. Er öffnete ihn und erkannte, dass dieser gänzlich leer war. Schnell schlüpfte er hinein, nicht zu spät, denn kaum hatte er den Schrank geschlossen, als Stepanovic ins Zimmer kam.

Princip konnte durch zwei Gucklöcher im Schrank die Bewegungen Stepanovic sehen und zum Glück schien er nichts bemerkt zu haben. Er ging an den Schreibtisch, dann nahm er auf dem dicken Ledersessel Platz.

Er rieb sich die Stirn.

Er hatte schon seit heute Morgen Kopfweh gehabt und es schien so, als ob diese Schmerzen noch bis zum Ende der Aktion anhalten würden. Er hatte alles durchgeplant, hatte genau recherchiert und alle Eventualitäten beachtet, eigentlich hätte er zufrieden sein müssen, aber es konnte immer noch einen Spieler in diesem Spiel geben, der ihm dazwischen funken konnte.

Der Zufall.

Oh ja, dachte er und rieb sich abermals die Stirn.

Stepanvic stand auf, dann schaute er sich erneut die Papiere an.

Bevor er hier angekommen war, hatte er in den Monaten zuvor alle möglichen Informationen und Papiere besorgt, die ihm für dieses Unternehmen relevant erschienen. Er war in Bibliotheken gewesen, im Nationalarchiv und hatte Bücher gewälzt, alles nur für diesen einen Zweck:

Das die Mission erfolgreich verlaufen würde.

Er wusste, dass er sein Möglichstes getan hatte, doch in seinem Innersten nagten Zweifel.

War seine Mission überhaupt richtig?

Er wollte gerade darüber nachdenken, als er plötzlich eine Melodie erkannte.

Er sah sein Gerät an, dann ging er und holte es sich. Er hielt es hoch und öffnete es.

„Hey John", sagte er in das Gerät.

„Hey, na wie stehts"?

Er lächelte gezwungen.

„Wie soll es wohl stehen?", fragte er zurück.

„Wie weit bist du?".

„Kurz davor. Wie sieht es bei euch aus? Alles okay?".

„Was denkst du? Hier ist die Hölle los", antwortet John.

„Wie genau?".

„So ziemlich alles. Wir haben alle Hände voll zu tun, um die Zeitparadoxen auszumerzen, die du verursacht hast. Stell dir nur vor, Hitler und wir haben uns gegen die Russen verbündet. Es sieht ganz danach aus, als wenn wir Moskau noch diese Woche erobern würden", meinte John und lachte.

Ihm war nicht nach Lachen zu Mute.

Insgeheim hatte er gehofft, wenige dieser Zeitanomalien auszulösen, doch er wusste, dass schon die kleinste Unregelmäßigkeit oder Veränderung genügte, damit die

Zukunft sich veränderte.

Aber das war ihm jetzt noch nicht wichtig.

Wichtig war nur, ob sie ihn schon bemerkt hatten.

„Wissen sie von mir?", fragte er deshalb gleich direkt.

„Natürlich, meinst du, die sind doof? Die Agency hat schon zwei Agenten losgeschickt. Die müssten eigentlich in den nächsten Stunden bei dir eintreffen", meinte er lakonisch.

Die Mitteilung traf ihn wie ein Schlag.

Auch in dieser Hinsicht hatte er gehofft, nein innerlich gebetet, dass sie ihm erst später, viel später auf die Schliche kommen würden, aber er hatte sich getäuscht.

„He, Jason, du kannst ihn immer noch töten, verstehst du? Jetzt hast du noch die Möglichkeit, wenn sie erst bei dir sind und ihn vor dir finden, ist es zu spät".

„Das ist Quatsch, das habe ich dir doch erzählt. Wenn ich ihn jetzt umbringe, werden die anderen das Attentat verüben, das habe ich dir doch schon einige Male erklärt. Ich bin dieses Szenario schon hundert Male durchgegangen und das Ergebnis war doch immer dasselbe".

„Ja, ich weiß, aber vielleicht wird es auch doch anders werden, wer weiß das schon. Nur weil du es so oft durchgespielt hast, muss es nicht auch so ausgehen. Du hattest doch oft selbst gesagt, dass man es nie genau sagen kann, wie eine Veränderung die Zukunft ändern kann. Das waren deine Worte", meinte John.

Die Kopfschmerzen wurden jetzt stärker und er ließ sich in den Sessel fallen.

Vielleicht hatte er ja Recht, dachte er.

Er dachte noch kurz daran, dann verwarf er den Gedanken wieder.

„Wie lange habe ich noch Zeit?", fragte er.

„Ein paar Stunden, vielleicht bis Morgen. Sie müssen sich auch noch vorbereiten, aber ja, Morgen sind sie spätestens da. Mach dich auf was gefasst, es sind Craddock und Mason".

„Echt?".

Verdammt, dachte er und in dieser Sekunde hatte er zum ersten Mal das Gefühl, diese Mission könnte scheitern. Er schloss die Augen und überlegte, ob er es nicht abblasen sollte, um zu einem späteren Zeitpunkt wieder zu kommen. Craddock und Mason waren mit Abstand die besten Zeitwächter, die die Agency aufbieten konnte. Er überlegte abermals, dann erhob er sich aus dem Sessel und trat ans Fenster. Er sah auf der Straße Passanten herumlaufen und eine Pferdedroschke, die über das Kopfsteinpflaster rappelte.

Er war schon zu weit gegangen und der Point of no Return war schon längst überschritten.

„Jason, bist du noch da?", fragte John.

„Ja, ja, bin noch da. Ich mach weiter, egal was noch kommen mag", antwortete er.

„Deine Entscheidung. Ich wünsch dir auf jeden Fall viel Glück, denn du weißt, ich halte deine Entscheidung für richtig. Ich hoffe nur, dass es dir die Zukunft danken wird. Ich mach jetzt Schluss".

„John?".

„Ja".

„Danke für deine Hilfe".

„Ist schon okay, dafür sind Freunde doch da".

Jason lächelte.

„Trotzdem, Danke".

„Alles klar. Ich muss Schluss machen. Ich sehe gerade eine neue Zeitanomalie, die sich gerade daran macht, die Zukunft zu verändern. Muss mal schauen, wer schon wieder Mist gebaut hat".

Er lachte, dann verstummte er.

Jason legte das Gerät wieder auf den Tisch, dann beugte er sich über seine Papiere.

Ich darf ihn nicht töten, dachte er, *ich muss ihn nur aufhalten, mehr nicht.*

3.

Im Jahr 2023, entdeckte man die Zeitreisen. Ein geheimes Forschungsprojekt der US-Regierung, das schon Anfang der Jahrtausendwende ins Leben gerufen worden war, hatte es doch tatsächlich geschafft, Reisen in die Vergangenheit zu realisieren. Am Anfang nur kurze, dann wurden immer längere Reisen waren möglich und es dauerte nicht lange, bis es publik wurde. Zunächst wurde es heftig dementiert, doch als Professor George Meade, der führende Kopf und Erfinder der Zeitreisen, an die Öffentlichkeit ging, war es mit der Geheimhaltung vorbei. Es blieb der Regierung nur übrig, Farbe zu bekennen und alles zuzugeben.

„Ja, es stimmt", hatte damals die Präsidentin Hillary Clinton verlauten lassen, mehr nicht.

Noch nicht.

Wie ein Lauffeuer verbreitete sich die Nachricht und natürlich wollte die Öffentlichkeit wissen, was man mit dieser bahnbrechenden Erfindung alles machen konnte.

Die Regierung hüllte sich in Schweigen. Natürlich wollte sie ihre Technologie nicht den anderen Nationen zur Verfügung stellen. Es sollte als Druckmittel, so wie es im Kalten Krieg die Atombomben gewesen waren, herhalten und im Grunde funktionierte es.

Ja, bis sie dem Druck der Öffentlichkeit nicht mehr

standhalten konnte.

Immer mehr Menschen, vor allem Reiche, wollten auch in den Genuss dieser Zeitreisen kommen, nicht nur ausgewählte Personen. Die Regierung verteidigte bis zuletzt ihren Standpunkt, es wäre besser und vor allem für die Zukunft richtig, wenn die Regierung das Sagen hätte, aber die Gerichte waren da anderer Meinung.

Tja, und dann war da noch das liebe Geld.

Jede Regierung, auch die USA brauchte Geld und langsam kam man zur Gewissheit, dass es eine lukrative Möglichkeit sei, wenn man gegen Bezahlung solche Reisen anbieten würde.

Der Ansturm war enorm und sie konnte sich kaum vor Reservierungen retten.

So groß dieser Ansturm auch war, noch wichtiger waren die Sicherheitsvorkehrungen. Jeder Anwärter, also jeder, der diese Zeitreisen machen wollte, musste erst einen über 300 seitigen Aufgabenkatalog ausfüllen. Danach gab es noch zahlreiche Tests, die man bestehen musste und ein psychologisches Gutachten wurde erstellt. Wenn man diese Prozedur überstanden hatte und man ausgewählt wurde, wurde einem noch dazu ein Agent an die Seite gestellt, der einen überwachen sollte. Eine eigens dafür eingerichtete Agency, *Die Zeitwächter*, hatte die Aufgabe, die Zeitreisenden zu überwachen und notfalls einzuschreiten, falls es zu Abweichungen kommen sollte. Notfalls hatten die Zeitwächter sogar das Recht, mit Waffengewalt einzuschreiten, damit der Zeitreisende nicht durch seine Einmischung die Zukunft veränderte, was ungeheure Folgen nach sich ziehen konnte.

Doch mit den Jahren veränderten sich die Sicherheitsvorkehrungen und sie wurden immer lockerer gehandhabt, bis die Regierung das Geschäft mit den Zeitreisen „auslagerte".

Im Endeffekt wurde diese Technologie an private Unternehmen verkauft, die daraufhin die Zeitreisen vermarkteten.

Jetzt konnte jeder, selbst die weniger reichen Bürger, in die Vergangenheit reisen.

Was die Regierung noch tun konnte war, sich einschalten, wenn es Zeitparadoxen gab.

Und davon gab es reichlich.

Wie auch jetzt.

Jason überlegte, warum er das alles auf sich nahm. Er hatte seine Gründe, dass wusste er, aber war dies den Aufwand und das Risiko wert?

Er hatte schon John angelogen und es tat ihm im tiefsten Herzen weh, wenn er daran dachte. Das einzige, was John wusste, war, dass er nur das Gute wollte. Er war tief in sich Pazifist und beim Gedanken daran, dass im Ersten und auch im Zweiten Weltkrieg so viele Menschen starben, wollte er dies unter allen Umständen verhindern. Er hatte es schon tausend Mal durchgespielt. Wenn Princip das Attentat nicht verübte, würde es diese Kriege nicht geben, das stand fest. Aber es war auch fast gewiss, dass sich die Welt genauso entwickeln würde, wie sie heute war. Deutschland würde eine Demokratie werden, Europa war vereint und Barack Obama würde der erste schwarze Präsident der Vereinigten Staaten werden. Er hatte die Geschichte der letzten 100 Jahre durchforstet und im Endeffekt war nichts anderes passiert.

Aber es gab noch andere Gründe, warum er in die Vergangenheit gereist war.

Genau genommen, waren es zwei.

Jasons Eltern stammten aus Serbien, deshalb konnte er auch die Sprache gut. Sein richtiger Name war zwar Dunham, aber der Mädchenname seiner Mutter war Stepanovic und darum hatte er diesen Namen gewählt, als er hierher gereist war. Schon in jungen Jahren hatte er sich für seine Familie interessiert, hatte nach seinen Vorfahren gefragt, doch immer stieß er auf Widerstand und Desinteresse. Es kam ihm merkwürdig vor und als er genau recherchierte, wusste er, warum.

Ein Makel lag auf der Familie und dies geheim zu halten, war oberste Priorität. Doch er fand heraus, dass da noch mehr war.

Princip war sein Ur-Großvater, etwas anderes würde er noch erfahren.

4.

Jason schaute auf seine Uhr und stellte fest, dass es schon kurz nach 11.00 Uhr war.

„Wo bleibt er nur?", fragte er sich.

Er stand auf und verließ das Zimmer, dann ging er den Flur entlang, bis er an der Eingangstüre anlangte. Er machte sie auf und spähte nach draußen, in der Hoffnung, Princip würde dort warten.

Aber er war nicht da.

Vielleicht findet er die Adresse, nicht dachte er.

Er überlegte kurz, dann schloss er die Tür um kurzentschlossen nach ihm zu suchen.

Die Haustür war kaum zugefallen, als Princip langsam und vorsichtig den Schrank öffnete. Er hatte die sich schließende Tür gehört, dann noch einige Sekunden gewartet, bis er es wagte, wieder heraus zu treten.

Was war nur in den letzten Minuten passiert?

Er hatte das Gespräch bis ins letzte Detail mit angehört und wunderte sich. Mit wem in Gottes Namen hatte Stepanovic da nur gesprochen? Als er sprach, hatte er ständig dieses Gerät am Ohr, so als ob am andere Ende jemand sei und mit ihm sprach. Es war zwar unheimlich gewesen, aber nicht wichtig für ihn. Wichtig war, dass es um ihn gegangen war und dass dieser Stepanovic jemand anderes war, als er vermutet hatte.

Ein Verräter?

Er wusste es nicht, aber das war jetzt nicht von Bedeutung. Wichtig war nur, dass er so schnell wie möglich aus dem Haus fliehen musste, damit ihn Stepanovic nicht erwischte. Durch die Eingangstür nach draußen zu gelangen, war ihm zu gefährlich, deshalb wählte er das Fenster. Er öffnete es leise, dann spähte er vorsichtig nach draußen.

„Keiner da", sagte er leise, dann war er auch schon mit einem Fuß auf dem Fensterbrett. Es dauerte nur einen kleinen Moment, dann hangelte er sich nach draußen und sprang etwa einen Meter nach unten. Als er dort aufkam, blickte er hektisch um sich, doch keiner hatte ihn bemerkt. Er machte sich daran, schnell zu verschwinden, als sich plötzlich eine Hand auf seine Schulter legte.

„Princip, da bist du ja", sagte Jason.

Ihm stockte der Atem.

5.

Kevin Mason und Jim Craddock waren gerade am Terminal angekommen, als Frank zu ihnen gerannt kam.

„Habt ihr alles beisammen?".

Sie nickten nur.

Mason beschlich ein komisches Gefühl. Er war schon über fünfzig Jahre alt und hatte die Schnauze gestrichen voll. Er hasste diese Missionen langsam und er war einfach nur müde. Müde davon, ständig diesen Verrückten hinterher zu reisen und auszubügeln, was sie verursacht hatten. Aber auch müde, weil er sich schon so oft dabei in Gefahr begeben hatte.

Schmerzlich dachte er an den Tag, als er beinahe von diesem Wahnsinnigen Roberts erschossen wurde, als dieser versucht hatte, John F. Kennedy zu ermorden. Nun, JFK wurde getötet, aber Roberts hatte es rund zwei Jahre vorher probiert und die Zeitparadoxe, die darauf hin ausgelöst wurde, hätte das Ende der USA bedeutet. Er konnte gerade noch verhindern, das Roberts mit seinem Spezialgewehr auf ihn schoss, doch dann wandte sich dieser gegen ihn. Mit einem aberwitzigen Lächeln auf den Lippen und mit irr funkelnden Augen zielte er auf ihn. Mason hatte schon mit seinem Leben abgeschlossen, als plötzlich ein Schlag ertönte. Für den Bruchteil einer Sekunde war Roberts abgelenkt, das genügte ihm. Er griff sich den Lauf des Gewehrs, dann zog er es nach unten. Roberts verlor das Gleichgewicht und nach einem kurzen Handgemenge konnte er ihn entwaffnen. Diesmal war Mason im Vorteil, doch Roberts gab nicht auf. Er holte einen Revolver aus seiner Jacke und zielte auf ihn. Mason versuchte ihn noch davon abzuhalten, doch es war schon zu spät. Ein Schuss löste sich und streifte seine Schläfe. Für einen kurzen Moment wurde alles um ihn herum schwarz, dann schoss Mason instinktiv zurück. Die Kugel traf Roberts mitten ins Herz. Er war sofort tot.

Das alles war schon schlimm genug, denn zum ersten Mal in seinem Leben hatte er jemanden getötet. Aber noch schlimmer waren die abschließenden Untersuchungen, denn Roberts war nicht irgendjemand. Aus einer reichen und einflussreichen Familie stammend, wollten die Angehörigen natürlich alles erfahren und haargenau wissen, was sich zugetragen hatte. Es dauerte Monate, bis die Angelegenheit endlich abgeschlossen werden konnte.

Er wurde frei gesprochen, aber er fühlte sich nicht so.

Da war immer noch die Schuld, die ihn quälte und die er bis heute nie ganz hatte abschütteln können.

„Okay, noch zwei Minuten und eure Reise kann beginnen", sagte Frank, dann verließ er den Terminal wieder.

„Bist du soweit?", fragte Craddock gutgelaunt.

Er nickte wortlos, dann holte er seine Münze heraus und ließ sie durch seine Finger gleiten.

Er hatte alles, auch seinen Glücksbringer. Eine goldene Münze, die ihn schon seit Jahren begleitete und die eine verrückte Geschichte hatte. Er war kaum geboren, da klingelte bei seinen Eltern ein alter Mann. Er übergab seiner Mutter ein kleines Etui, indem diese Münze lag.

Gedankenverloren schaute er sie an, dann ließ er sie wieder in seiner Tasche verschwinden.

„Ja", antwortete Mason, „wir können".

6.

„Du bist zu spät", sagte Jason.

Princip schaute ihn erschrocken an und Jason bemerkte es.

„Ist irgendwas?".

„Nein, nein, es ist alles in Ordnung".

Aber das war es nicht.

Ganz und gar nicht. Am liebsten wäre er weggelaufen, aber das hätte Stepanovic wahrscheinlich misstrauisch gemacht, also blieb er und fügte sich der Situation.

„Gut, dann lass uns reingehen", meinte Jason und führte ihn zur Eingangstür.

Sekunden später waren sie in einem anderen Raum der Wohnung angekommen.

„Setz dich, Princip. Möchtest du was trinken?".

Princip nahm Platz, dann schüttelte er mit dem Kopf

„Danke Nein", sagte er leicht stotternd.

Jason fiel die Aufgeregtheit Princips sofort auf, aber er dachte sich nichts dabei.

„Gut, dann lass uns reden".

Jason nahm hinter seinem Schreibtisch Platz, dann öffnete er die Schublade. Er kramte kurz darin herum, dann holte er eine Pistole daraus hervor und hielt sie empor.

Princip erschrak sofort, dann begann sein Herz plötzlich zu rasen und er wandte sich aus dem Stuhl empor, bereit zu fliehen. Stepanovic wusste, dass er in der Wohnung gewesen war und rumgeschnüffelt hatte.

Er wollte schon etwas sagen, erklären, warum er in diesem Zimmer war und dass er nichts sagen würde, zu keinem. Er würde alles machen, wirklich alles, doch dann erledigte sich alles wie von selbst.

„Nur die Ruhe, Princip", beschwichtigte Jason, „damit wirst du Geschichte schreiben".

Er legte die Pistole auf den Tisch, dann schob er sie zu ihm rüber.

„Damit wirst du das Attentat verüben", erklärte Jason.

Princip schluckte kurz, dann begriff er endlich.

Stepanovic wusste überhaupt nichts. Sein Herzschlag verlangsamte sich wieder.

Er sagte noch immer nichts.

„Nimm sie in die Hand und fühle unsere Bestimmung".

Princip tat, wie ihm geheißen und als er sie in der Hand hielt, fühlte er nur den blanken und kalten Stahl, aus dem sie geformt war.

„Ja, wahrlich, ich spüre es", antwortete er, aber er verstellte sich dabei.

„Nur noch drei Tage, dann wirst du das vollenden, was schon längst hätte geschehen müssen. Du bist unser Erretter, so wie es Jesus Christus schon vor tausenden von Jahren für uns gewesen war", log Jason, dann stand er auf.

Princip stand auch auf, dann sahen sich die Beiden an.

„Wann und wo?", fragte er.

Jason kramte erneut in seiner Schublade, dann holte er einen Stadtplan hervor.

„Am 28. Juni, kurz vor 11.00 Uhr, wird der Erzherzog genau hier halten", erklärte Jason, dann zeigte er auf eine Stelle.

„Genau hier", wiederholte er.

7.

Sie landeten genau dort, wo sie es beabsichtigt hatten. Sie erschienen wie aus dem Nichts und es war immer wie magisch für Craddock. Im Gegensatz zu Mason war er den Missionen nie überdrüssig gewesen, im Gegenteil, es lechzte ihn nach Abenteuer und Gefahr. Er war wie geschaffen für diese Dinge und er würde für immer ein Zeitwächter bleiben.

Mason kam zu ihm.

„Hast du alles?", fragte er ihn.

Craddock kramte kurz in seinen Taschen, dann nickte

er.

„Alles da".

Er wollte gerade die Karte herausholen, als Mason ihn daran hinderte.

„Nicht hier", meinte er, dann zeigte er auf einen kleinen Jungen, der nicht weit von ihnen entfernt stand und sie entgeistert anstarrte.

„Er hat es gesehen", sagte Mason nur.

„Und wenn schon", entgegnete er, „ihm wird keiner glauben".

Craddock hatte Recht, aber ihm war doch lieber, wenn sie sich vom Landeort entfernten. Das war die erste Regel, die sie gelernt hatten. Sofort einen anderen Ort aufsuchen und dort die Mission weiter verfolgen.

„Also gut, du bist der Chef", meinte Craddock sarkastisch, dann packte er die Karte wieder weg.

Sie machten sich auf, gingen an dem immer noch verdutzten Jungen vorbei und waren nach kurzer Zeit hinter einem Haus verschwunden.

Während die Zeitwächter ihn suchten, drehte sich Jason nochmals zu Princip um.

„Woher stammst du?", fragte er, obwohl er seine ganze Geschichte eigentlich schon kannte.

Fast alles wusste er.

Bis auf eines.

Und das versuchte er jetzt heraus zu bekommen.

„Ich komme aus Bosnien. Ich bin in einem kleinen Dorf aufgewachsen, das Obljaj heißt. Dort ist nicht viel los, eigentlich ist es völlig nichtssagend, aber ich habe mich dort immer wohlgefühlt".

„Ah, Bosnien. Schönes Land. Und die Frauen erst".
Jason lachte.

Princip fing auch zu lachen an.

„Ja, wunderschön sind sie dort. Die schönsten der Welt".

„Und? Hattest du schon eine?", fragte Jason.

Princip errötete kurz, dann lächelte er süffisant.

„Eine? Viele", log er . In Wirklichkeit gab es nicht mal eine. Verliebt war er schon und auch sie erwiderte seine Liebe, aber er hatte etwas getan, das nicht zu verzeihen war.

„Du bist mir ein Schwerenöter. Und welche war am besten?", bohrte Jason nach.

Princip stockte kurz, dann dachte er an die Bankierstochter.

„Sabira war ihr Name".

Jason wusste es schon, aber er wollte sicher gehen, dass die Geschichte stimmte. Wenn es wahr war, dann hatte Princip genau das getan, was er vermutete.

„Und, seid ihr zusammen?", fragte er neugierig.

Princip überlegte kurz, dann fiel sein Kinn auf die Brust. Er schüttelte nur mit dem Kopf.

Jason erhob sich, dann kam er zu seinem Stuhl.

„Was ist passiert?".

Wieder schüttelte er mit dem Kopf, dann stand auch er auf.

„Ich will nicht darüber reden", sagte er jetzt fast schreiend.

Jason ließ nicht locker, denn nun musste er es wissen. Er hatte von der Geschichte gehört, aber sie nie ausreichend bestätigt gefunden. Nach seinen dürftigen Informationen hatte sich Princip in die Tochter des reichen und wohlhabenden Bankiers Dragoslav Seberovic verliebt. Aber diese Liebe währte nicht lange, denn der Bankier hatte sehr schnell Wind von der Liebschaft erfahren und untersagte es Princip, seine

Tochter zu sehen, geschweige denn sich mit ihr zu verabreden. Princip war wütend und er tat das, was dem Bankier am meisten wehtat.

Er plünderte die Bank.

Danach verlor sich die Spur von Princip. Mehr konnte Jason in seinen Recherchen nicht erfahren. Er wusste nur, dass Princip, als er in Belgrad nach zwei Jahren wieder auftauchte, nichts geblieben war, als die Kleidung an seinem Leibe.

„Oh, das tut mir leid, ich wollte nicht aufdringlich sein, aber warum bist du nicht mehr mit ihr zusammen?", fragte er erneut.

„Das geht dich nichts an", antwortete dieser erzürnt.

Princip schnappte sich die Pistole und steckte sie ein. Als er gehen wollte, hielt Jason ihn auf.

„Princip, was ist los? Warum so erzürnt?".

„Wie gesagt, das ist meine Sache. Ich will nicht darüber reden und wenn du klug bist, dann lässt du mich in Ruhe", erklärte er, dann holte er kurz die Pistole heraus und zeigte sie ihm.

Jason war gewarnt.

„Genosse, beruhige dich doch. Na klar ist das deine Sache, ich wollte nur reden, aber ich sehe, ich treffe damit einen wunden Punkt bei dir. Lassen wir es gut sein", beschwichtigte Jason.

Princip steckte die Pistole wieder weg, dann kehrte er ihm den Rücken zu.

„Wie geht es nun weiter?", fragte Princip.

Jason kam zu ihm, dann legte er ihm die Hand auf die Schulter.

„Wir treffen uns am 27. Juni nochmals bei Tankosic, um auch die anderen zu informieren".

„Gut", antwortete er, dann machte er sich auf, das

Haus zu verlassen.

Jason folgte ihm und als er aus der Tür trat und in der Menschenmenge verschwand, fluchte er leise:

„Du verdammter Hund, was hast du nur mit dem Gold gemacht".

8.

Craddock hatte einen kleinen Gasthof gefunden, wo sie die nächsten drei Tag übernachten konnten. Als sie das spärlich eingerichtete Zimmer sahen, nickten sie nur. Etwas Besseres konnten sie auf die Schnelle nicht finden, aber es machte ihnen nichts aus. Es war auf jeden Fall besser, an so einem Ort zu bleiben, als in einem noblen Hotel neugierigen Blicken ausgesetzt zu sein. Hier konnten sie sicher und ungestört ihre weiteren Schritte planen, ohne dass jemand ihnen unangenehme Fragen stellte.

„Keine 5 Sterne, aber wenigstens haben wir ein Bett", meinte Mason und zeigte auf das baufällige und heruntergekommene Gestell, das als Bett diente.

Craddock lachte laut.

„Ja du hast Recht. Wir hätten es auch schlimmer treffen können", meinte Craddock.

Mason lachte ebenfalls.

Es vergingen einige Sekunden, dann kehrte ihr Ernst zurück.

„Genug davon. Hol jetzt den Plan heraus", sagte Mason.

Craddock kramte in seinem Rucksack, dann holte er den besagten hervor und legte ihn auf den Tisch. Er faltete ihn auseinander und glättete ihn an mehreren Stellen.

Mason beugte sich darüber.

„Also, wenn alles sich so zutragen wird, wie es schon einmal geschehen ist, wird dieser Princip genau an dieser Stelle zuschlagen und den Erzherzog und seine Frau erschießen".

Er zeigte auf einen Punkt und Craddock nickte.

„Gut, wie gehen wir vor?", fragte er ihn.

„Du bist der Chef", meinte der nur, dann fügte er noch hinzu, „du kennst meine Vorgehensweise. Sondieren, abwarten und dann zuschlagen. Das ist meine Taktik".

Er lachte wieder.

Mason überlegte kurz, dann erklärte er ihm seinen Plan.

„Wir müssen uns aufteilen. Du heftest dich an diesen Princip, aber pass auf, lass dich nicht von ihm erwischen. Versuch so nah wie möglich an ihn heran zu kommen, aber mehr nicht. Nur sondieren. Ich werde mich um Dunham kümmern".

„Alles klar. Jetzt sofort oder warten wir bis morgen ab?".

„Nein, du hast Recht, es ist schon zu spät dafür. Wir haben noch drei Tage Zeit, bis es soweit ist, es reicht also, wenn wir uns morgen darum kümmern".

Sie legten ihre Sachen ab, dann verstauten sie sie in dem Holzschrank.

Als sie damit fertig waren, knurrte Craddocks Magen.

„Sieht so aus, als ob etwas nicht bis morgen warten kann".

Er zeigte auf seinen Bauch und Mason musste schon wieder lachen.

„Tja, dem kann ich nicht widersprechen. Komm, lass uns schauen, wo wir etwas Essbares bekommen".

Kurze Zeit später machten sie sich auf die Suche.

9.

Princip saß in seinem kümmerlich eingerichteten
Zimmer und rekapitulierte den vergangenen Tag.
  *Was war das nur bei Stepanovic gewesen, was hatte das alles zu
bedeuten?* dachte er die ganze Zeit.
  Er dachte lange darüber nach, doch er fand keine
Antwort, aber war es überhaupt wichtig? Stepanovic
hatte zwar über ihn gesprochen, aber das musste er ja
schließlich auch, denn er war der Auserwählte. Das er in
das metallische Ding gesprochen hatte, na gut, vielleicht
ist Stepanovic ein wenig eigen oder sogar verrückt, wen
kümmerte dies schon. Wichtig war nur, dass der Plan,
das Attentat gelingt. Denn wenn er es tatsächlich
schaffte, den Erzherzog zu ermorden, würde er sein Ziel
endlich erreicht haben.
  „Oh meine süße Sabira, bald sind wir wieder vereint",
sagte er leise.
  Sie war seine große Liebe und das würde sie auch immer
bleiben, aber ihr Vater war dagegen. Schon von Anfang
an, hatte er es ihm untersagt, auch nur ansatzweise an
eine Liebschaft mit seiner Tochter zu denken.
  Wie hatte er ihn des Öfteren genannt?
  Lump, Taugenichts und *Tagedieb.*
  Das waren noch die harmloseren Worte, die er für ihn
auf Lager hatte, doch das würde sich bald ändern.
  Doch zuvor würde er sich rächen. Er sollte erfahren,
was es bedeutete, Gavrilo Princip, etwas zu verwehren.
  Es war ein Leichtes in seine Bank einzubrechen, hatte er
sich doch zuvor schon einige Male mit Sabira dort
heimlich getroffen, nachdem die Bank bereits
geschlossen hatte. Dort hatten sie sich auch das erste
Mal geliebt. Er wusste, wo sich der Tresor befand und

vor allem, wie die Kombination lautete. Sabira hatte sie ihm genannt. Sie war so gerührt von ihrem Vater, weil er ihren Geburtstag dafür ausgewählt hatte.

Es war auf den Tag vor zwei Jahren gewesen, als sie sich wieder heimlich trafen, doch sie wurden entdeckt. Seberovic tobte und er war nicht allein. Seine Handlanger waren dabei und als sie ihn erwischten, verpassten sie ihm eine Tracht Prügel, die er so schnell nicht vergessen sollte.

Aber das war nicht das Schlimmste. Schlimmer war die Erniedrigung und er sann auf Rache.

In der nächsten Nacht brach er den Safe auf. Mit mehr als 20000 Golddukaten machte er sich aus dem Staub. Aber es ging ihm nicht um das Gold oder um Reichtum. Nein, einzig aus Rache hatte er so gehandelt, aber er würde es wieder zurückgeben. Ja, wenn alles so laufen würde, wie er es sich vorgestellt hatte, würde er einen Weg finden.

Aber etwas anderes war ihm noch wichtiger.

Er musste etwas unternehmen, um die Gunst des Vaters zu gewinnen. Seberovic musste sehen, dass er würdig sei, mit seiner Tochter zusammen zu sein. Es musste etwas großes, epochales sein, nichts geringeres, sonst würde er es nicht schaffen.

Als er von den Freiheitsplänen der Aufrührer erfuhr, war dies für ihn wie der Fingerzeig Gottes. Das war es, wonach er die letzten Jahre gesucht hatte. Er würde derjenige sein, der alle Serben und Bosnier vereinigen würde.

Wenn Seberovic von seinen Taten in der Zeitung erfahren würde, bliebe ihm gar keine andere Wahl, als ihm seine Tochter zur Frau zu geben.

„Oh, Sabira, bald bin ich der Deine".

10.

Er stand auf der Straße und sah schon von weitem das Fahrzeug auf ihn zukommen. Hektisch schaute er sich um, doch er konnte ihn nirgendwo entdecken.

Wo war der verdammte Hund nur, dachte Jason.

Er ging die Menge entlang, die die Straße säumte, dann sah er plötzlich einen Mann, der auf das Fahrzeug zu rannte.

„Princip", sagte er leise.

Er rannte sofort los, wollte ihn erreichen, doch es war schon zu spät. Er war nur noch wenige Meter von ihm entfernt, als er sah, wie Princip die Pistole aus seiner Jackentasche holte.

„Nein, nicht", schrie er.

Der Wagen hielt auf einmal und Princip ging auf die Seite des Beifahrers, dann richtet er die Waffe auf Erzherzog Franz Ferdinand.

„Tod allen Tyrannen", rief er, dann schoss er.

Die Kugel traf den Erzherzog und eine Blutfontäne ergoss sich aus dem Einschussloch.

Die Menge heulte auf und einige Männer, die in der Nähe standen, sprangen auf ihn zu.

Zu spät, denn kurz darauf schoss er ein weiteres Mal. Diesmal war die Gemahlin des Erzherzogs sein Ziel.

Auch diese Kugel traf und schmerzverzerrt schrie sie auf.

Jason hielt seine Hände an den Kopf und mit Schrecken musste er erkennen, dass er versagt hatte.

„Princip, Princip", schrie er immer wieder, dann …

… wachte er auf.

Atemlos und völlig durchnässt schreckte er hoch. Mit irrem Blick starrte er auf das Fenster, wo die Sonne langsam am Firmament aufging. Zuerst wusste er nicht, ob alles Wirklichkeit gewesen war oder ob er nur schlecht geträumt hatte. Es dauerte noch ein paar Sekunden, dann hatte sein Verstand begriffen, dass er nur einen Alptraum hatte.

Er wankte aus dem Bett und ging an den Waschtisch. Er nahm seine Hände und kühlte sein Gesicht mit dem kalten Wasser. Er nahm das wohltuende Gefühl in sich auf und kurze Zeit später ging es ihm schon besser.

„Scheiße", fluchte er leise, „was für ein verdammter Traum".

Er drehte sich wieder um, dann ging er in sein Arbeitszimmer und holte sich eine Zigarette. Als er sie angezündet hatte und die ersten Züge genommen hatte, nahm er auf seinem Sessel Platz.

„Es gibt keine andere Möglichkeit", sagte er zu sich, so als ob er sich entschuldigen müsste.

Aber so war es auch.

Er dachte daran, warum er die Strapazen dieser Reise auf sich nahm.

Ging es ihm um das Gold oder um seinen Ur-Großvater?

Und warum in Gottes Namen, wählte er diese Zeit? Gab es denn keine andere Möglichkeit?

Nein, dachte er, *die gab es nicht*.

Er hatte es schon unzählige Male probiert, doch jedes Mal schien es so, als ob irgendetwas ihm einen Strich durch die Rechnung machte.

Einmal reiste er genau an den Tag zurück, an dem Princip die Bank ausgeraubt hatte. Er beschattete ihn und konnte auch sehen, wie er des Nachts mit einem Sack auf den Schultern die Bank wieder verließ. Er ging ihm hinterher und wähnte sich schon am Ziel, als ihn plötzlich ein Polizist anhielt. Er musste seine Papiere vorzeigen. Gott sei Dank hatte er sich penibel darauf vorbereitet, deswegen war es kein Problem gewesen, doch nachdem der Polizist die Papiere kontrolliert hatte, war Princip verschwunden. Es suchte ihn die ganze Nacht vergebens und als er ihn nicht mehr fand, musste er sich eingestehen, dass er versagt hatte.

Er hätte einen Roman darüber schreiben können, was alles zu welcher Zeit, auf verschiedenster Weise misslungen war. Egal wie er sich auch vorbereitete und welche Strategie er verfolgte, immer kam etwas dazwischen und durchkreuzte seine Pläne.

So, als ob sich die Zeit *wehrte*.

Er wusste, dass dies immer vorkommen konnte, denn er war jahrelang einer der besten Zeitwächter gewesen, die die Agency je gehabt hatte, aber mit der Zeit verlor er den Glauben und die Kraft, dies weiter durchzustehen.

Aber das war Vergangenheit.

Jetzt hatte er eine neue Zeit gewählt und diesmal, da war er sich sicher, würde es funktionieren.

11.

Den ganzen Tag verbrachten Craddock und Mason damit, ihre Ziele zu suchen, doch als sie sich am Abend wieder in ihrer Herberge trafen, konnte keiner einen Erfolg vermelden. Es schien so, als ob beide Männer wie vom Erdboden verschluckt waren.

„Ich verstehe das nicht", sagte Mason ernüchtert, „irgendetwas muss doch zu erfahren sein".

„Denk ich auch, aber diese Bosnier sind ganz schön hartnäckig. Hätte ich nicht gedacht. Selbst mit Geld konnte man nichts aus ihnen herausbringen", erklärte Craddock, dann ließ er sich aufs Bett fallen.

„Wir sollten es morgen noch einmal probieren", sagte er noch.

Mason überlegte.

Am besten wäre es, ich frag nochmal in der Agency nach, die müssten doch irgendwo noch was finden, denn wenn wir keinen Anhaltspunkt haben, können wir nur am Tag des Attentats eingreifen, aber dann könnte es schon zu spät sein.

Er hatte keine Ahnung, was Dunham vorhatte und das beunruhigte ihn.

„Gib mir mal den Transponder", sagte er zu Craddock.

Er stand auf, dann holte er aus dem Schrank ein silbrig längliches Gerät und gab es ihm.

„Hier, viel Glück".

Mason nahm den Transponder in die Hand, dann wählte er.

Obwohl er schon über 10 Jahre diesen Job machte, begeisterte ihn dieses Gerät immer noch. Es sah zwar aus wie ein handelsübliches Handy und mehr als nur telefonieren konnte man auch nicht, aber der große Unterschied war: Man konnte durch die Zeit telefonieren.

Es dauerte nur einige Sekunden, dann meldete sich Frank am anderen Ende.

„Hey Leute. Wie stehts?".

„Nicht gut, sind immer noch am Anfang. Keine Neuigkeiten. Wir sind auf dich angewiesen, Kumpel. Kannst du uns noch nähere Informationen geben? Wir kommen einfach nicht weiter".

„Sorry Leute, dass was ihr wisst, ist alles, was ich euch geben konnte. Tut mir leid", erklärte Frank.

„Aber das kann doch nicht sein. Wir treten hier auf der Stelle. Es muss doch was geben", meinte Mason und war leicht erzürnt.

„Du, hier ist die Hölle los. Du kannst dir gar nicht vorstellen, was hier abgeht. Dunham hat ein riesiges Fass aufgemacht, so etwas habe ich noch nie erlebt. Hier gibt es die fantastischsten Zeitparadoxen, die ich je gesehen habe. Ich kann einfach nur sagen: Wow".

„Frank, jetzt hör mal zu. Ich weiß, dass Dunham und wir der Auslöser dieser ganzen Scheiße sind, aber wir tun, was wir können, also gib mir ein bisschen Futter"

Es folgte eine kurze Pause und Mason hörte im Hintergrund ein Stöhnen.

„Mason, es seid nicht ihr, also ich meine, nicht ihr allein. Es scheint so, als ob jede Zeitreise gerade ihr eigenes Zeitparadoxum hat und das obwohl die meisten normal ablaufen, also ohne Einmischung von außen", erklärte er.

„Wie kann das sein?", wollte Mason wissen.

„Bin ich Einstein?", sagte Frank süffisant, „ich habe keine Ahnung, was da abgeht, nur eine Theorie".

„Ich höre".

„Ich glaube, die Zeit sträubt sich", meinte er nur.

„Was?".

„Ja".

„Erklär es mir".

„He Mason, ich kann es dir nicht erklären, ich kann dir nur sagen, was ich denke".

„Und das wäre?".

„Die Zeit hat einfach keinen Bock mehr auf uns. Vor allem nicht, dass wir sie ständig ändern und dann wieder so rückverändern müssen, wie sie einmal war. Irgendwann bricht sie zusammen und ich denke, dann wird etwas Großes passieren".

Er stockte kurz und dachte nach. Frank hatte nicht Unrecht damit, was er da sagte oder viel mehr dachte. Er hatte auch schon das eine oder andere Mal überlegt, dass alles irgendwann einmal zu viel sein würde.

„Verstehe", sagte er nur, „wann wird das sein?"

„He Mason, hörst du mir eigentlich zu? Verdammt, ich weiß nicht wann. Bin doch kein Professor mit Diplom, sondern nur dein Koordinator, aber ich fühle es einfach. Weißt du, es ist wie mit dem Krug und dem Brunnen. Er geht solange, bis er bricht. Sagt dir das was?", fragte er.

Und es ist schon zu lange gut gegangen, dachte Mason.

„Okay Frank, danke dir. Ich werde dich morgen wieder anrufen, um dir unseren Status mitzuteilen".

„Ja, ist okay. Wenn wir dann noch da sind", entgegnete er lachend, „viel Glück euch noch".

Er legte auf.

Er holte seine Goldmünze heraus, dann spielte er mit ihr. Er musste nachdenken.

Mason mochte Frank, er war immer gut drauf und hatte immer einen Spruch auf Lager, aber was ihm am meisten an ihm imponierte, war sein realistisches Denkvermögen. Er sagte einfach, was er dachte und nahm dabei kein Blatt vor den Mund, auch wenn es seine Vorgesetzten nicht gerne sahen, wenn er seine ehrliche Meinung vertrat. Leider hatte Frank zu oft Recht gehabt, doch diesmal wünschte sich Mason, dass sich Frank täuschen würde.

Er wandte sich zu Craddock um.

„Sorry, nichts Neues".

„Okay, dann lass es uns morgen erneut versuchen. Vielleicht haben wir dann ja mehr Glück", meinte der, dann sah er ihn nachdenklich an. „He, du siehst ziemlich besorgt aus. Ist irgendwas?".

Mason überlegte kurz, ob er ihm den Inhalt des Gespräches mitteilen sollte, dann entschied er sich dagegen.

„Nein, alles okay. Die haben nur jede Menge zu tun, aber das kennst du ja", beschwichtige er.

Craddock zeigte ihm den erhobenen Daumen.

Ja, er wusste es, wie es an manchen Tagen in der Zentrale zuging.

Er gab ihm den Transponder zurück und legte sich auf sein Bett.

Es dachte noch lange über Franks Worte nach.

Bald wird etwas Großes passieren.

„Ich glaube, du hast Recht, Frank", sagte er leise, dann schlief er ein.

12.

Die Agency und die dazu gehörige Zeitmaschine waren in einem gewaltigen unterirdischen Komplex untergebracht, der früher einmal ein Bunker aus der Zeit des Kalten Krieges gewesen war. Insgesamt arbeiteten dort an die 1200 Personen. Wissenschaftler, Sicherheitsfachkräfte, Wachmannschaften und die sogenannten Kontrollern.

Frank war einer von ihnen.

Er hatte die Aufgabe, die Zeitwächter (sie selbst nannten sich Regulatoren) einzuweisen und mit Informationen für bevorstehende Missionen zu füttern. Er fand seine Arbeit spannend, war sie doch ein wichtiger Anteil am ganzen System, doch in den letzten Tagen schien es so, als würde alles den Bach runtergehen. So viele Zeitanomalien hatte er, seit er bei der Agency angefangen hatte, noch nie erlebt. Fast jeder Kontroller hatte mit diesen Schwierigkeiten zu kämpfen, doch Frank beunruhigte noch weit Schlimmeres. Er entsann sich an einen Artikel von Professor Dr. Stevenson, einem Miterfinder der Zeitmaschine. In diesem Bericht warnte der Professor davor, die Zeitreisen nicht so intensiv zu nutzen, wie sie es bereits taten. Tagtäglich gingen mehr als 150 Zeitreisen über die Bühne. Viel zu viele, wie Frank dachte, doch die Reisen waren alle schon gebucht und die Regierung benötigte das Geld. Es war eine Einnahmequelle, die der Staat dringend brauchte und keiner hatte die Absicht, diese versiegen zu lassen. Der Professor erklärte auch die möglichen Szenarien, die daraus resultieren konnten. Wissen konnte er es natürlich nicht, aber mit großer Wahrscheinlichkeit würde die Zeit, wie wir sie kennen, so nicht mehr existieren. Die ersten Vorboten würden Anomalien sein, gefolgt von Rissen und kleinen schwarzen Löchern, die die Erde zerreißen könnten.

Ein schriller Piepston erklang und Frank schaute auf seinen Monitor.

„Wieder eine Anomalie", ächzte er.

Er nahm den Hörer ab, dann wählte er eine Nummer. Kurz darauf meldete sich ein Mann.

„Außenstelle Kansas", sagte die Stimme.

„Steve, Hey, hier ist Frank. Du ich habe da etwas. Sieht aus wie eine Anomalie, bin mir aber noch nicht sicher. Ich schick dir mal die Koordinaten. Kannst du mal ein Team rausschicken, ich will wissen, was da los ist", sagte er bestimmt.

„Alles klar, ich schick sofort jemanden los", meinte der, dann beendete er das Gespräch.

Frank legte den Hörer ebenfalls auf, dann sah er wieder auf seinen Monitor. Er schüttelte den Kopf.

Auf dem Bildschirm war eine Landkarte abgebildet, die den Nordwesten der USA zeigte. An einigen Stellen blinkten rot leuchtende Punkte auf. Dies waren die Anomalien, die allein heute aufgetreten waren. Es waren einige mehr, als vor ein paar Tagen und er machte sich Gedanken.

Aber etwas bereitete ihm noch mehr Kopfzerbrechen als Thesen oder Vermutungen, die der Professor angedeutet hatte.

Es war sein Gefühl.

Es hatte ihn noch nie im Stich gelassen und jetzt war es wieder mal soweit: Etwas würde geschehen und er ahnte schon was. Er wusste, dass bald etwas Schlimmes und Schwerwiegendes sich in den nächsten Tagen ereignen würde.

Und er ahnte bereits, was genau es sein würde.

Es war nur eine Mutmaßung, aber das was er die letzten Tage beobachtet und erfahren hatte, ließ für ihn keinen anderen Schluss zu.

Die Zeit würde alles ausspucken, was sie je in ihrer Dauer angehäuft und produziert hatte. Es klang komisch und lächerlich und es sich vorzustellen, entbehrte jeglicher Vorstellungskraft, aber es war eben sein Gefühl.

Er brachte seine Gedanken zu Ende, als das Telefon erneut klingelte. Frank sah, dass es Steve war und er nahm sofort den Hörer ab.

„Hallo Steve, was ist …", sagte er und wurde unterbrochen.

Im Hintergrund hörte er tumultartige Geräusche und schrille Schreie.

„Scheiße, Frank, hier ist die Hölle los, schick sofort die Armee her, sofort", schrie Steve.

Frank zuckte zusammen und in seinem Innersten wusste er, etwas Schreckliches musste passiert sein.

„Steve, bleib ruhig, was ist los?", fragte er

beschwichtigend.

Plötzlich hörte er Schüsse, gefolgt von einer Explosion.

„Wir können uns nicht mehr lange halten, sie sind überall", schrie Steve.

„Um Gottes Willen, was ist denn nur los bei euch?".

Er hörte für einige Sekunden nur Rauschen, dann ein markerschütterndes urzeitliches Brüllen. Es klang nach einem Tier. Eines, das es eigentlich nicht mehr geben konnte.

„Steve, Steve, bist du noch da?", brüllte Frank jetzt.

Wieder nur Rauschen, dann nach gefühlten Minuten hörte er Steve nur schreien:

„Dinosaurier, überall nur Dinosa…", dann brach die Verbindung ab.

Frank ließ den Hörer fallen. Er starrte fassungslos auf den Monitor und sah, dass sich seit dem Telefonat die Zahl der Anomalien mehr als verdoppelt hatte.

Es hatte begonnen und …

… es würde so schnell nicht wieder zu beenden sein.

Wieder einmal hatte sich sein Gefühl bestätigt und in Gedanken hasste er sich dafür.

13.

Während Princip schon fast an seinem Versteck für die nächsten zwei Tage angekommen war, machte sich Jason gerade daran, ebenfalls zu verschwinden. Er packte seine notwendigen Sachen zusammen, dann ging er nach draußen und rief nach einem Taxi. Sie waren schon fast aus der Stadt draußen, da hörte er plötzlich, wie der Taxifahrer etwas rief:

„Mein Herr, schauen sie".

Jason hörte ihn erst gar nicht, denn er war zu sehr in

Gedanken versunken, dann aber hörte er einen Mann schrill schreien.

Er schreckte auf, dann sah er, wie eine wie wild gestikulierende Menschenmenge die Straße herauf, auf sie zukam.

Was um alles in der Welt? fragte er sich, dann befahl er dem Fahrer, zu stoppen.

Er sprang aus dem Auto, dann ging er einige Schritte nach vorn.

Immer noch hasteten Menschen an ihm vorbei und erst jetzt fielen ihm ihre schreckensgeweiteten Augen auf. Sie mussten etwas Fürchterliches und Schlimmes gesehen haben. Er schaute ihnen noch kurz nach und als er ein furchtbares und lautes Krachen hörte, drehte er sich langsam wieder um.

Nicht weit von ihm entfernt, begann sich ein Riss zu bilden, der stetig und stetig größer wurde.

Er ging darauf zu und ein plötzlicher Wind kam auf.

„Oh mein Gott", sagte er leise.

Auf einmal wiederholte sich das Krachen und links von ihm bildete sich erneut ein Riss, dann Sekunden später rechts ein weiterer. Er tat einen Schritt zurück und beobachtete den Riss, der genau vor ihm lag.

Am Rande des Risses bildete sich eine schimmernde, fast goldene Schicht, die in unregelmäßigen Abständen blinkte und eine undefinierbare Flüssigkeit absonderte, die wie kleine Tropfen aussah. Als sie nach unten fielen, verschwanden sie im Nichts, so wie goldsilbrigen Sterne einer Wunderkerze, die nach und nach verpuffen, wenn sie abgebrannt sind. Durch eine unbekannte Macht wurden auf einmal die Seiten des Risses auseinander gezogen und die dahinter liegende Landschaft verschwand.

Plötzlich hörte er ächzende Geräusche.

Wieder ging er vorsichtig einen Schritt zurück.

Der Riss erweiterte sich weiter und weiter, bis er unvermittelt stoppte. Für einige Sekunden hörte er keinen Laut, dann brach das Unmögliche über ihn herein.

Aus dem Riss kam ein riesiges Schiff zum Vorschein, das unaufhaltsam auf ihn zukam. Für einen Moment reagierte Jason nicht, dann aber taumelte er langsam nach hinten. Immer schneller und rasanter kam der Bug auf ihn zu. Jason starrte auf das Schiff, dann drehte er sich um und rannte um sein Leben.

Hinter sich hörte er ohrenbetäubende Geräusche, als der blanke Rumpf des Schiffes sich in die Erde grub und als er an dem Taxi vorbei lief, erkannte er, dass der Fahrer noch in seinem Auto saß.

Er blieb kurz stehen.

„Los raus", schrie er dem Fahrer zu, dann rannte er weiter.

Er war kaum ein paar Meter gelaufen, als er einen Knall, gefolgt von einem Knirschen hörte. Hätte er sich umgesehen, hätte er gesehen, wie das Schiff das Taxi zermalmte, mit samt dem Fahrer darin, der es nicht rechtzeitig aus dem Auto geschafft hatte.

Große Erdbrocken flogen an ihm vorbei und hätten ihn fast getroffen, doch Jason hatte Glück.

Doch wie lange noch?

Er drehte sich im Laufen um und erkannte, dass der Bug immer näher und näher kam. Wenn er weiter rannte, würde ihn jener bald erreichen und unter sich begraben.

Er hatte nur eine Chance.

Er müsste die Flucht zur Seite wagen.

Jason rannte noch ein paar Meter, dann scherte er nach

rechts auf eine Wiese aus. Er sprang über eine kleine Böschung und als er auf dem Gras aufkam, wäre er beinahe gestolpert. Wild mit den Armen rudernd konnte er bald sein Gleichgewicht zurückerlangen, dann rannte er aus Leibeskräften weiter.

Das Tosen wurde immer lauter und als er abermals einen Blick rückwärts riskierte, sah er, dass die Bordwand ihm bedrohlich näher kam.

„Verdammt", schrie er, dann mobilisierte er nochmals all seine Kräfte und seine Schritte beschleunigten sich. Er flog förmlich über die Wiese und er hätte es beinahe geschafft, als er doch noch stolperte.

Ein Stein, den er übersehen hatte, brachte ihm zu Fall. Jason stürzte nach vorne, dann überschlug er sich. Benommen fand er sich Sekundenbruchteile später auf dem nassen Gras wieder, während das Knirschen und Toben hinter ihm sich weiter steigerte.

Mit seinem Leben abgeschlossen, drehte sich Jason um und starrte auf das riesige Schiff, das immer noch unaufhaltsam auf ihn zukam. Nur noch ein paar Meter, dann würde er unter der tonnenschweren Last zerdrückt werden und man würde ihn wahrscheinlich nie mehr finden.

Verzweifelt robbte er nach hinten und mit aufgerissenen Augen schaute er auf den schwarzen Koloss.

„NEIIIIIIIIIIIIIIIIIIIIIIIIIIN", schrie er hysterisch, dann blieb er liegen.

Er machte die Augen zu, dann machte er sich bereit. Sein Herz schlug wild und sein Atem stockte, doch unvermittelt hielt das Schiff plötzlich an. Es ächzte noch kurz, dann war alles um ihn herum still.

Für einige Sekunden blieb er völlig reglos, dann öffnete er angsterfüllt die Augen.

Als er auf die schwarze Bordwand starrte, die nur weniger als einen halben Meter entfernt von ihm war, wusste er, dass er verdammtes Glück gehabt hatte. Wäre er nur eine Sekunde später losgerannt, würde er jetzt nicht mehr leben. Er rappelte sich auf, dann ging er langsam ein paar Schritte zurück. Ihm war schlecht und nur mühsam konnte er sich auf den Beinen halten. Wackelnd und mit zittrigen Knien taumelte er nach hinten, dann fiel er wieder um. Als er im feuchten Gras landete, traf sein Blick etwas, dass er sich nicht im Entferntesten erklären konnte. Er hatte den Namen des Schiffes gelesen. In großen, goldenen Buchstaben stand ganz deutlich am Bug:

TITANIC.

Als sein Verstand begriff, was seine Augen da gesehen hatten, da verlor er das Bewusstsein.

14.

Craddock und Mason hörten die tumultartigen Geräusche von ihrem Fenster. Noch schlaftrunken erwachten sie, dann ging Mason an das Fenster und öffnete es. Als er nach draußen schaute, sah er, wie einige Männer erschrocken nach oben zeigten und dann mit den Köpfen schüttelten. Mason drehte seinen Kopf und wollte ebenfalls nach oben schauen, aber von hier aus konnte er nichts erkennen. Genervt und um seinen Schlaf gebracht, zog er den Kopf wieder ein. Kaum war er wieder drinnen, da hörte er die Schreie von einigen Frauen, die sich zu den Männern gesellt hatten.

Aber er hörte noch etwas anderes.

Etwas, was nicht sein konnte und vor allem, nicht sein durfte.

Ein ungutes Gefühl beschlich ihn.

„Craddock, los, zieh dich an. Wir gehen nach draußen. Hier stimmt was nicht", sagte er nur, dann zog er sich an.

Craddock rieb sich die Augen und grummelte etwas, dann zog auch er sich an.

Eine Minute später waren sie draußen an der Herberge angekommen und als sie nach oben schauten, blieb ihnen für einige Sekunden das Herz stehen.

„Das kann nicht sein, oder?", sagte Craddock und zeigte mit seinem Arm nach oben.

Nein, eigentlich nicht, dachte Mason.

Am ganzen Himmel waren Kondensstreifen von abertausenden von Flugzeugen zu sehen. Im ersten Moment nichts aufregendes, wenn man bedachte, dass zu dieser Zeit das Flugzeug noch in den Kinderschuhen steckte. Die Leute hier sahen ab und zu einen aus Holz und Drähten zusammengebauten Doppeldecker, der langsam und behäbig seine Kreise zog, aber was man hier sah, waren moderne Düsenflugzeuge.

Craddock wandte sich zu Mason.

„He, ich wiederhol mich nur ungern, aber das ist doch nicht normal", meinte er.

Nein, das war es nicht, da war sich Mason sicher, aber es musste etwas geschehen sein, dass er in Erfahrung bringen musste. Er musste Frank anrufen.

Er wollte gerade rein gehen, als die Menge plötzlich aufheulte. Mason hörte eine kleine weit entfernte Explosion und als er zum wiederholten Male nach oben schaute, konnte er noch den Blitz sehen, der sich am Himmel abzeichnete. Kurz darauf sah er schon den flammenden Feuerschein, als zwei Flugzeuge, die miteinander zusammengestoßen waren, abstürzten.

Brennende Trümmerteile regneten vom Himmel herab und auf einmal hörte er hinter sich die gleichen Geräusche wieder. Als er sich umdrehte und nach oben schaute, erkannte er, dass erneut zwei Maschinen miteinander kollidiert waren.

Die Menge schrie auf, dann rannten einige davon weg.

„Die Apokalypse hat begonnen", schrie eine Frau weinend.

Mason hörte sie wohl und so Unrecht hatte sie wahrscheinlich nicht, aber es hatte einen anderen Hintergrund, den es jetzt für ihn zu ergründen galt.

Er rannte in sein Zimmer zurück und holte seinen Transponder, dann wählte er die Nummer von Frank.

Es dauerte nur einige Sekunden, bis dieser sich meldete.

„Mason, bist du es?", fragte Frank.

„Ja, ich bin es. Du, hier spielen sich merkwürdige Dinge ab. Wir haben hier eine Anomalie, die ist einfach unbegreiflich".

Mason hörte plötzlich, wie Frank lachte.

„Eine? Du kannst dir gar nicht vorstellen, was hier los ist. Hier geht bald die Welt unter", meinte er sarkastisch.

Mason stutzte kurz.

„Was ist los bei euch?", fragte er.

„Wie schon gesagt, hier geht bald alles den Bach runter. Mein Bildschirm ist voll von blinkenden Punkten und bei den anderen ist es auch nicht viel besser", erklärte Frank, dann sprach er weiter, „wir haben hier Erscheinungen, die kannst du dir nicht im Geringsten vorstellen. Überall auf der Welt zeigen sich Risse, aus denen alles ausgespuckt wird, was sich je auf der Erde existiert hat. Alles kommt durch die Risse zurück auf die Erde. Ausgestorbene, bereits nicht mehr existierende Rassen, Tiere, Gegenstände, untergegangene Völker und versunkene Kulturen, gesunkene Schiffe und abgestürzte Flugzeuge, zerstörte Maschinen und was weiß ich sonst noch alles. Aber es kommt noch schlimmer.

Wissenschaftler haben kleine schwarze Löcher über den Polen entdeckt, die sich rasend schnell ausbreiten und immer größer und größer werden. Bald werden sie das Festland erreichen und du kannst dir sicher vorstellen, was dies bedeutet".

Apokalypse, dachte Mason.

„Kannst du dich noch an Professor Dr. Stevenson erinnern?", fragte Frank.

Mason zuckte zusammen.

„Natürlich" antwortete er und ihm schwante Fürchterliches.

„Wenn wir diese Scheiße nicht bald beenden, dann weißt du, was geschehen wird".

Mason holte seine Goldmünze heraus und drehte sie mehrmals in seine Hand, dann dachte er nach.

Wenn sich alles so zutragen würde, wie es der Professor beschrieben hatte, würde die Erde, so wie er sie kannte, bald nicht mehr existieren. Die Erde würde auseinandergerissen werden, sollten die Anomalien nicht bald beendet werden. Doch wie sollten sie das verhindern?

„Ja, du hast es mir oft genug erzählt. Was habt ihr für Gegenmaßnahmen eingeleitet?", fragte Mason.

Frank lachte erneut auf.

„Keine Ahnung. Hoffen?"

Mason antwortete nicht.

Frank fuhr fort.

„Der Chef hat angeordnet, bis auf weiteres keine neue Zeitreisen mehr zu machen. Alle noch bestehende Reisen bzw. Missionen sind sofort abzubrechen und alle sollten so schnell wie möglich heimreisen. Ich denke, mehr können wir nicht tun".

„Und du meinst, das hilft?", fragte Mason.

„Laut Professor Stevenson, ja, aber ich habe da so meine Bedenken. Wir haben schon zu oft versucht, die Vergangenheit zu verändern, so dass ich es einfach nicht glauben kann, dass wir das noch hinbekommen, aber ich hoffe es natürlich. Das einzige was ich mit Sicherheit weiß ist, dass der Schlüssel zu all dem bei euch liegt. Ich habe mein Programm durch den Computer laufen lassen und habe errechnet, dass Jasons Reise der sprichwörtliche Tropfen gewesen ist, der das Fass zum Überlaufen gebracht hat. Es hätte jede andere Reise sein können, doch durch Jasons Einmischung wurde alles durcheinander geworfen. Die ständigen Veränderungen im Zeit- und Raumgefüge haben dazu geführt, dass sich die Zeit nun wehrt".

Mason hörte wohl, was Frank sagte, doch er konnte es nicht glauben.

„Ich verstehe nicht ganz. Was soll das bedeuten? Du meinst also, wenn wir hier nichts unternehmen, dann kommt es zum Weltuntergang?".

Es folgte eine kurze Pause, dann meldete sich Frank wieder.

„Genau, du hast es erfasst. Ihr müsst das wieder gerade biegen, was auch immer Jason verändert hat. Allein nur die Zeitreisenden wieder heimbringen, ändert rein gar nichts. Solange diese Zeitanomalie nicht behoben ist, wird sich hier nichts ändern und wir werden alle sterben".

Mason antwortete nicht, sondern dachte nach.

Jason hatte in die Vergangenheit eingewirkt und hatte mit seinen Veränderungen diesen ganzen Schlamassel verursacht. Wenn es

Jason gelang, Princip von dem Attentat abzubringen oder ihn auf andere Art unschädlich zu machen, dann würde die Zukunft anders gestaltet werden und die Anomalien würden nie zu Ende gehen. Frank hatte Recht.

„Okay, ich habe verstanden. Wir werden unser Bestes tun", meinte er nur.

„Das hoffe ich, das Schicksal der Menschheit liegt in euren Händen".

Diesmal war es Mason, der lachte, aber es hatte einen sarkastischen Unterton.

„Eine große Bürde, die ihr uns da aufladet", meinte Mason.

„Ja, ich weiß, aber was soll ich dir denn sonst sagen?".

Mason wusste, was Frank meinte. Er hatte solche Situationen natürlich schon oft erlebt, aber nicht von solch immenser Bedeutung. Es war nichts im Vergleich zu den Missionen, in denen er als Zeitwächter oft eingeschritten war und die Zeit wieder so herstellen musste, wie sie sein sollte. Nichts würde so sein, wie diese Aufgabe.

„Okay, dann werden wir uns wohl anstrengen müssen. Frank, ich melde mich wieder, sobald ich was Näheres weiß".

„Einverstanden. Ach so, was ist denn bei euch passiert?", wollte Frank wissen.

„Nichts, nichts", antwortete Mason.

Es folgte wieder eine kleine Pause, dann meldete sich Frank wieder.

„Viel Glück", meinte er noch, dann legte er auf.

Mason verstaute seinen Transponder wieder und ging mit bleiernen Füssen nach unten. Eine schwere Last lag auf seinen Schultern und als er zu Craddock kam, erkannte dieser schon von weitem sein sorgenumspieltes

Gesicht.

„Große Probleme?".

„Sehr große", antwortete Mason und im gleichen Moment konnten sie wieder eine Explosion am Himmel hören.

15.

Jason wurde aus seiner Benommenheit gerissen und bevor er seine Augen aufmachte, wünschte er sich, dass dies alles nur ein schlechter Traum gewesen war.

„Bitte, lieber Gott, lass dies alles nicht wahr sein", betete er leise.

Voller Angst machte er die Augen auf und als er immer noch den schwarzen Bug aus Stahl vor sich aufragen sah, da wusste er, dass leider alles real war.

„Scheiße", fluchte er leise, dann stand er auf.

Erst jetzt hörte er die leisen Explosionen und als er nach oben sah, wusste er auch, woher sie stammten. Der ganze Himmel war voll mit Flugzeugen, die nach und nach zusammenknallten und dann in Flammen aufgingen.

Und er wusste noch etwas.

Etwas, das er doch so lange sich selbst wegzuleugnen versucht hatte.

Er war schuld an dem ganzen Fiasko, aber er war schon zu weit gegangen, umkehren war nun ausgeschlossen. Er würde den Weg weiter gehen, komme was wolle.

Er machte sich auf, in sein Versteck zu gelangen und dort in Ruhe nochmals alles zu überdenken und die nächsten Schritte auszuloten.

Während Jason sich auf den Weg machte, hatte Princip von den katastrophalen Ereignissen in seiner abgelegenen Scheune nichts mitbekommen. Selbst wenn, er hätte sich nichts dabei gedacht, denn sein einziger Gedanke war, bald wieder bei seiner geliebten Sabia zu sein und mehr interessierte ihn nicht.

16.

In den nächsten zwei Tagen ereigneten sich folgende verschiedene Szenarien:

Auf der Welt häuften sich die Anomalien und an den Polen hatten sich die vielen kleinen schwarzen Löcher zu zwei riesigen vereint, die nun nach und nach alles in sich aufsogen, was ihnen in den Weg kam. Sie waren nun schon so nahe, dass man die betroffenen Gebiete, die von Menschen besiedelt waren, evakuierte. Einem Exodus gleich flohen Millionen Menschen aus Nordeuropa, Kanada, Grönland, Südamerika und Afrika in die noch sicheren Gegenden. Auch die Risse wurden mehr. Immer öfters gab es jetzt Meldungen darüber und bald hatten sie solche Dimensionen angenommen, dass die meisten nicht mehr überprüft werden konnten.

Warum auch?

Es war doch gewiss, was mit ihnen geschehen würde. Alles lag nun an Craddock und Mason.

Die wiederrum suchten vergeblich nach Jason und Princip, aber beide waren wie vom Erdboden verschluckt. Egal, was sie auch taten und wen sie auch fragten, sie stießen überall auf eine Mauer aus Schweigen. Entweder wussten die Leute wirklich nichts von ihnen oder sie deckten sie.

Aber es war auch egal, sie blieben verschwunden und das war das Entscheidende.

Ihnen blieb noch eine Chance.

Die Letzte.

Das Attentat fand oder findet, je nachdem wie man es sehen wollte, am 28.06. statt. Um kurz vor 11.00 Uhr wird Princip zwei Schüsse abgeben und den Erzherzog und seine Ehefrau töten, dachte Mason.

Ob es tatsächlich so stattfinden würde, bezweifelt Mason, denn er hatte dafür seine Gründe. Er kannte Jason und auch dessen Beweggründe. Von Grund auf war Jason ein Pazifist und dies hatte er auch oft kundgetan. Er wird also alles Erdenkliche tun, um Princip davon abzuhalten, die tödlichen Schüsse abgeben zu können.

Aber tief in ihm gab es ein Gefühl, das ihm signalisierte, dass es noch einen anderen Grund gab, warum Jason diese Reise unternommen hatte. Aber das war nebensächlich. Wichtig war etwas anderes, das ihn beschäftigte.

Mason war sich fast sicher, dass Jason Princip am morgigen Tag zu jener Stelle führen würde, an der das Attentat verübt werden sollte. Jason, sowie auch er, wussten, dass die Zeit verändert werden konnte. Sicher ja, aber sie ließ sich nicht einfach so verändern, ohne dass nicht gewisse Punkte erfüllt werden musste. Das hieß in der Praxis, Jason musste Princip nach Sarajevo bringen und jener musste die Pistole bei sich tragen und in unmittelbarer Nähe des Ortes sein, wo das Attentat stattfand.

Er selbst hatte schon oft erlebt, dass die Vergangenheit nur geändert werden konnte, wenn alle Punkte bis ins kleinste genauso hergestellt wurden, wie sie einmal stattgefunden hatten. Um eine „große" Veränderung zu erreichen, also die Zukunft nachhaltig zu verändern, bedarf es nur einer „kleinen" Veränderung. Im Klartext hieß dies, Jason konnte Princip nicht einfach töten oder wegsperren, um die Zukunft zu verändern. Nein, die Zeit würde sich dadurch nicht beirren lassen, sondern weiter auf ihrer Zeitlinie weiterwandern, bis sie ihr Ziel erreicht hatte. In diesem Fall konkret bedeutete es, ein anderer Attentäter würde das vollstrecken, was eigentlich Princip hätte tun sollen.

Das waren Dinge, die Jason beachten musste, sonst würde sein Plan nie funktionieren. Alles was sie jetzt noch machen mussten, wäre am angegebenen Ort zu der exakten Zeit zu erscheinen und zuzuschlagen.

Ihre Chancen standen also gar nicht mal so schlecht.

Mason wusste, das jetzt alles vom perfekten Timing abhing und natürlich vom Glück. Nur zu gut wusste er auch, dass noch viele Dinge in dieser Zeit passieren konnten, die er noch nicht einberechnet hatte. Aber was sollte er groß tun? Viele Möglichkeiten hatten sie nicht mehr, also war dies die einzige und letzte Chance, die Welt vor ihrem Untergang zu bewahren.

Mason und Craddock berieten sich am Tag vor dem Attentat noch, dann telefonierte Mason ein letztes Mal mit Frank. Die Situation auf der Welt hatte sich weiter dramatisch verändert und vieles deutete darauf hin, dass der morgige Tag sowohl hier, wie auch in ferner Zukunft ein entscheidender sein würde.

Erfolg oder Untergang, waren die zwei Optionen.

Er hoffte auf ersteres.

Als Mason und Craddock sich für den kommenden Tag wappneten, trafen Jason und Princip fast gleichzeitig bei Tankosic ein. Das Gespräch war kurz und knapp. Jason führte die Unterhaltung und erklärte den vier vorgesehenen Attentätern ihre Aufgabe. An vier verschiedenen Stellen sollen sie ihre Versuche starten und den Erzherzog ermorden. Jason wusste, dass es keinem von ihnen gelingen konnte, das hatte die Vergangenheit gezeigt, nur Princip würde es schaffen. Deshalb gab er auch bereitwillig und ohne Skrupel den drei anderen Attentätern Pistolen und kleinere Bomben. Bei Princip zögerte er kurz, dann gab er auch ihm eine Pistole.

Etwas bereitete ihm Kopfzerbrechen. Die Ereignisse, die in den letzten Tagen über Sarajevo eingebrochen waren, blieben natürlich dem Erzherzog nicht verborgen und in seinem Innersten verspürte Jason die Angst, die geplante Reise würde eventuell abgesagt werden.

Tatsächlich hatte ein Gespräch stattgefunden, bei welchem dem Erzherzog angeraten worden war, auf die Autofahrt zu verzichten, doch dieser ließ sich nicht beirren.

„In dieser schweren Zeit braucht das Volk einen Souverän, der da ist und sich zeigt. Was sollen die Menschen denn denken, wenn sich selbst der höchste Würdenträger versteckt. Nein, mein Entschluss steht fest. Die Menschen, mein Volk soll wissen, es ist in dieser gefährlichen und unsicheren Zeit nicht allein", ließ er verlautbaren.

Für einige Sekunden hatte Jason Bedenken, dann entsann er sich dessen, was er über die Zeit wusste. Sie würde sich verändern lassen, ja, aber nur unter gewissen Umständen. Er konnte die Verhältnisse in seiner unmittelbaren Umgebung beeinflussen, aber nicht das Große und Ganze. Auch hier hieß es, er würde wohl Princip davon abhalten können, das Attentat zu verüben, aber den Erzherzog nicht umstimmen. Er würde, egal was auch geschehen sollte, die Autofahrt unternehmen.

Als die Unterredung zu Ende war und die meisten schon gegangen waren, ging Jason noch einmal zu

Princip.

„Morgen wirst du Geschichte schreiben, mein Freund".

„Wenn Gott es will", antwortete der.

„Er will es".

Jason gab ihm die Hand.

„Also, morgen früh um 10.00 Uhr am vereinbarten Treffpunkt?", fragte Jason ihn.

Princip nickte nur, dann ging er.

Für einen kurzen Moment hatte Jason wiederrum Bedenken.

Was, wenn er nicht kam?

Was würde sein, wenn er es sich doch noch anders überlegen würde?

Er wird, nein, er muss morgen kommen, Sabia wartet auf ihn, dachte Jason, dann ging auch er.

17.

10:02 Uhr, Sarajevo:

Als Craddock und Mason sich aufmachten, wartete Jason schon am vereinbarten Treffpunkt auf Princip. Es dauerte nur noch einige Minuten, dann kam er. Sie begrüßten sich wortlos, dann machten sie sich auch schon auf den Weg.

Jason wusste, dass er Princip an einen Ort locken musste, an dem nur wenige Leute die Straßen säumten. Nur dort konnte er ungestört erfahren, wo Princip das Gold versteckt hatte. Aber noch etwas war wichtig. Princip dachte, dass er hier auf den Wagenkonvoi warten sollte, um dann in einem geeigneten Moment den Thronfolger zu töten. Doch dem war nicht so. Der Wagen würde hier nie vorüberkommen, das wusste

Jason, doch Princip nicht.

Jason hatte einen Plan. Er würde Princip hierher locken, dann würde er mit der Wahrheit herausrücken und ihn dann erpressen. Princip blieb gar keine andere Möglichkeit, als alles zuzugeben und ihm den Ort der Goldmünzen zu verraten. Wenn er die Informationen hatte, würde er Princip dorthin führen, wo der Erzherzog tatsächlich ankommen würde. Erst dann, würde Jason Princip daran hindern.

Der Plan würde funktionieren, da war er sich sicher. Es gab nur eine Komponente, die er nicht berücksichtigen bzw. mit einberechnen konnte.

Craddock und Mason.

Über Craddock machte er sich wenig Gedanken. Er war zwar ein guter Zeitwächter, aber mit wenig Elan und Engagement. Im Endeffekt versah er nur Dienst nach Vorschrift, mehr nicht.

Bei Mason sah das aber ganz anders aus.

Er war genau das Gegenteil von Craddock.

Mason würde alles tun, um ihn aufzuhalten, notfalls mit seinem Leben. Mason war einer der Besten, wenn nicht gar der beste Regulator, den die Agency jemals gehabt hatte. Er musste höllisch auf ihn aufpassen, aber er war zuversichtlich, dass alles dank seinem wohldurchdachten Plan gelingen würde.

„Ich grüße dich, Princip", sagte Jason.

„Hallo".

Princip war auf einmal flau im Magen. Er war zwar motiviert und er würde auch den Mordanschlag durchführen, aber dennoch hatte er Angst. Angst davor zu scheitern und Angst vor dem eventuellen Tod, der ihn bevorstehen konnte. Er hatte zwar vor, sofort nach den Schüssen zu fliehen und in der Menschenmenge unterzutauchen, aber was wäre, wenn es ihm nicht gelang?

Was wäre, wenn ihn die Menschenmenge ergreifen und ihn der Polizei übergeben oder sogar auf offener Straße lynchen würde?

Was wäre, wenn die Schüsse nicht tödlich wären, sondern den Erzherzog nur verletzten oder sogar verfehlten?

Seine ganzen Bemühungen wären umsonst gewesen und er würde Sabia nie mehr wieder sehen.

Er verwarf diese Gedanken und widmete sich seiner Aufgabe.

Jetzt oder nie, dachte er.

Jason erkannte Gedanken sofort.

„Du denkst nach, was passiert falls du vielleicht versagst, hab ich Recht?".

Princip nickte nur.

„Es liegt alles in Gottes Hand", log Jason, denn in Wahrheit spielte er Gott und er war es, der alles lenkte.

Dies war der Moment, an dem Jason begann, seinen Plan in die Tat umzusetzen.

„Lass uns ein paar Meter dort hin gehen", sagte Jason und zeigte auf eine Gasse.

Princip nickte, dann entfernten sie sich von der Straße und gingen in jener Richtung.

„Du hast Angst, nicht wahr?", fragte Jason.

Princip nickte abermals.

„Das ist normal", erklärte Jason, „ich hätte genauso viel Angst wie du, aber du musst es tun, es ist deine Bestimmung".

Er hatte Recht, dachte Princip, es war sein Los und sein Schicksal.

„Ja, ich muss es tun. Wann kommt der Wagen

hierher?", fragte er

Jason gab keine Antwort, sondern zog ihn zur Seite.

„Es gibt etwas, dass ich dir erzählen muss", antwortete Jason, „etwas sehr wichtiges".

Princip stutzte kurz, dann hörte er aufmerksam zu.

„Das was ich dir jetzt erzähle, wirst du mir nicht glauben, aber es ist die Wahrheit".

Jason glaubte kaum, dass Princip ihm Glauben schenken würde, aber er hatte noch ein Ass für den Notfall im Ärmel, den er ziehen konnte.

„Es gibt etwas, das wir beide gemeinsam haben. So verrückt es sich auch anhören mag, aber es ist die reine Wahrheit".

Princip ging einen Schritt auf ihn zu.

„Was in Gottes Namen willst du mir sagen?".

Jason nahm seinen ganzen Mut zusammen.

„Wir sind verwandt oder besser gesagt, wir werden es noch sein", antwortete Jason.

Princip schaute ihn verstört an.

„Ich verstehe nicht, was du mir da erzählst".

Jason musste jetzt mit der ganzen Wahrheit rausrücken.

„Du bist mein Ur-Großvater", sagte er.

Princip starrte ihn weiterhin verstört an und schüttelte den Kopf.

„Du bist verrückt", schrie er nun fast.

Jason versuchte ihn zu beschwichtigen.

„Nein, nein, es ist die Wahrheit und ich kann es dir auch beweisen. Lass mich meine Geschichte erzählen".

Nun war es Jason, der einen Schritt auf Princip zu tat.

„Ich bin ein Zeitreisender und komme aus der Zukunft. Wir haben schon vor Jahren die Möglichkeit gefunden, in jede Zeit, in die wir wollen, reisen zu können. Es klingt abenteuerlich und unmöglich, aber es stimmt. Ich selbst bin schon so oft in die Vergangenheit gereist und habe diese Magie erlebt, aber nun gibt es etwas, das ich unter allen Umständen verhindern muss".

Princip hörte ihm zu, aber das gesagte, verstörte ihn nur noch mehr.

„Du wirst mit deinem Attentat viel Leid über die Welt bringen. Wenn du den Erzherzog ermordest, wird es bald Krieg geben, in dem sehr viele Menschen sterben werden. Aber das ist noch nicht alles. Es wird danach ein paar Jahre Frieden geben, aber die Folge aus diesem Krieg wird ein weiterer Krieg sein, der noch mehr Menschenleben und viel mehr Leid fordern wird. Verstehst du das?"

Princip verstand nicht.

Einen Krieg wollte er bestimmt auch nicht, aber wenn es denn sein sollte, dann war auch dies seine Bestimmung. Für ihn spielte das alles keine Rolle, nur eines zählte für ihn.

Sabia.

„Du bist wirklich verrückt und ich will mir das alles nicht mehr anhören".

Er drehte sich weg und wollte gerade gehen, als Jason ihn am Arm packte.

„Ich bin dein Urenkel", sagte Jason, dann kramte er in seiner Tasche.

Er zog ein Papier hervor, auf dem ein Foto von Princip und von Sabia war.

„Hier", sagte Jason und gab ihm den Ausdruck.

Zuerst wollte Prinicip das Papier nicht in die Hand nehmen, aber als sein Blick auf Sabia fiel, nahm er es zögernd.

Was sollte das alles und woher hatte er ihr Foto? dachte Prinicp.

Jason sah, wie er überlegte.

„Ich sage die Wahrheit und ich weiß auch, dass du das Gold für sie brauchst, aber ich muss wissen, wo es ist", erklärte Jason.

Princip dämmerte es nun.

Es war eine Verschwörung.

Dieser Mann da, der sich Stephanovic nannte, war in Wirklichkeit ein Agent oder Spion des österreichischen Geheimdienstes, der ihn aushorchen und ihn von seinem Vorhaben abbringen sollte.

„Du bist ein verdammter Verräter", schrie Princip, dann zerknüllte er das Papier und warf es vor Jason auf den Boden. Er drehte sich um und ging.

Jason folgte ihm und versperrte ihm den Weg.

„Du irrer Massenmörder", schrie nun auch Jason, „bleib gefälligst hier. Du hast ja keine Ahnung, was du da vorhast, aber ich werde dich stoppen".

Er stieß ihn nach hinten, dann packte er ihn und presste ihn gegen die Wand.

„Ich will wissen, wo du das Gold versteckt hast", schrie Jason ihn an.

„Ich werde dir einen Scheiß erzählen", schrie Princip zurück, dann zog er seine Pistole.

Jason spürte den Lauf an seinen Körper gepresst, aber es machte ihm nichts aus.

„Los schieß doch, du Hund, aber du wirst nie den Erzherzog erschießen. Weißt du auch warum?".

Innerhalb einer Sekunde dämmerte es ihm.

Er war an einer falschen Stelle.

„Du Dreckskerl", schrie Princip.

Er krümmte langsam seinen Zeigefinger um den Abzugshahn der Pistole.

Jason sah dies.

„Ja schieß doch endlich, aber dann wirst du es nie erfahren. Ich kenne das Attentat in- und auswendig, denn es ist ja bereits passiert. Ich weiß, wo der Wagen stoppen wird und wo du die tödlichen Schüsse abfeuern kannst, aber das kostet etwas".

Princip krümmte seinen Zeigefinger noch mehr.

Er hätte schießen können, um sich dann auf den Weg zu machen, aber ohne genaue Angaben, wo der Erzherzog ankommen würde, würde er es nie rechtzeitig dort hin schaffen.

Plötzlich hörten sie weit entfernte Schüsse, Sekunden später eine dumpfe Explosion.

Princip zuckte kurz zusammen.

„Hörst du es Princip, hörst du die Schüsse deiner Komplizen? Sie sind schon nahe dran und du wirst zu spät kommen. Sie werden bald den Ruhm ernten, den du für dich haben wolltest. Die Geschichte wird ohne dich auskommen müssen und Sabia wird nie dir gehören", kreischte Jason.

Innerhalb weniger Sekundenbruchteilen erfasst Princip, dass Jason Recht hatte und Jason erkannte dies sofort in seinen Augen.

„Ich sehe, jetzt verstehst du".

Er ließ den Abzug los, dann ging er einen Schritt nach hinten. Die Pistole hielt er immer noch auf Jason gerichtet.

Schweißperlen standen Jason auf der Stirn und in Gedanken wusste er, dass er die erste Runde gewonnen hatte.

„Also, du sagst mir jetzt, wo du die Beute versteckt hast und ich bringe dich dorthin, wo der Wagen halten wird".

„Ich kann dir nicht trauen", sagte Princip.

„So wenig wie ich dir", antwortete Jason.

Sie befanden sich in einer Pattsituation, mit der kleinen Ausnahme, dass Jason ansatzweise wusste, wo Princip die Goldstücke versteckt hatte. In einer schon früher von ihm durchgeführten Zeitreise, hatte er ja fast das Versteck erraten, aber unglückliche Umstände hatten dazu geführt, dass er immer zu spät kam oder gestört wurde.

„Du hast nicht mehr viel Zeit, schau auf deine Uhr. Wenn du nicht bis 11.00 Uhr dort bist, hast du deine Chance vertan", prophezeite Jason.

Princip hatte keine Wahl, noch musste er das Spiel mitspielen.

„Also gut, du hast gewonnen. Ich habe die Goldstücke in meinem Versteck. Dort liegen sie unter meinem Bett, verborgen unter Dielenbrettern. Du musst sie nur lösen, dann hast du sie", log er.

Jason erahnte sofort, dass er nicht die Wahrheit sagte.

Wieder erklangen Schüsse.

„Hörst du sie wieder? Du bist ein verdammter Lügner. Ich weiß, dass du sie nicht mitgenommen hast. Ich kenne dich besser, als du dich selbst kennst. Ich weiß, dass du sie gleich nach dem Raub irgendwo versteckt hast und dort liegen sie noch heute. Aber gut, es ist deine Entscheidung", erklärte er ihm.

Princip ließ sich nichts anmerken, aber natürlich hatte er Recht. Sie lagen schon seit über zwei Jahren dort, wo er sie einst vergraben hatte. Er war seitdem nicht mehr dort gewesen. So langsam glaubte er die Geschichte, woher hätte er dies alles sonst wissen können.

Er musste sich nun entscheiden.

Er könnte Jason erschießen oder unschädlich machen und dann versuchen, doch noch das Attentat zu vollenden, auch wenn die Chancen dafür minimal standen.

Oder er hätte einfach gehen können. Dorthin zurück, wo das Gold war. Er hätte es ausgraben können und dann ein sorgenfreies und ruhiges Leben führen können.

Dies waren seine Optionen.

Dann kam ihm plötzlich Sabia in den Sinn.

Er würde sie nie erobern können, wenn er nicht eine Tat vollbringen würde. Das hatte er schon früher erkannt und davon hatte sich bis heute nichts geändert.

Er hatte also doch keine Wahl.

Er blickte Jason finster an.

„Also gut, du hast gewonnen. Kennst du nördlich meiner Heimatstadt die kleine Scheuer?".

Jason nickte.

Dort hatte er damals, bevor der Polizist ihn überraschte, Princip aus den Augen verloren.

„Ja, ich kenne sie", antwortete Jason.

„Gut, nicht weit davon entfernt, du musst nur ein paar Schritte gehen, ist ein kleiner Hohlweg, der in einen Wald führt. Wenn du dort angekommen bist, siehst du links von dir eine große Eiche. Ich habe dort meine Initialen eingraviert, unter diesem Baum habe ich die Beute vergraben".

Jason wusste sofort, dass er diesmal die Wahrheit gesagt hatte.

„Gut, ich glaube dir", bestätigte Jason, „nun sag ich dir, wo du zuschlagen musst".

Jason log.

In Wirklichkeit würde er ihn zwar nahe genug an den Wagen führen, aber er würde nie zulassen, dass er sein Werk vollendete. Im richtigen Moment würde Jason zuschlagen und ihn dann aus dem Verkehr ziehen.

Es würde alles anders kommen, aber das konnte er zu

diesem Zeitpunkt noch nicht wissen.

10:12 Uhr

In ein paar Minuten würden sie gehen, doch zuvor wollte Mason noch einmal mit Frank telefonieren. Er wusste nicht einmal, ob ihre Welt überhaupt noch existierte, aber er versuchte es dennoch.

Er holte seinen Transponder und hatte die Nummer schnell gewählt. Es dauerte endlose Sekunden, bis sich Frank schließlich meldete.

„Ich hoffe, du hast gute Nachrichten", fragte Frank.

„Leider nein, zumindest jetzt noch nicht. Wir werden jetzt losgehen und es zu Ende bringen", meinte Mason, „so oder so".

„Das hoffe ich für uns alle".

Mason nickte, ohne etwas zu sagen.

„Wie ist es bei euch?", fragte er.

Frank kicherte.

„Beschissen. Unsere Wissenschaftler haben errechnet, wenn nicht die Anomalie in gut einer Stunde erledigt ist, wird unsere Erde buchstäblich zerrissen werden. Du hast Glück, das du mich noch erreichst, alle anderen sind schon gegangen".

„Und warum bist du noch da?".

„Na, wegen euch natürlich", sagte er lachend.

„Wenn ich das nur glauben könnte", antwortete Mason ebenfalls lachend.

Kurze Zeit später wurde er wieder ernst.

„Wäre es nicht besser, du würdest die letzten Minuten deines Lebens anders verbringen?".

„Natürlich könnt ich mir was Schöneres vorstellen, als hier auf den Weltuntergang zu warten, aber ich bin mir sicher, ihr schafft das und dann will ich der erste sein, der euch gratuliert".

„Na dann hoffe ich doch, dass wir dich nicht zu sehr enttäuschen".

„Ich werde der Erste sein, der es mitbekommen wird, das kannst du mir glauben. Jetzt aber mal im Ernst, ich wünsch euch viel Glück und ich zähl auf euch".

Mason hörte am Telefon die Verzweiflung, aber auch die Zuversicht in Franks Stimme.

„Du, wir müssen jetzt los. Alles Gute dir und wir sehen uns, versprochen".

„Ja, das wünsch ich euch auch", sagte Frank, „ach noch was. Wenn ihr Jason trefft, dann sagt ihm von mir, dass er ein verdammter Wichser ist".

Frank lachte wieder.

„Ich werde es ihm ausrichten, ganz bestimmt".

Er legte auf.

In der Zwischenzeit hatte Craddock alles zusammen gepackt und war fertig.

„Und, dein Plan?", fragte er.

Mason hatte keinen.

Er schaute ihn unschlüssig an.

„Wir werden uns wohl wieder trennen, oder?".

Mason nickte.

„Ja, so haben wir größere Chancen, sie zu finden. Wir wissen Gott sei Dank wo sie sein werden, alles andere hat der da oben zu bestimmen".

Diesmal nickte Craddock.

„Dann lass uns die Geschichte wieder zurecht rücken".

Ohne ein weiteres Wort zu sagen, verließen sie das Haus.

Keine 20 Minuten später hatten sie sich schon positioniert.

Craddock und Mason hatten sich bereits auf die Lauer gelegt, als Jason mit Princip genau an der Straßenecke eintraf, wo in nicht einmal 15 Minuten der Wagen mit dem Erzherzog halten würde.

Als Jason die Menschenmassen auf den Straßen sah, wusste er natürlich, dass Craddock und Mason ebenfalls hier waren. Gesehen hatte er sie noch nicht und genau das gleiche galt auch umgekehrt. Er müsste lang genug unsichtbar für die beiden bleiben, dann würde sein Plan aufgehen.

Er schnappte sich Princip, dann zog er ihn in eine dunkle Ecke.

„Hör mir genau zu, in 12 Minuten, genau um 10:57 Uhr wird exakt an dieser Stelle der Wagen stoppen", erklärte er und zeigte mit seiner Hand genau darauf.

Princip schaute auf die Stelle, dann nickte er.

„Der Fahrer hat immer noch die alte Wegbeschreibung und hält sich genau an diese, aber dann wird man ihm während der Fahrt eine neue geben. Er wird daraufhin seinen Fehler beheben, den Wagen stoppen und umdrehen. Für wenige Sekunden wird der Erzherzog ungeschützt und wehrlos zu dir gewandt sein. Das ist deine Chance und, es ist deine einzige", erklärte ihm Jason.

„Das ist die Wahrheit?", fragte er.

„Ja, keine Lügen mehr", beschwichtigte er ihn, aber er log schon wieder. Genauer gesagt, hatte er nicht gelogen. Genau so wie er es beschrieben hatte, würde der Ablauf sein, aber er würde ihn noch rechtzeitig daran hindern, das verschwieg er natürlich.

„Gut, ich glaube dir. Du musst wissen, ohne Sabia hat

dieses ganze Leben für mich keinen Sinn mehr. Ohne sie möchte ich nicht mehr leben und es ist mir egal, was mit mir passiert. Es muss mir einfach gelingen, verstehst du?".

Jason verstand nur zu gut, was Princip antrieb. Im Leben musste man ein Ziel haben, für das man arbeitete und lebte, aber manchmal war der Preis zu hoch dafür und dies sah Princip einfach nicht ein. Er war wie besessen von der Idee, durch diesen Mordanschlag berühmt zu werden, um so seine Sabia zu erobern. Gut, Sabia liebte ihn, es galt also den Vater zu überzeugen, dass er der Richtige war, das verstand er noch, aber gab es dazu nicht andere Möglichkeiten?

Sich länger darüber Gedanken zu machen, dafür hatte er keine Zeit mehr.

Er antwortete ihm nicht, sondern hielt fieberhaft nach Craddock und Mason Ausschau. Bis jetzt hatten sie sich noch nicht gezeigt, aber so wie er Mason kannte, würde er es solange warten, bis er die beste Chance für sich wähnte und dann zuschlagen.

Jason prüfte nochmals seine Pistole und als er gesehen hatte, dass alles in Ordnung war, steckte er sie wieder ein.

Er hoffte inständig, sie nicht benutzen zu müssen, aber im Notfalle würde er Gebrauch davon machen, da war er sich sicher.

Jason schaute auf seine Uhr.

„10:52 Uhr", sagte er leise.

Er packte Princip am Arm und schleppte ihn mit sich. Zuerst sträubte sich Princip und riss sich los.

„Wir müssen nach vorne, nur noch 5 Minuten. Du musst dir einen guten Platz suchen, damit du schnell und gezielt handeln kannst", erklärte er.

Erst jetzt verstand er

„Gut", sagte er nur, dann ging er mit Jason mit.

Sie waren kaum ein paar Schritte gelaufen, als Jason eine ihm bekannte Stimme hörte.

10:53 Uhr

„Stopp Jason, lass ihn sofort gehen", schrie Mason.

Jason zuckte kurz zusammen, dann drehte er sich um. Vor ihm stand Mason, in der Hand seine Pistole. Noch hielt es sie lose in der Hand.

„Hallo Mason", sagte er freundlich.

„Was hast du dir nur dabei gedacht?", fragte Mason, „wegen dir steht die Welt am Abgrund".

Jason winkte ab.

„Du übertreibst mal wieder. So schlimm wird es schon nicht sein".

Mason wurde jetzt wütend.

„Nicht so schlimm? Du hast ja keine Ahnung. Warum gibst du nicht einfach auf und lässt ihn seiner Bestimmung folgen. Du weißt, dass alles schon einmal passiert ist. Es ist unnatürlich und das weißt du".

Jason wusste es natürlich, aber er glaubte, dass alles was Mason ihm erzählte, nur gelogen und maßlos übertrieben war. Gut, er hatte selbst hautnah erlebt, wie der Koloss aus Stahl, die Titanic, ihn fast zermalmt hätte, aber das die Welt am Abgrund stand, das glaubte er nicht.

„Du lügst mich an", schrie er Mason zu.

„Das ist keine Lüge, ruf deinen Koordinator an, dann weißt du es".

Diesmal log Mason. Bis auf Frank war keiner mehr in der Agency, der ihm Auskunft geben konnte, aber er

hoffte, Jason würde sich darauf einlassen. Doch er
täuschte sich.

„Und wenn, mir ist es egal", schrie er wieder, dann zog
er seine Pistole.

In diesen Sekunden geschah folgendes:

Während Jason seine Waffe zog, ging Mason einen
Schritt zurück und diesmal richtete er seine Pistole auf
ihn. Princip, der das Gespräch eher teilnahmslos verfolgt
hatte, wurde nun hellwach und auch er holte aus der
Jacke seine Pistole hervor. Im ersten Moment wusste er
nicht, auf wen er sie richten sollte, dann wählte er
gedankenschnell Jason, weil er dachte, von ihm gehe die
größere Gefahr aus.

Sie blieben einige Sekunden regungslos stehen, dann
ergriff Jason wieder das Wort.

„Das ist echt lustig", sagte er und lachte, „das nennt
man, glaube ich, ein mexikanisches Duell.

Mason sagte nichts, sondern fixierte ihn weiterhin mit
der Pistole.

„Was willst du jetzt tun, Jason? Ihn und dann mich
erschießen? So schnell bist du nicht, das kann ich dir
sagen", meinte Mason und grinste.

Jetzt war er derjenige, der anfing zu pokern.

„Dich brauch ich nicht zu töten, nur ihn muss ich
unschädlich machen", meinte Jason, dann zeigte er auf
Princip.

10:54 Uhr

Der Wagen des Erzherzogs war noch gut 500 Meter
entfernt, als Princip begriff, was Jason vorhatte. Er hatte
ihn also doch belogen. Zwar hatte er ihn zu dem Ort
gebracht, an dem der Erzherzog ankommen wird, aber

er würde ihn davon abhalten. Princip wusste nun, was er zu tun hatte.

„Du bist doch ein verdammter Verräter und ein Lügner. Ich habe dir vertraut und habe dir das Versteck des Goldes genannt und so dankst du es mir?", schrie er Jason giftig an.

Als Mason die Worte hörte, begriff er vollkommen. Darum war er also auch in die Vergangenheit gereist, nicht nur um einen Krieg zu vermeiden, sondern auch wegen des schnöden Mammons.

„Wegen Gold hast du dies alles getan? Wegen lächerlichem Gold?", fragte Jason und schüttelte den Kopf.

„Ja, Genau, wegen Gold. Du hast ja keine Ahnung. Ich habe es satt, für einen Hungerlohn mein Leben zu riskieren und diese verwöhnten Bubis und Abenteurer zu bewachen, damit sie keinen Scheiß machen. Komm schon, du denkst doch das Gleiche, oder?", schrie er Mason an.

„Nein, Jason, ich bin nicht wie du, vergleiche mich nie mehr wieder mit dir. Du hast Recht, ich habe es auch satt, diese immer wiederkehrende Scheiße für die Anderen auszubaden, aber was jetzt passiert, übersteigt deinen Horizont".

„Ja, ich weiß, die Welt steht am Abgrund", sagte Jason sarkastisch.

Mason schüttelte fassungslos den Kopf.

„Du verstehst gar nichts. Du bist geblendet und nicht mehr bei klarem Verstand. Ich bitte dich nochmals, lass ihn gehen", bat Mason ein letztes Mal.

Der Wagen war jetzt nur noch 400 Meter entfernt.

Jetzt überschlugen sich die Ereignisse.

Princip wollte sich gerade umdrehen, als Jason ihn

anschrie:

„Du bleibst hier und rührst dich nicht vom Fleck".

Er hob seine Waffe und zielte mit langgestrecktem Arm auf ihn.

Princip seinerseits hob ebenfalls seine Waffe, dann schoss er.

Die Kugel verfehlte Jason um gut einen Meter und instinktiv schoss er zurück. Die Kugel verließ den Lauf und Mason schrie panisch auf.

„Neiiiiiiiiiiiiiiiiiiiiiiiiiiiiiin".

Doch es war schon zu spät.

Die Kugel traf Princip genau ins Herz und erst begriff der gar nicht, dass er getroffen worden war. Erst als er sah, dass das Blut sein Hemd rot färbte, fühlte er kurz einen stechenden Schmerz. Sekundenbruchteile später war er schon tot und sank langsam zu Boden.

Jasons Herz pochte laut und für einen Moment fühlte er nichts. Erst als Mason zu Princip stürzte, begriff er, dass er einen Menschen getötet hatte.

Seinen Ur-Großvater.

Er senkte die Waffe und starrte auf den am Boden liegenden Mason, der verzweifelt versuchte, Princip wieder ins Leben zurück zu rufen.

10:55 Uhr

Mason zog Princip hoch und rief niedergeschlagen seinen Namen, aber insgeheim wusste er, dass der Schuss tödlich gewesen war und das es nichts mehr zu hoffen gab. Innerhalb weniger Sekundenbruchteile rasten die Gedanken durch seinen Kopf.

Die letzte Chance vertan – Die Welt wird untergehen – Was soll ich denn jetzt nur tun – Ich bring ihn um

Er erhob sich und schaute Jason mit drohenden Augen funkelnd an.

„Du Dreckskerl, sieh was du angerichtet hast. Jetzt ist alles verloren".

Er ging langsam auf ihn zu.

Der Wagen des Erzherzogs war nur noch 200 Meter entfernt.

Im Hintergrund hörte er Menschen rufen und als er sich kurz umdrehte, sah er, wie die Leute kleine Fähnchen in die Höhe hoben und eifrig damit winkten.

„Ich mach dich jetzt kalt", sagte er leise und ging weiter auf Jason zu.

Jason machte einen Schritt zurück.

„Mason, lass das und bleib stehen. Ich will dich nicht töten, es ist vorbei", schrie er, dann machte er nochmals einen Schritt zurück.

Mason sagte nichts mehr, sondern ging weiter auf ihn zu.

Die Menschenmenge fing nun an zu rasen und Mason meinte den Wagen des Erzherzogs hören zu können.

10:56 Uhr

Plötzlich fiel Mason etwas ein. Wenn dies möglich wäre, dann könnte er es noch schaffen. Aber würde es auch funktionieren?

Er hatte keine Antwort darauf, aber einen Versuch war es wert. Jetzt musste er aber erst Jason ausschalten, bevor er handeln konnte.

„Mason, bleib stehen", schrie Jason wieder, „meine letzte Warnung".

Mason blieb tatsächlich stehen.

„Du bist ein armes Würstchen, Jason und ich

verspreche dir eines, wenn dies alles vorbei ist, bring ich
dich um", drohte er ihm.

„Das kann schon sein, aber bis dahin, bin ich
verschwunden. Los, dreh dich um".

Als sich Mason nicht bewegte, schrie er erneut:

„Los, umdrehen".

Plötzlich sah Mason, wie nicht unweit von Jason
entfernt sich ein Mann langsam und geräuschlos an ihn
herantastete. Erst konnte er ihn im Schatten des Hauses
nicht erkennen, doch dann erfasste er, wer es war.

Craddock.

Nun konnte er sein Vorhaben durchführen und er war
sich sicher, dass es funktionieren würde.

„Hey Jason, wie wäre es, wenn wir das Schicksal
entscheiden lassen", meinte er, dann holte er seinen
Glücksbringer hervor. Er hielt die Goldmünze empor, so
dass Jason sie gut sehen konnte.

Sein Plan war, Jason so lange abzulenken, bis Craddock
nah genug an ihm heran war, damit er ihn unschädlich
machen konnte.

Er war nur noch ein, vielleicht zwei Meter entfernt, als
Jason rief:

„Mason, ich sage es jetzt nicht noch einmal. Wenn du
dich jetzt nicht umdrehst, schieße ich".

Er spannte den Hahn, dann krümmte er seinen
Zeigefinger.

Craddock war jetzt nur noch einen Schritt von Jason
entfernt.

*Ich muss nur noch eine Sekunde seine Aufmerksamkeit auf mich
ziehen, dann …*

Mason lachte nur, dann warf er ihm seinen
Glücksbringer zu.

Jason fiel auf den Trick rein, denn als die Münze ihm

entgegen flog, sprang Craddock einen Schritt auf ihn zu.
In dem Moment, in dem Jason die Münze mit seiner
Hand fing, schlug Craddock zu.

10:57 Uhr

Mason hörte, wie der Wagen des Erzherzogs langsam
näher kam und als er sich umdrehte, sah er schon hinter
der Menschenmenge den Wagen auftauchen.
Kurz darauf hörte er einen dumpfen Schlag, gefolgt von
einem Stöhnen.
Er drehte sich schnell um und sah noch, wie Jason
langsam zusammenbrach und dann regungslos am
Boden liegenblieb. Er sprang auf sie zu.
„Craddock, dich schickt der Himmel", sagte er nur,
dann bückte er sich zu Jason.
„Ist er tot?", fragte er Craddock.
„Nein, nur ohnmächtig", meinte der, dann huschte ein
Lächeln über seine Lippen.
„Gut gemacht. Jetzt hör mir genau zu. Mach, dass du
fortkommst und reise sofort zurück, bevor es zu spät ist.
Ich bleibe hier und erledige den Rest".
Er kam wieder nach oben, dann schaute er ihm in sein
trauriges Gesicht.
Craddock wusste sofort, was Mason vorhatte. Er hätte
ihm Einhalt gebieten können, hätte versuchen, ihn
aufzuhalten oder ihm gut zureden können, aber er
wusste, dies würde alles nichts nützen.
„Okay, mach ich", sagte er nur, dann reichte er ihm die
Hand.
Mason ergriff sie, dann löste er sich wieder von ihm.
„Los, ich habe keine Zeit mehr", meinte er, „hau schon
ab".

Craddock drehte sich um, dann holte er seinen Teleprompter heraus. Im Nu hatte er die Koordinaten für die Rückreise eingegeben, dann sah er ihn kurz noch einmal an. Bevor die Wellen ihn erfassten, hob er noch einmal zum Gruß die Hand.

„Viel Glück, Mason", sagte er leise, dann verschwand er in einem Lichtblitz.

10:58 Uhr

Mason drehte sich wieder um und sah, wie der Wagen des Erzherzogs genau vor der Menschenmenge zum Stillstand gekommen war.

Er rannte sofort los.

Wenige Sekunden später war er schon an der ersten Reihe der Leute angelangt. Er versuchte sich durch die Menschenansammlung hindurch zu kämpfen, riss und stieß sie beiseite und hatte es fast geschafft, als er sah, wie der Wagen rückwärts in eine Seitenstraße einbog. Er war nur noch wenige Meter entfernt, als ein Mann ihn zur Seite stieß.

Er sagte etwas, dass er nicht verstand und es war ihm auch egal. Mason packte ihn, dann verpasste er ihm einen Kinnhacken. Der Mann sackte bewusstlos zu Boden. Mason schaute auf den Wagen und mit Erschrecken musste er erkennen, dass das Auto bereits wieder nach vorne fuhr. Panisch rannte er los, aber es war schon zu spät. Der Wagen beschleunigte und war nach wenigen Sekunden schon so weit von ihm entfernt, dass er ihn nie einholen würde.

Es war vorbei und verzweifelt ballte er seine Fäuste. Zornig schaute er dem Wagen nach, dann geschah etwas, dass er nicht zu glauben wagte.

Plötzlich erhielt er einen unerwarteten und mächtigen Verbündeten.

Als er dem Auto hinterher schaute, bemerkte er, wie es auf einmal langsamer und langsamer wurde, bis es ganz stehenblieb.

Aber das war so nicht ganz richtig.

Alles um ihn herum wurde langsamer und auf einmal hörte er die Rufe der Menschen nur noch verzehrt und leise, bis auch diese versiegten. Alles war nun still und regungslos erstarrt.

Nur er konnte sich bewegen.

Er ging auf die Straße und sah die Menschen an, die in ihren Bewegungen wie erstarrt dastanden und nichts machten. Zuerst realisierte er es nicht, dann aber verstand er.

Die Zeit half ihm, wieder alles richtig zu machen.

Er war derjenige, der alles wieder zu recht biegen sollte.

Er ging langsam zum Wagen. Als er dort angekommen war, sah er den Erzherzog und seine Gemahlin auf dem Rücksitz sitzen. Der Erzherzog hatte seine Hand zum Gruß erhoben und seine Ehefrau lächelte freundlich.

Plötzlich überkamen ihn Gewissensbisse. Er hatte noch nie einen wehrlosen Menschen erschossen. Aber eigentlich waren sie ja schon tot. Die Geschichte hatte gezeigt, dass sie sterben mussten, er war jetzt nur noch ihr Vollstrecker. Obwohl es einem höheren Zweck diente und er damit wahrscheinlich die Welt retten würde, fühlte er sich schlecht dabei. Was würde die Geschichte über ihn schreiben und wie würden sie ihn nennen?

Die Bestie von Sarajevo und der Mann, der schuld am ersten Weltkrieg war, dachte er.

Mason zitterte und in Gedanken ging er nochmals alles

durch, doch je länger er nachdachte, desto verworrener wurden seine Überlegungen.

Es blieb eh nur eine Entscheidung, dachte er.

Er nahm seine Pistole, entsicherte sie und schaute sich nochmals um.

„Hoffentlich kann ich damit die Welt retten", sagte er, dann hob er die Waffe.

Er holte nochmals tief Luft.

„Ich bin soweit", sagte er.

Von einer Sekunde auf die nächste, löste sich die Erstarrung der Welt auf und alles um ihn herum bewegte sich wieder.

Er machte die Augen zu, dann schoss er.

Epilog

Frank schaute auf seine Uhr.

„10:55 Uhr", sagte er leise.

Innerhalb der nächsten vier Minuten würde sich das Schicksal der Erde entscheiden, das wusste er, aber große Hoffnungen auf ein gutes Ende, hatte er nicht mehr.

Er hatte eigentlich vorgehabt, hier im Bunker auf eine Nachricht von Mason und Craddock zu warten, aber er entschied sich jetzt doch, an der Erdoberfläche das nahende Ende der Welt zu erwarten.

Er durchquerte den Bunkerbereich und war nach einer Minute schon am Eingang angelangt, der weit offen stand. Er ging nach draußen und lief den Weg entlang, bis er zu einer kleinen Anhöhe kam, wo er eine gute Aussicht hatte. Im Westen konnte er schon den dunklen Rand des Schwarzen Loches sehen und links und rechts von ihm bildeten sich große und tiefe Risse mitten in der

Umgebung.

„Wenn es nicht so schlimm wäre, würde ich es schön finden", sagte er leise und lächelte.

Das schwarze Loch kam immer näher und langsam wurde er von seiner Anziehungskraft erfasst. Noch konnte er sich festhalten, aber in der Ferne konnte er bereits erkennen, wie Häuser, Bäume und riesige Erdklumpen nach oben gesogen wurden.

Er schaute nochmals auf seine Uhr.

10:58 Uhr.

„Mason, es wird langsam Zeit", meinte er sarkastisch. Ein Sturm kam auf und die wenigen Wolken am Himmel färbten sich dunkelrot. Donner und ein Rauschen erklang und Frank ahnte, nun war das Ende nahe.

Er schaute nochmals auf die Ebene, als plötzlich ein Blitzstrahl erschien und ihn fast erblinden ließ. Für ein paar Sekunden konnte er nichts mehr sehen und er hatte schon mit allem abgeschlossen, doch auf einmal hörte er einen Vogel singen.

In seinen Gedanken wähnte er sich schon im Paradies, doch als seine Augen wieder sehen konnten, sah er, dass alles wieder in Ordnung war.

Das schwarze Loch, sowie die Risse waren verschwunden und als er in die Ebene schaute und auch dort sah, dass alles so war, wie es sein sollte, wusste er, dass Mason es doch noch geschafft hatte.

„Danke, Kumpel", sagte er nur, dann ging er wieder in den Bunker zurück.

Craddock war der letzte Zeitreisende, der solch eine Reise unternommen hatte. Noch am selben Tag wurde die Zeitmaschine zerstört. Nur Fotos und die Erinnerung, knapp einer Katastrophe entkommen zu sein, zeugten noch von deren Existenz.

Jason wiederum erwachte genau dann, als Mason die tödlichen Schüsse abgegeben hatte. Er hörte noch den Aufschrei der Massen, dann noch einen dritten Schuss. Jason wusste, wem dieser gegolten hatte.

Teilweise immer noch von dem Schlag benommen, den er von Craddock auf den Hinterkopf bekommen hatte, richtete er sich mühsam auf. Erst jetzt bemerkte er, dass er immer noch krampfhaft Masons Goldmünze in der Hand hielt.

„Tut mir leid, alter Freund, aber es war deine Entscheidung", sagte er, dann machte er sich daran, so schnell wie nur möglich zu verschwinden. Schon einen Tag später, war er im Wald. Princip hatte nicht gelogen. Genau da, wo er ihm es genannt hatte, war die Beute versteckt. In dem Moment, als er die Goldstücke durch seine Finger rieseln ließ, wusste er nicht, was er jetzt machen sollte, doch schon eine Sekunde später, hatte er einen Plan.

Wiederrum einen Tag später war er bei dem Bankier Seberovic. Als er ihm die Goldstücke übergab und sich verabschiedete, sah er Sabia.

Princip hatte nicht gelogen, sie sah wirklich wunderhübsch aus. Es kam, wie es kommen musste. Sie heirateten, bekamen drei Kinder und Jason war mit sich und der Welt wieder im Reinen.

23.10.1968 Michigan

Die Maschine aus Jugoslawien landete planmäßig im Flughafen. Der alte Mann stieg aus dem Flugzeug, dann durchquerte er langsam den Terminal. Als er draußen angekommen war, rief er sich ein Taxi.

Er stieg ein, dann gab er dem Fahrer wortlos einen Zettel mit einer Adresse.

In weniger als einer halben Stunde waren sie an der angegebenen Adresse angelangt.

„Warten sie hier, ich bin gleich wieder da", sagte er zu dem Fahrer.

Der alte Mann stieg aus, dann ging er gemächlich die Stufen der Treppe hinauf, bis er an der Eingangstür angelangt war

Er atmete laut auf, dann klingelte er.

Es dauerte nur ein paar Sekunden, bis eine junge hübsche Frau die Tür öffnete.

„Hallo, kann ich ihnen helfen", sagte sie freundlich.

Er nahm seinen Hut ab und lächelte sie an.

„Sie kennen mich nicht und das ist auch nicht wichtig. Ich möchte sie nur um etwas bitten", antwortete der alte Mann.

Sie sagte nichts, sondern wartete.

„Ich weiß, dass sie erst kürzlich Mutter eines Sohnes geworden sind. Meinen herzlichen Glückwunsch. Würden sie so gut sein und ihm das übergeben. Ich meine, wenn er alt genug dafür ist?".

Er holte aus seiner Jackentasche ein kleines Etui, dann übergab er es ihr.

Sie wollte noch etwas sagen, aber der alte Mann drehte sich schon wieder um und ging zum Taxi zurück. Kurze Zeit später verschwand er im Auto und fuhr davon.

Die Frau stand noch einige Sekunden fassungslos da, dann ging sie hinein.

„Wer war da, Schatz?", fragte ihr Ehemann.

Sie erklärte in kurzen Sätzen, was passiert war.

„Es ist für Kevin", meinte sie nur, dann öffneten sie gemeinsam das Etui.

Als sie die goldene Münze erblickten, wussten sie nicht, was das zu bedeuten hatte.

Keiner wusste es.

Nur der alte Mann im Taxi.

Als er wieder zum Flughafen zurück fuhr, sagte Jason leise mit einem Lächeln auf den Lippen:

„Der Kreis hat sich geschlossen".

Der Mann an der Ecke

Schon seit über einem halben Jahr, sehe ich den Mann an der Ecke dort stehen. Ob es nun regnete, stürmte oder die Sonne schien, er stand immer an der gleichen Stelle.

Was machte er nur da?

Auf was wartete er?

Vielleicht wartete er auf seine Frau oder auf einen Freund, vielleicht aber auch auf seine Geliebte.

Ich weiß es nicht.

Ich weiß nur, dass er Tag für Tag dort steht.

Auch bei Nacht.

Manchmal sehe ich seine Zigarette glühen, wenn er einen Zug von ihr nimmt. Im Dunkel der Nacht glomm sie gleich einem Glühwürmchen, das sich in der

Großstadt verirrt hatte.

Aber er ist nicht der Einzigste, der wartet.

Auch ich warte.

Warte auf meine verlorenen Liebe.

Ach, warum hast du mich nur verlassen? Es war doch alles in Ordnung gewesen. Wir hatten so eine schöne Zeit und was war nur mit unseren Träumen? Wir wollten sie doch alle verwirklichen. Unsere Reisen, unsere gemeinsamen Kinder, unsere Erinnerungen und unsere Gemeinsamkeiten.

Waren die nichts wert gewesen?

Hatte es nicht gereicht?

Warum bist nur gegangen?

Er steht immer noch da, während ich aus dem Fenster zu ihm schaue.

Er wird auch später noch dort stehen.

Immer in seinem Trenchcoat und mit seinem Hut.

Ich weiß es.

Einmal dachte ich, *jetzt hat er sein Ziel erreicht*, als sich ein junger Mann zu ihm gesellte, aber es war nur ein Trugschluss gewesen. Er wollte nur Feuer von ihm und als er es bekommen hatte, ging der weiter.

Der Mann an der Ecke war wieder allein.

Viele Menschen gingen tagtäglich an ihm vorbei, doch keiner beachtete ihn.

Nur ich.

Denn ich wusste, was er durchmachte.

Auch er wartete.

Wartete, bis seine Geliebte zu ihm kam.

Doch sie kam nicht.

Wo bist du nur?

Du hattest versprochen, mich noch einmal zu treffen. Eine Aussprache, ein Gespräch, wenigstens noch ein paar Worte darüber, warum du mich verlassen hast.

Weißt du noch, wie wir uns trafen?

Es war so schön und wundervoll.

Du kamst zu mir in den Laden und als ich dich erblickte, war es um mich geschehen. Auch du hattest die gleichen Gefühle. Zumindest hattest du mir dies gesagt.

Wo waren sie nur geblieben?

Wo?

Sag es mir.

Ich möchte es doch verstehen, damit mein Schmerz ein wenig gelindert wird.

Aber kann er das?

Können Worte der Trennung die Schmerzen des Verlassenseins lindern?

Eher nicht.

Der Mann an der Ecke steht immer noch da.

Ich weiß nicht, warum er dort steht.

Warum geht er nicht heim?

Weiß er nicht, was er mit seinem Leben anfangen soll?

Oder ist er einfach nur müde?

Müde vom Leben.

Ich hatte dir die Sterne vom Himmel geholt, flog mit dir zu Plätzen, die nicht einmal die Wolken erklimmen können. Gab dir Liebe, Hoffnung und Wärme.

Unterstützte dich und war immer dein Mann, der neben dir stand und deine Hand hielt, als du Sorgen und Nöte hattest.

Warum hat es nicht funktioniert?

Warum bist du geflohen und hast dich unseren Problemen nicht gestellt?

Wir hätten sie in den Griff bekommen, da bin ich mir sicher, aber du wolltest es nicht.

Hattest genug von mir.

Ich kann es nicht verstehen, was habe ich nur falsch gemacht?

Ich hatte keine Antwort von dir erhalten.

Niemals.

Er steht immer noch da.

Der Mann an der Ecke.

Ich weiß nicht, was er dort macht, aber er wartet.

Auf sein Schicksal?

Auf seine Erlösung?

Auf sein Ende?

Gib unserer Liebe noch eine Chance.

Ich bitte dich.

Warum kannst du mir nicht ein paar kurze Augenblicke schenken?

Es kostet dich doch nichts.

Aber du willst es nicht.

Wille ist stärker als jeder Zwang.

Der Mann an der Ecke sieht zu mir auf.

Ich kann seine Augen sehen und sie sind traurig.

Die Falten in der rissigen Haut, gezeichnet von Sorgen und Nöten, überziehen sein ganzes Gesicht. Er war niedergeschlagen, das sah man ihm an.

Warum ging er nicht einfach?

Hatte er kein Zuhause?

So wenig wie ich?

Du bist noch in unserem Haus. Wohnst da mit einem anderen Mann zusammen, während ich in dieser Absteige leben muss.

War dein neuer Mann so viel besser?

War er der Grund, warum du gingst?

Wahrscheinlich.

Er gab dir das, was ich dir nicht geben konnte.

Und wollte?

Das ist nicht wahr.

Ich hätte alles für dich getan.

Alles.

Ich werde jetzt zu dem Mann an der Ecke gehen und ihn fragen, warum er dort steht.

Ich öffnete die Tür und ging auf ihn zu. Als ich ihn von näherem sah und seine Augen erschöpft zu mir empor blickten, da verstand ich auf einmal.

Ich wusste, warum er dort stand.

„Du kennst den Preis?", fragte er müde.

Ich gab ihm keine Antwort, sondern nickte nur.

„Einen Tag nur", gab er mir zu verstehen.

Ich nickte abermals, dann entfernte ich mich wieder und ging in meine Wohnung zurück.

Die Nacht verbrachte ich schlaflos, weil ich wusste, was mich erwartete.

So hatte der Mann an der Ecke wohl auch gefühlt.

Sie fühlten alle, als sie die Vereinbarung getroffen hatten.

Es klingelte an meiner Tür. Ich hoffte und betete und ich wurde erhört.

„Hallo Liebling", sagte sie.

„Hallo", antwortete ich.

Sie kam herein und bevor ich noch etwas sagen konnte, küsste sie mich leidenschaftlich.

Kurz danach gaben wir uns unserer Begierde hin.

Der Tag war wunderschön. Wir gingen zu unseren Plätzen, schwelgten in Erinnerungen und schworen uns ewige Liebe.

Ich wusste, dass es nicht ihr Ernst war, aber es war mir egal.

Als wir wieder zu Hause waren, liebten wir uns das

letzte Mal, dann ging sie wieder. Als ich sie aus der Tür verschwinden sah, wurde mir schwer ums Herz.

Es war das letzte Mal, das ich so empfand.

Es wurde Nacht und der Preis musste gezahlt werden.

Obwohl ich nicht wollte, zog es mich magisch an.

Ich sagte endgültig Adieu und ging zu dem Mann an der Ecke.

Er lachte, als er mich sah, dann warf er seine Zigarette weg.

Ich wusste, was mich erwartete.

Es war der Preis, den ich zahlen musste.

Er gab mir seinen Hut, dann seinen Mantel.

„Ich danke dir", sagte er nur, dann drehte er sich um und verschwand.

Nun bin ich der Mann an der Ecke.

Ich werde hier stehen.

Tag für Tag.

Nacht für Nacht.

Und ich warte.

Warte auf den Moment, bis ein Mensch den Preis bezahlt, für nur einen einzigen Tag mit der verlorenen Liebe seines Lebens.

Erinnerungen

Ich bin glücklich …

… und zufrieden.

Kennt ihr noch die Werbung, die vor ein paar Jahren immer im Fernsehen lief? Ich glaub, sie war von einer Bank und ich denke, sie ging so:

Zwei Typen treffen sich nach Jahren und erzählen einander, bis der eine anfängt, Fotos herauszuholen und sie dann genüsslich auf den Tisch knallt.

„Meine Familie, mein Haus, mein Boot".

Eine hübsche Frau und niedliche Kinder, ein super Haus und dann noch ein kleineres Boot waren darauf zu sehen.

So weit, so gut.

Der andere lächelte nur, dann knallt er ebenso Bilder auf den Tisch, welche die des anderen um weitem überboten.

Eine noch hübschere Frau mit noch mehr niedlichen

Kindern, ein überdimensionales Haus und eine 20-Meter Yacht mit allem Schnickschnack.

Zack, dachte ich nur und musste lachen.

Warum erzähle ich das.

Nun, ich bin der Erstere den beiden.

Ich habe ein Haus, das abbezahlt ist und andere Schulden haben wir auch nicht. Eine Yacht oder ein Boot haben wir nicht, dafür aber zwei Autos, die wir uns gönnen. Dafür habe ich eine sehr hübsche Frau, die ich über alles liebe (und ich denke, sie mich auch) und eine wunderbare Tochter.

Ich bin glücklich, denn wir haben alles, was man sich nur wünschen kann. Wir sind gesund, lieben uns und möchten keinen Tag unserer Ehe missen.

Dennoch geht kein Tag vorüber, an dem ich nicht an einen Tag im August vor fast 20 Jahren denke.

Es war der 23.08.1995.

Bevor ich ihnen von diesem Tag erzähle, müssen sie noch die Vorgeschichte wissen.

Ich hatte mit meinen Freunden einen Motorradausflug gemacht und das Wetter war einsame spitze. Wir fuhren schon einige Stunden, als es plötzlich anfing zu regnen. Schnell versuchten wir einen Unterschlupf zu finden, um nicht noch nasser zu werden.

Da passierte es.

Ich war viel zu schnell in die Kurve gerast und rutschte auf der glitschigen Fahrbahn aus. Ich schlitterte auf dem rutschigen Asphalt entlang und prallte dann gegen die Leitplanke.

Ich möchte es kurz machen.

Beckenprellung und ein gebrochenes Bein.

Was für eine Scheiße.

Ich wurde noch am gleichen Tag operiert, bekam eine

Metallschien mit 8 Schrauben verpasst und musste zwei Wochen als Gast im Krankenhaus verbringen, bevor ich es wieder verlassen durfte. Als ich entlassen wurde, gab man mir noch Krücken mit, weil ich das Bein mindestens 6 Wochen nicht belasten durfte. Weiterhin sollte ich sofort zu einer Krankengymnastin gehen (heute heißt es ja Ergotherapeutin), um mein Bein so schnell wie möglich wieder mobilisieren zu können.

Warum erzähle ich das alles? Klingt ja nicht sehr aufregend und interessant (na ja, für mich schon), aber an einem dieser Krankengymnastikterminen geschah es dann.

Ein Kumpel fuhr mich immer zu den Terminen und verabschiedete sich dann, um mich später wieder abzuholen. Der Zufall wollte es, dass an jenem Tag meine Therapeutin früher aufhören musste, weil sie noch einen anderen Termin hatte.

Auch nicht schlimm, dachte ich damals und verabschiedete mich.

Ich humpelte mit meinen Krücken die Treppe hinunter und wartete am gegenüberliegenden Haus auf meinen Kumpel. Ich machte es mir bequem, setzte mich hin und plötzlich war sie da.

Wie aus dem Nichts erschien sie auf einmal.

Die folgenden 10 Minuten würde ich in meinem ganzen Leben nie mehr vergessen.

Sie war einfach nur wunderschön. Mit ihren langen dunkelblonden Haaren und mit ihrem hübschen Gesicht, war sie für mich das schönste Mädchen, das ich je gesehen hatte. Sie hatte eine tolle Figur, nicht zu dick, aber auch nicht spargeldünn, einfach nur perfekt.

Hatte ich mich in dieser Sekunde in sie verliebt?

Oder war es nur eine kurze Schwärmerei?

Darum ging es nicht.

Hübsche Mädchen gab es überall und natürlich hätte ich die eine oder andere gerne gehabt, aber es war etwas anderes, das mich an ihr faszinierte.

Es waren ihre blauen Augen, die mich so magisch anzogen. Sie waren so rein und funkelten in der Sonne und für einen kleinen Moment konnte man sich in ihnen verlieren.

Und sie schauten mich an.

Erst einmal, dann zweimal.

Erst einen kurzen Augenblick, dann etwas länger.

Beim ersten Mal schaute ich gleich wieder weg, beim zweiten Mal blickte ich sie länger an.

Mein Herz begann leicht zu rasen.

In den nächsten Minuten trafen sich unentwegt unsere Blicke und je länger wir uns anschauten, desto aufgeregter wurde ich. In Gedanken überlegte ich, wie ich sie ansprechen sollte oder ob ich es lieber bleiben lassen sollte. Ich war jetzt nicht unbedingt der Hübscheste oder Schwiegermutters Darling, aber von der Bettkante hätte man mich auch nicht weg gestoßen.

Trotz dem ließ ich es sein.

Warum auch immer, ich kann es bis heute nicht sagen, aber ich blickte sie nur weiterhin an.

Und sie mich.

Immer wieder schauten wir weg, um uns dann kurze Zeit später wieder anzuschauen.

So ging das die ganze Zeit und mein Herz begann nun, Purzelbäume zu schlagen.

Ich würde lügen, wenn ich sage, irgendwann hätte ich es gewagt, denn das würde nicht stimmen.

Ich hätte sie mein ganzes Leben nur weiterhin angeschaut, mehr nicht.

Die Zeit verging und plötzlich lächelte sie mich an. Es war nur ein kleines, vielleicht unbedeutendes Lächeln, aber es verzauberte mich noch mehr. Eigentlich wäre jetzt der Zeitpunkt gewesen, auf sie zuzugehen, doch ich traute mich immer noch nicht. Eigentlich wusste ich, ich würde mich nie trauen, aber was sollte das Lächeln?

War es ihr Zeichen, dass mir sagen sollte: *Sprich mich endlich an* oder *Komm her und frag mich bitte*?

Es folgten wieder Blicke, gefolgt von kurzen Unterbrechungen, bis sich unsere Augen wieder trafen.

Sie sah so hübsch und makellos aus.

Eine Traumfrau.

In Gedanken stellte ich mir vor, wie ich sie in den Arm nahm und ihr leidenschaftlich einen Kuss gab. Wie sie sich an mich schmiegte und ich ihren Körper an meinem spürte. Wie das Verlangen uns übermannte und wir unseren Gefühlen freie Bahn ließen. Wie ich …

Meine Träume wurden jäh zerrissen.

Plötzlich hielt ein Auto neben ihr und sie machte sich auf, einzusteigen. Als sie kurz davor war, sah sie mich noch einmal an.

Sie lächelte wieder und für einen kurzen Moment sah ich, dass es ein flehendes Lächeln war.

Es ist deine … unsere letzte Chance, bitte nutze sie, waren ihre Worte, wie ich sie mir in Gedanken vorstellte.

Eigentlich hätte ich meine Krücken fallen lassen sollen, hätte zu ihr hinstürzen und sie einfach fragen müssen. Mir hätte ihr Name genügt, vielleicht noch wo sie wohnte oder nur die Telefonnummer, mehr nicht, aber ich tat gar nichts.

Sie stieg ein und als sie an mir vorbei fuhr, trafen sich unsere Blicke ein letztes Mal. In diesem flüchtigen Moment wurde mir klar, ich würde immer an sie denken.

Und das ich sie nie wiedersehen würde.

Dies geschah an einem Mittwoch, gegen 10.30 Uhr und in den folgenden Wochen war ich regelmäßig an diesem Zeitpunkt dort und hoffte, sie noch einmal wieder zu sehen, doch sie kam nicht.

Nie wieder.

Das einzige, was mir von ihr blieb, waren die Erinnerungen an ihre Augen und die Gefühle, die sie bei mir ausgelöst hatten.

Die Geschichte könnte jetzt zu Ende sein, ist sie aber nicht, denn es sollte alles ganz anders kommen.

Es war vor einigen Jahren, als mich sprichwörtlich der Schlag traf. Ich wollte gerade eine Steckdose versetzen und passte einen Moment nicht auf, da handelte ich mir einen Stromschlag ein. Im ersten Moment bemerkte ich nichts, dann jedoch zitterte ich am ganzen Körper. Es war komisch, denn weder verspürte ich einen Schmerz, noch konnte ich mich daran erinnern, was ich gefühlt und gesehen hatte, aber als ich langsam wieder zu Bewusstsein kam, bemerkte ich sofort, das etwas nicht stimmte. Was es genau war, stellte ich erst später fest.

Einige Wochen danach verzockte ich mich leider bei einem Aktiengeschäft. Ich hatte zwar nicht viel verloren, aber es ärgerte mich maßlos, dass ich nicht noch abgewartet hatte. Ich war kurz nach Börsenbeginn zu früh eingestiegen und die Aktie rauschte den ganzen Tag über immer mehr und mehr in den Keller. Zum Glück zog ich noch rechtzeitig die Reißleine, bevor ich noch mehr verlor, aber ein paar Hundert Euro waren da schon weg. Ich war den Tag über nicht auszustehen und als es Nacht wurde und ich schlafen wollte, ging mir dieses vermaledeite Geschäft immer noch nicht aus dem Sinn. Es quälte mich und insgeheim wünschte ich mir, ich könnte die Zeit zurückdrehen und es wäre wieder früher Morgen.

Ich schloss die Augen und sagte es in Gedanken zu mir und als ich sie wieder öffnete und ich auf den Wecker schaute, konnte ich nicht glauben, was ich da sah.

Es war wieder früher Morgen.

Sie können jetzt von mir denken, was sie wollen, aber es stimmte wirklich. Ich konnte tatsächlich in die Vergangenheit reisen und das rückgängig machen, was ich verbockt hatte.

Seit diesem Tag ist es mir möglich, unbegrenzt und so oft ich will, Zeitreisen zu machen.

Sie können sich sicherlich denken, was ich als nächstes gemacht habe.

Richtig.

Meine nächste Reise war wieder zu ihr zurück.

Diesmal wollte ich es wissen.

Ich schloss wieder meine Augen, dachte an jenen Tag und als ich meinen Wunsch ausgesprochen hatte und ich meine Augen wieder öffnete, sah ich sie vor mir sitzen.

Ich war aufgeregt, doch diesmal würde ich meine Chance nutzen.

Kurz bevor das Auto kam, um sie abzuholen, lief ich auf sie zu und fragte sie gerade aus, wie sie hieß.

Sie lächelte mich an und als ich ihre Stimme hörte, war ich wie verzaubert.

„Leia", sagte sie.

Ich schluckte.

Solch eine anmutige und betörende Stimme hatte ich vorher noch nie gehört und in diesem Moment wusste ich, wir würden ein Paar werden.

Wir tauschten unsere Telefonnummern aus, trafen uns dann in den kommenden Tagen öfters und unterhielten uns rege. Es war einfach nur schön, bei ihr zu sein und ihre Nähe zu spüren. Ich konnte mein Glück nicht fassen und es war einfach zu schön, um wahr zu sein.

Schlussendlich kam es Gott sei Dank so, wie ich es mir gewünscht hatte.

Es war ein Freitag, als wir uns das erste Mal liebten. Ich drückte sie eng an mich, dann blickte ich sie verliebt an.

„Ich liebe dich, Leia", sagte ich und gab ihr einen Kuss.

Sie presste ihre Lippen auf die meinen, während meine Hand langsam an ihre Brust glitt. Sie stöhnte lustvoll auf, als ich ihre Brust zärtlich knetete. Leia klammerte sich noch enger an mich und umschlang meinen Nacken.

„Ich will dich, jetzt", sagte sie voller Lust.

Ich schob sie ein wenig zurück und legte sie sanft auf das Bett, dann öffnete ich behutsam ihre Hose. Wir waren beide bereit und begehrten uns hemmungslos und als ich in ihr eindrang, war sie berauscht von dem Gefühl, mich in sich zu spüren. Die Leidenschaft kam über uns wie eine Welle, die alles um uns zu verschlingen drohte. Unsere Herzen rasten und als es uns beide fast im gleichen Augenblick kam, schien die Welt in einem Freudenfeuer zu versinken.

Als wir unsere Lust befriedigt hatten, sanken wir auf das Bett nieder und schauten uns an. Ich hatte meine Liebe für das Leben gefunden und ich hoffte, sie hatte das gleiche Gefühl.

Die Monate vergingen und unsere Liebe wuchs und wuchs, bis ein Schicksalsschlag uns ereilte. Es war wieder ein Freitag, als ihre Mutter mich anrief und mir unter Tränen erzählte, dass meine geliebte Leia bei einem Autounfall ums Leben gekommen war.

Ich war wie geschockt und im ersten Moment realisierte ich gar nicht, was mir ihre Mutter da erzählte.

Das konnte und durfte alles nicht sein.

Doch nach wenigen Sekunden fasste ich mich wieder. Ich fragte nach allen Details, wann der Unfall geschah, was genau passierte und wo Leia in diesen Sekunden gewesen war.

Sie wissen sicherlich schon, was mein Plan gewesen war. Genau.

Als ich die Informationen hatte, reiste ich genau einen Tag zurück, um sie zu retten.

Ich rief sie an, sagte zu ihr, ich würde noch heute zu ihr kommen und sie solle bitte nicht in das Auto steigen, sondern sollte einfach nur warten, bis ich bei ihr war.

Sie versprach es mir und als ich bei ihr war und ich sie in die Arme schloss, dachte ich, alles wäre in Ordnung, doch es sollte ganz anders kommen.

Ich ging mit ihr nach draußen und wollte mit ihr einen Spaziergang machen. Wir waren gerade aus dem Haus auf den Gehsteig gelaufen, als um die Kurve ein Auto gerast kam. Ich weiß nicht warum, aber ich wusste, was nun passieren würde. Es ging ganz schnell und den genauen Ablauf, kann ich bis heute nicht sagen, wie er war. Auf jeden Fall wurde Leia von dem Auto erfasst und mehr als 50 Meter mitgeschleift, bis das Fahrzeug endlich zum Stillstand gekommen war. Ich rannte so schnell ich nur konnte zu ihr hin und als ich bei ihr gewesen war, schaute sie mich noch einmal an, dann schlossen sich ihre Augen zum letztes Mal.

Traurig und bedrückt hielt ich ihre Hand, dann wandte ich mich ab und schloss die meinen.

Sie wissen sicherlich warum.

Richtig, eine neue Zeitreise begann.

Aber auch diesmal war uns das Glück nicht hold.

Sie stürzte die Treppe hinunter und brach sich das

Genick.

Das nächste Mal wurde ihr ein Fön zum Verhängnis, der komischerweise in die Badewanne fiel, als sie gerade badete.

Es ging so immer weiter und weiter.

Ich will sie nicht mehr länger quälen und ich mich auch nicht, denn der Rest der Geschichte können sie sich sicherlich denken.

Ich weiß nicht, wie oft ich in die Vergangenheit gereist war, um sie zu retten, aber egal, welche Vorsichtsmaßnahmen ich auch getroffen hatte, sie waren alle umsonst gewesen. Es war einerlei, was ich tat oder auch nicht tat, das Ergebnis war immer dasselbe.

Sie war immer wieder gestorben.

Es schien so, als ob ihre Lebensuhr einfach abgelaufen war und das sie keine weitere Sekunde mehr leben durfte. Sie sollte und musste heute einfach sterben.

Aber eigentlich stimmte dies so nicht.

Es war nämlich ganz anders und bis ich es begriffen hatte, musste ich noch qualvolle Stunden erleben.

Ich war derjenige, der Schuld daran hatte, dass sie sterben musste. Wenn ich sie nicht getroffen hätte, hätte sie weiterleben dürfen, das war mir jetzt klar. Ich hatte in ihrer Zukunft eingegriffen und war in ihr Leben getreten, das war der Fehler und sie hatte dafür büßen müssen.

Auch wenn es mir schwerfiel, ich musste sie gehen lassen, damit sie leben konnte.

Ich schloss ein letztes Mal meine Augen und als ich sie wieder aufmachte und sie ansah, da wusste ich, dass ich diesmal richtig handeln würde.

Der Wagen kam und als sie zum wiederholten Male einstieg, rannte ich dennoch zu ihr.

Ich nahm ihre Hand, dann schaute ich ihr sehnsüchtig

in ihre wundervollen Augen.

Sie ahnte was, da war ich mir sicher, denn als ich sie küsste und ihr durch das Haar streichelte, da nickte sie nur.

„Es darf einfach nicht sein", sagte ich mit Tränen in den Augen.

Sie streichelte meine Wange.

„Ich weiß", meinte sie nur, dann stieg sie ein und fuhr weg

Wieder einmal sah ich sie mit einem Lächeln fortfahren, doch diesmal wusste ich, sie würde weiter leben.

Ich bin froh und ich fühle Trost, dass ich diese Minuten erleben durfte und obwohl es nicht zu einem Happy End gekommen war, bin ich dennoch glücklich.

Weil ich etwas weiß und ich etwas gesehen hatte.

Es war vor einigen Wochen und ich hatte einen Termin in Stuttgart. Als er vorüber war und ich noch etwas Zeit hatte, schlenderte ich noch eine Weile in der Stadt umher. Ich schaute mir gerade in einem Schaufenster etwas an, als ich plötzlich etwas spürte. Es war ein Kribbeln und es fühlte sich wohlig und schön an und im ersten Moment wusste ich nicht, woher dieses Gefühl kam, doch als ich in der Scheibe eine Frau sah, drehte ich mich rasch um.

Leia.

Sie war noch gut 5 Meter von mir entfernt und trotz der langen Zeit, die seit dem vergangen war, erkannte ich sie sofort. Sie kam auf mich zu und im ersten Moment wusste ich nicht, was ich machen sollte.

Doch ich musste keine Entscheidung treffen.

Als sie kurz vor mir vorbei gehen wollte, schaute sie mich mit ihren blauen Augen an. Sie hatte nichts an Schönheit eingebüßt und ich erwiderte ihren Blick.

Unsere Augen trafen sich und in diesem Augenblick wusste ich, ich hatte alles richtig gemacht. Sie ging an mir vorbei und als ich ihr kurz noch nachschaute, drehte auch sie ihren Kopf. Ich lächelte sie an und auch sie schenkte mir ihr Lächeln, das immer noch bezaubernd und hinreißend war, dann drehte sie ihren Kopf wieder zurück und war kurze Zeit später in der Menschenmenge verschwunden.

Ich ging weiter, aber meine Gedanken waren bei ihr und am liebsten wäre ich ihr nachgerannt, aber ich wusste, dass ich das nicht durfte. Die Vergangenheit hatte es gezeigt.

Ich werde nie in meinem Leben die Stunden, die ich mit ihr verbringen durfte, vergessen. Auch nicht die Liebe und Leidenschaft, die uns miteinander verbunden hatte.

Doch es gibt etwas, dass ich nie vergessen werde und das in meiner Erinnerung ewiglich verankert sein wird:

Es waren ihre blaue Augen …

… und das Lächeln, dass sie mir geschenkt hatte.

Lamia

Er war ein stolzer und tapferer Krieger.
Sein Name war weithin bekannt und jeder fürchtete sich

davor, gegen ihn anzutreten.

Die Schlacht begann und er kämpfte sich durch die Reihen und tötete mit seinem Schwert manchen Gegner, bis er plötzlich von feindlichen Kriegern umzingelt war. Er schlug wild um sich, hackte Köpfe wie Arme ab, dann traf ihn der erste Hieb; doch dieser machte ihm nichts aus. Er hieb weiterhin auf die Soldaten des Königs ein, bis ihn ein zweiter Schlag traf. Diesmal durchfuhr ihn ein Schmerz und für einige Sekunden wurde ihm schwarz vor Augen.

Eine gefährliche Situation, das wusste der Krieger, deshalb ließ er sich zu Boden sinken, bevor die gegnerischen Soldaten seine Schwäche erahnten. Als er am Boden lag und die Schreie der Verletzten, sowie den Schlachtenlärm hörte, kam er langsam wieder zur Besinnung. Er schaute sich um und erkannte sofort, dass er sich zur Flucht wenden musste, denn zu viele Soldaten wollten ihm sein Leben nehmen. Noch einmal hieb er wild auf die auf ihn zukommenden Soldaten ein, dann machte er sich davon.

Er humpelte weg, während einige feindliche Krieger ihn verfolgten, doch bald hatte er seine eigenen Reihen wieder erreicht. Seine Mitstreiter wandten sich seinen Verfolger zu und töteten sie, kaum dass sie auf weniger Meter an ihn herangekommen waren.

Schwer atmend ruhte er sich aus und er wähnte sich schon in Sicherheit, als die Soldaten des Königs wieder einen neuen Angriff wagten. Mit Geschrei stürmten sie los und schlugen jeden nieder, der sich ihnen in den Weg stellte. Sie waren schon fast bei ihm, als er plötzlich sah, wie sie innehielten und nicht mehr weiter vordrangen. Erst jetzt hörte er die Signale der feindlichen Posaunen. Sie gaben Nachricht, keinen weiteren Angriff mehr zu starten.

Er sah noch kurz, wie die Soldaten den Rückzug antraten, dann fiel er in einen dämmrigen Schlaf.

Es wurde Nacht und der stolze Krieger erwachte aus seiner stundenlangen Ohnmacht, die ihm kaum Ruhe oder Erholung gebracht hatte. Er hatte fürchterliche Alpträume gehabt und mit schmerzverzerrtem Gesicht sah er die schreckliche Wunde an seinem Bein. Ein Schwerthieb hatte ihm fast das ganze Bein aufgerissen und geronnenes Blut haftete an der Wunde. Er wusste sofort, wenn er diese Wunde nicht behandelte, würde er sterben.

Er versuchte sich aufzurichten, doch der Schmerz zwang ihn, liegen zu bleiben. Mühsam begab er sich vom Schlachtfeld fort. Über gemarterte und getötete Körper robbte er in einen kleinen Wald, in dem sie sich vor Stunden, bevor die Schlacht begonnen hatte, gesammelt hatten.

Als er sich an einen Baum anlehnte und wieder auf die Wunde schaute, sah er eine leichte Veränderung. Eine grünschwarze Färbung war am Rande zu erkennen, die sich krakenartig in allen Richtungen verbreitete und die nach Tod aussah. Der Krieger versuchte wieder, sich aufzurichten. Mit aller Kraft zog er sich unter Schmerzen an einem Ast hoch, bis er Halt an am Baumstamm gefunden hatte. Als er dort stand, versuchte er mit dem Bein aufzutreten, doch als er es belastete, durchfuhr ihn wieder der gleiche ekelhafte Schmerz, der ihn vorhin fast den Atem geraubt hatte.

„Verdammt, was soll ich denn nur tun?", klagte der Krieger und hieb mit der Faust gegen den Baum.

Er war für einen Moment ratlos.

Er ließ sich wieder zu Boden sinken und überdachte

seine Möglichkeiten.

Wenn er liegenblieb, würde er bald sterben.

Wenn er sich aber aufmachte, wie lange würde er brauchen, um Hilfe zu erhalten?

Wahrscheinlich Tage, dachte der Krieger, *auch bis dahin, bin ich tot.*

Aber er hatte keine andere Möglichkeit, als sein Glück zu versuchen.

Er richtete sich abermals auf, dann fiel ihm plötzlich etwas ein.

Die alten Sagen berichteten von den Lamien, die in jedem Wald herrschten und ihm helfen konnten. Auch wusste er um ihre Heimtücke und ihre Hinterlist, aber eine andere Wahl hatte er nicht.

Er war sich seiner Situation vollkommen bewusst; schwerverletzt und ohne Nahrung würde er es nicht länger als zwei Tage aushalten, dann würde er an den Verletzungen sterben. Trotzdem würde er es in der Nacht nicht schaffen, sie zu finden, deshalb beschloss er lieber, hier zu bleiben, bis der nächste Tag anbricht.

Der Morgennebel verzog sich langsam und die Sonne kam zum Vorschein. Der Krieger erwachte und mit ihm die Schmerzen. Als er an seinem Bein hinunter schaute, hatte sich die krakenartige Geschwulst bereits an seinem Oberschenkel hochgearbeitet und pulsierte noch heftiger, als am Vortag. Gepeinigt richtete er sich auf, dann nahm er sein Schwert als Stütze und humpelte ziellos durch den Wald.

Die Strapazen und die sengende Sonne forderten ihren Tribut und der Krieger bekam Fieber. Schweiß stand auf seiner Stirn und nur noch verschwommen konnte er sich durch den Wald hangeln. Immer öfters musste er Rast machen und vergeudete damit wertvolle Zeit, aber er musste sich ausruhen. Er sah zum wiederholten Male auf sein Bein. Nun hatte sich das Gebilde schon seines ganzen Beines bemächtigt und das Gift, das in ihm waberte, würde bald sein Herz erreichen.

Dies wäre sein sicherer Tod, doch noch hatte er nicht aufgegeben. Er würde so lange weitergehen, bis er sie gefunden hatte oder starb.

Sein Weg führte ihn weiter durch den Wald, bis er einen Pfad fand, der ihn noch tiefer hinein führte. Als er ihn betrat und entlang ging, sah er an den Seiten die schönsten und phantastischsten Blumen, die er je gesehen hatte. In den außergewöhnlichsten Farben und Formen wuchsen sie vom Boden empor oder hangelten sich von Bäumen herab, die ebenso unglaublich und bizarr aussahen. Alles war so absonderlich und sagenhaft. Zusätzlich zu ihrem Aussehen verbreiteten diese Blumen einen süßlichen Duft, der ihn an die Frauen in seinem Stamm erinnerten, wenn sie sich für ihre Männer hübsch machten.

Als er dem Pfad weiter folgte, konnte er bald darauf den Himmel über sich nicht mehr erkennen. Die Äste der Bäume und die Pflanzen hatten sich ineinander verschlungen und bildeten über ihm eine Art Tunnel, durch den er immer weiter ging. Der Geruch wurde, je weiter er kam, immer intensiver, bis er schließlich eine kleine Lichtung erreichte. Der Krieger konnte kaum fassen, was er da sah.

Mitten in der Lichtung lag ein Teich, der an den Rändern reich verziert und mit rosafarbenem Wasser gefüllt war; und die Mauern, die ihn eingrenzten, waren mit dunkelrotem Samt beschlagen, an welchem sich Efeu empor rankte.

Fasziniert ging der Krieger ein paar Schritte vor und

blieb dann plötzlich ruckartig stehen. Er sah auf den Teich und durch den leichten Dunst, der über dem Wasser schwebte, bemerkte er kleine Wellen, die nach und nach einander folgten. Eine schlangenartige Kreatur schwamm graziös und filigran durch den Teich.

Er dachte augenblicklich:

Die Lamien.

Als er das Schauspiel beobachtete, sah er weitere Kreaturen durch den Teich schwimmen. Er bückte sich, um sie näher zu beobachten, als auf einmal eines dieser Reptilien an den Rand des Teiches schwamm und aus dem Wasser auftauchte.

Was der Krieger dann sah, ließ ihn erröten.

Sie hatte den Kopf einer wunderschönen Frau, rotes Haar und sie war vollkommen nackt. Ihre wohlgeformten Brüste ragten aus dem Wasser empor und wippten ständig mit den Wellen.

Der Krieger bemerkte, wie sich in seiner Schamgegend Erregung breit machte und beschämt versuchte er, dies vor den Lamien zu verbergen.

Weitere Lamien kamen nun an den Rand des Teiches geschwommen und jede von ihnen war noch schöner und anmutiger als die andere.

An die Stelle der Überraschung trat nun Betörung, als die Lamien mit ihren sanften grünen Augen ihn in den Teich willkommen hießen. Obwohl sie nicht sprachen, konnte er ihre Worte hören. Sie luden ihn ein, von dem süßen Wasser zu kosten, in dem sie schwammen.

Schnell hatte er sich seiner Kleidung entledigt und humpelte zum Wasser. Die Schmerzen waren unerträglich, als sein schon fast schwarz gefärbtes Bein den Boden berührte. Mit schmerzverzerrtem Gesicht schleppte er sich die wenigen Meter zum Teich, dann setzte er sich nieder. Schwer atmend blickte er auf die Lamien.

Sie sehen so wundervoll aus, schwärmte er, doch es blieben ihm Bedenken.

Wie oft hatte er den Geschichten der Älteren zu gehört, die davor warnten und mahnten, den Lamien entgegen zu treten. Man sollte vorsichtig und wachsam sein, sonst würden sie einem das Herz rausreißen und denjenigen mit Haut und Haaren verspeisen.

Er erinnerte sich ihrer Worte, doch der Schmerz war größer, als seine Vorsicht.

Wieder luden sie ihn ein, ins Wasser zu kommen, um Labsal zu erhalten.

Diesmal nahm er ihre Einladung an.

Er glitt ins Wasser und ein wohlig warmer Schauer der Erlösung machte sich in seinem ganzen Körper breit.

Und noch etwa geschah.

Als das Wasser sein Bein umspülte, zog sich das krakenartige Monster an seinem Bein zurück und war bereits Sekunden später nicht mehr zu erkennen. Die Schmerzen, die vor wenigen Sekunden noch unerträglich gewesen waren, spürte er mit einem Schlag nicht mehr.

Eine Woge der Erleichterung umfing ihn.

Er blickte auf die Lamien und hörte erneut ihre Worte.

„Koste vom Wasser, großer Krieger", sagten sie.

Er nippte vom Wasser und als die wenigen Tropfen in seiner Kehle hinabflossen, verspürte er plötzlich weder Hunger, noch Durst.

Es war unerklärlich.

Obwohl er gesättigt und frei vom Durst war, probierte er wieder und wieder davon und jedes Mal, wenn er trank, tropfte ein blassblauer Tropfen von seiner Haut in den Teich.

Die Lamien schwammen heran und leckten die Tropfen von seiner Haut. Am Anfang noch sanft, dann aber immer begieriger; und mit jeder Berührung von ihnen, fühlte er das Bedürfnis, mehr zu wollen.

Viel mehr.

Plötzlich fingen sie an, ihn zu massieren und eine der Lamien leckte genussvoll mit ihrer Zunge an seiner Brust.

Sein Glied wurde hart.

Vor seinen Augen liefen die erotischsten Bilder ab und während er sich seiner Lust widmete, kam eine andere Lamia und tat sich an seiner anderen Brustwarze gütlich, so dass er noch erregte wurde.

Sie massierten sein Fleisch so sehr, bis er dachte, dass seine Knochen zu schmelzen anfingen und er förmlich aufhörte, zu existieren.

Aber es wurde noch intensiver.

Eine Lamia tauchte unter und streifte sanft an seinem erigierten Glied vorbei und der Krieger stöhnte vor Wollust laut auf. Er spürte, wie seine Erregung immer mehr zunahm und er sich bald nicht mehr zusammen reißen konnte.

Er musste sich beherrschen.

Aber sie wussten, wie sie ihn betören konnten.

Sie kamen zu einem Punkt, an dem er keine weitere Steigerung mehr erwartete, doch er täuschte sich. Nun fingen sie an, an seinem ganzen Körper zu nagen und lustvoll warf er wie von Sinnen seinen Kopf hin und her. Sein Glied wurde noch härter und steifer, noch lustvoller waren seine Bewegungen. Sein Becken schob sich nach vorne, dann wieder nach hinten, um dann wieder nach vorne zu kommen.

Er konnte bald nicht mehr.

Die Lamien machten weiter und weiter und des Kriegers Samen suchten den Weg zu ihrer Bestimmung.

Der Krieger keuchte schwer.

Plötzlich hörte er das Mahnen der Alten:

„Bleib rein und keusch. Lass dich nicht verführen, sonst ist es mit dir geschehen".

Die Lamien umgarnten ihn und massierten ihn und liebkosten ihn und sie …

„HALT", schrie er laut auf.

Doch die Lamien hörten nicht auf ihn, sondern machten weiter, so wie sie es schon hunderte Male zuvor gemacht hatten. Es war ihre Bestimmung.

Der Krieger wusste nun, was passieren würde, wenn er sich in den Teich ergoss. Wenn sein Samen in den Teich geraten würde, wäre er anschließend nicht mehr von Nutzen für sie. Sie könnten sich durch seinen Samen fortpflanzen und für den Erhalt ihrer Gattung sorgen, das war ihr Ziel, mehr nicht. Er hätte seine Aufgabe erfüllt, danach wäre er überflüssig und sie würden sich seiner entledigen.

Sie würden ihn einfach auffressen.

Aber es ist doch so schön, dachte der Krieger, wohlwissend, wie sein Ende aussah, aber er konnte sich nicht wirklich wehren.

Und sie leckten ihn weiter und er stöhnte …

… und sie massierten und er stöhnte …

… und sie nagten an ihm, küssten und streichelten ihn und er schrie abermals vor Wollust auf. Seine Fingernägel kratzten über den Uferrand und in seinen Hoden machten sich Abermillionen von Spermien bereit, endlich aus ihrer Gefangenschaft befreit zu werden.

Er mühte sich, sich dieser Lust nicht zu ergeben, doch

sein Fleisch war schwach.

Es würde nicht mehr lange dauern, dann war es soweit.

Abermals hörte er die Alten warnen:

„Sei rein und lasse dich nicht verführen, sonst bist du des Todes".

Die Lamien führten ihr Werk fort, doch plötzlich erwachte der Krieger aus seiner Sinneslust.

„HÖRT AUF DAMIT", schrie er und schlug einer Lamia, die immer noch an seiner Brustwarze leckte, hart auf den Kopf.

Sie versank sofort im Wasser und tauchte hinab. Es vergingen nur wenige Sekunden, bis sie wieder an die Wasseroberfläche kam. Sie starrte ihn verwundert und erstaunt an und ein kleines Rinnsal Blut lief an ihrer Stirn herab.

„Ich hatte dich gewarnt", schrie der Krieger, dann schlug er wild um sich, um die anderen Lamien zu verscheuchen.

Seine Erregung nahm schlagartig ab und sein steifes Glied erschlaffte.

Er stöhnte erleichtert auf, doch noch war es zu früh, um sich in Sicherheit zu wägen.

Die Lamien, die ihn noch vor kurzer Zeit liebkost hatten, schossen davon und tauchten unter die Wasseroberfläche und waren kurze Zeit später verschwunden.

Der Krieger stemmte sich aus dem Wasser und setzte sich an den Uferrand, dann holte er tief Luft. Ihm tat sein Unterleib höllisch weh und im ersten Moment fühlte es sich so an, als ob ihm da unten etwas fehlen würde. Ihm kam es so vor, als hätten sie ihm sprichwörtlich das Glied weggebissen, doch dem war nicht so.

Schweratmend saß er am Uferrand und im ersten Moment wusste er nicht, was er tun sollte. Von den Lamien war nichts zu sehen, doch plötzlich fühlte er eine Gefahr, die ihn bedrohte. Er musste so schnell wie möglich aus dem Teich steigen, bevor noch Schlimmeres passierte. Er wollte es gerade tun, als das Wasser schlagartig seine Farbe wechselte und blutrot wurde, auch begann es zu kochen. Es bildeten sich kleine Bläschen, die irrwitzig auf der Wasseroberfläche herumsprangen und ein eigenartiges blubberndes Geräusch erzeugten.

„Es wird Zeit, zu verschwinden", sagte der Krieger nur, doch es war schon zu spät.

Er wollte gerade aussteigen, als auf einmal eine Lamia zwischen seinen im Wasser liegenden Beinen erschien und ihn wieder in den Teich zurückzog. Er tauchte in das mit Blut besudelte Wasser ein und als er wieder auftauchte, bemerkte er sofort, dass er sich inmitten des Teichs befand.

Dann hörte er hinter sich ihre markenerschütternden Schreie.

Er drehte sich im Wasser um und sah, dass etliche Lamien zähnefletschend und im rasenden Tempo auf ihn zugeschossen kamen; ihre vormals hübschen Gesichter waren jetzt nur noch hasserfüllte Fratzen. Ihre prallen und wohlgeformten Brüste waren nur noch leblose Fleischsäcke an ihren Körpern und aus ihren grünen Augen sprühten förmlich giftige Funken.

Er schrie auf und drehte sich um, dann versuchte er verzweifelt, so schnell wie möglich aus dem Teich zu fliehen.

Doch sie waren schneller.

Er war einige Meter geschwommen und hatte es schon

fast geschafft, an den Uferrand zu kommen, als ihn eine Lamia am Fuß packte und ihn wieder in den Teich zurückzog. Ein ekelhafter Schauer durchfuhr ihn, als er ihre kalte und schleimige Klaue an seinem Fußgelenk spürte. Wild schlug er mit dem Fuß nach ihr, doch die Lamia ließ nicht locker, sondern zerrte ihn immer weiter und weiter in den Teich hinein. Plötzlich spürte er an seinem anderen Fußgelenk eine weitere Lamia. Gemeinsam tauchten sie ihn in das blutrote, trieb gewordene Wasser ein.

Er wusste nicht, wie lange er unter Wasser war, doch auf einmal bemerkte er neben sich einen Schatten, der ihn langsam, aber stetig umkreiste. Mit aufgerissenen Augen und voller Furcht verfolgte der Krieger den Schatten, bis vor ihm schlagartig eine grässliche Fratze auftauchte.

Er hätte schreien können vor Angst, aber das Wasser nahm ihm jedes Wort.

Die Lamia, die Auge in Auge vor ihm stand, starrte ihn hasserfüllt und mordlüstern an. Der Krieger rang nach Luft, dann ruderte er hastig mit den Armen. Er befreite sich und kurze Zeit später kam er keuchend an die Wasseroberfläche. Ohne Zeit zu verlieren schwamm der Krieger an den Uferrand und er hätte es auch diesmal fast geschafft, wenn nicht eine Lamia sich in seinem Bein festgebissen hätte.

Er schrie gepeinigt auf und der Schmerz durchzog seinen ganzen Körper. Für einen kleinen Moment dachte er, er würde ihn Ohnmacht fallen, dann aber mobilisierte er seine letzten Kräfte. Er zog sich an den Uferrand, klammerte sich dort fest und stemmte sich ein letztes Mal auf. Es gelang ihm tatsächlich Halt zu finden, die Lamia immer noch in seinem Fuß verbissen.

„Du Miststück", schrie er, während er verzweifelt

versuchte, sich ihrer zu entledigen. Er drehte sich um, dann trat er mit seinem anderen Fuß auf die Lamia ein.

„Lass los", schrie er, „lass endlich los".

Er trat wie von Sinnen auf sie ein und auf einmal ließ sie los. Mit einem stöhnenden und schmatzenden Laut flog sie in den wie wild schäumenden Teich zurück, nicht ohne ein Stück Fleisch von seinem Bein mitzureißen.

Befreit von seiner Peinigerin rollte er sich vom Uferrand fort, robbte ein paar Meter und blieb dann schwer atmend und erschöpft an einem Baum liegen. Er machte die Augen zu und versuchte, sich zu beruhigen, aber der Schmerz durchkreuzte seinen Plan. Mit schmerzverzerrtem Gesicht öffnete er seine Augen wieder und sah an seinem malträtierten Bein hinab.

Er sah furchtbares.

Ein etwa 10 cm langes und 4 cm breites Stück seines Beines war nicht mehr zu sehen, stattdessen war da nur noch Leere und Blut. Viel schlimmer aber war, dass nicht die Verletzung an sich ihm Kopfzerbrechen bereitete. In seinem Innersten wusste, nein spürte er, dass der Biss der Lamia ihn vergiftet hatte. Er hatte keine Ahnung, wie lange es dauern würde, bis das Gift ihn tötete, aber das es so kommen würde, das wusste er.

Er richtete sich ein wenig auf, so dass er auf den Teich blicken konnte. In einem heillosen Durcheinander pflügten die Lamien durch das Wasser, immer auf der Suche nach der Erfüllung, nach der sie sich sehnten.

Aber es war mehr.

Sie suchten auch nach ihrem Geliebten, der ihnen den Samen ihres Fortbestehens verweigert hatte. Von hilfloser Leidenschaft erfüllt, fingen ihre Körper zu zittern an und Schwärze durchzog ihre Augen. Ihre Fortpflanzung war gescheitert und langsam begannen sie, sich gegenseitig zu fressen, damit wenigstens eine überleben würde.

Ihre Art musste erhalten bleiben und dafür müssten sie Opfer bringen.

Mit Entsetzen und Abscheu verfolgte der Krieger immer müder werdend die Tragödie, die sich so grausam vor seinen Augen abspielte. Für einen kleinen Moment hatte er Mitleid mit ihnen, deren Bemühungen zum Scheitern verurteilt waren. Sie hatten keine andere Möglichkeit mehr gesehen, als sich solange gegenseitig zu töten, bis nur noch eine übrig geblieben war.

Doch auch diese Möglichkeit hatte keine Aussicht auf Erfolg.

Wie durch einen Magneten angezogen, blickten die Augen des Kriegers unaufhörlich auf das Gemetzel, dieses Massakers, das sich da im Teich abspielte. Es dauerte wenige Minuten, bis nur noch eine Lamia übrig geblieben war. Zuerst schwamm sie verloren im Teich umher, auf der Suche nach ihren Schwestern, dann plötzlich begann ihr Körper zu einem gelblichen Umriss zu werden. Durch einen hell aufleuchtenden Energiestrom an ihrem Rückgrat zerschmolz ihr Körper in einem Purpurlicht in dem aufkommenden Dunst, der sich langsam aber stetig über den Teich legte.

Sie hatten sich selbst vernichtet, dachte der Krieger, dann blickte er ein letztes Mal auf seinen geschundenen Körper.

In einem letzten Aufbäumen richtete sich der Krieger nochmals auf, dann versank er in einen nimmer endendenden Schlaf, aus dem er nicht mehr erwachen würde.

In der funkelnden Abendsonne verglühte sein Körper

nach und nach und war Sekunden später nicht mehr zu sehen.

Die Frau am Fenster

Ich streifte ziellos durch die Straßen, auf der Suche nach Ablenkung.

Obwohl es schon nach 22 Uhr ist, ist die Luft noch immer warm und stickig.

Meine Gedanken kreisen immer nur um das eine.

Meine geliebte Frau.

Das Leben, das Schicksal hatte es nicht gut mit uns gemeint.

Aber eigentlich hätte es heißen müssen: mit ihr.

Schon seit Monaten, bevor wir die Diagnose bekamen, wütete der Krebs in ihr. Er hatte schon die Leber und einen Teil der Lunge befallen und jetzt breitete er seine Tentakel aus, um auch noch ihr Herz zu umschlingen.

Es gab keine Hoffnung. Die unzähligen Spezialisten, Ärzte und Professoren waren sich einig, nur variierten sie in ihren Aussagen bezüglich der Dauer, wie lange sie noch zu leben hatte. Von drei bis vier Monaten gingen die meisten aus, aber wir wussten beide, dass es so lange nicht mehr sein würde.

Jeden Tag wurde sie schwächer und seit einigen Tagen musste sie zusätzlich Sauerstoff aus einer Flasche entgegen nehmen, sonst wäre sie erstickt. Langsam aber sicher schnürte der Krebs ihr die Luft ab und ein in Raten dahin siechendes Ende war ihr gewiss.

Ja, das Schicksal meinte es nicht gut mit uns.

Ich unterstützte sie, wo ich nur konnte. Hielt ihre Hand, tröstete sie und schmiegte mich an sie, wenn sie wieder einmal weinte. Ich half ihr beim Anziehen, bei der Hygiene und auch beim Essen, denn mehr und mehr zerfiel sie und sie konnte fast nichts mehr selbst verrichten.

Es war schrecklich und meine Nerven waren langsam am Ende.

Es war vor einigen Tagen, als sie mich wieder von Schmerzen geplagt rief.

Schon wieder, dachte ich, und obwohl ich nicht konnte, ging ich zu ihr. Als ich in ihren Augen den Schmerz förmlich sah, brach es aus mir heraus. Ich schrie sie an, wünschte mir, dass sie bald starb und verfluchte den Tag, an dem ich sie kennen gelernt hatte. Ich war wie von Sinnen, schleuderte die Sauerstoffflasche an die Wand und hieb dann mit meiner Faust pausenlos und wie verrückt auf die Wand ein.

Ich weiß nicht, wie lange ich das gemacht habe, aber als der Schmerz unerträglich wurde und ich meine blutige Faust sah, hörte ich auf.

Ich brach zusammen, weinte wie ein kleines Kind und schämte mich für das, was ich gerade getan hatte.

Als ich wieder in ihre Augen schaute, war der Zorn nicht mehr da, stattdessen war da nur noch Mitleid.

Mitleid für einen Menschen, den ich einmal geliebt hatte.

Ich liebte sie immer noch, ja, aber dies wich mehr und mehr dem Wunsch, das sie bald erlöst wurde.

Kein Mensch kann ermessen, wie unerträglich und schlimm es ist, wenn man in solch eine Situation kommt.

Ja, ich weiß, viele würden sagen: *Ich kann mir vorstellen, wie du fühlst* oder *wir sind bei dir, du bist nicht allein*, aber das ist Schwachsinn.

Ja, sie waren da; aber nur für sie.

Die Ärzte, die Schwestern, die Familie und die Freunde, alle umsorgten sie und halfen dort, wo es mangelte, aber wo blieb ich?

Außer einem mitleidigen Blick oder ein Schulterklopfen, gepaart mit einem *es tut mir leid*, erhielt ich nichts.

Wo aber sollte ich mit meinen Ängsten, Sorgen und Nöten hingehen? Wer unterstützte mich in dieser Zeit? Niemand.

Auch ich hatte Gefühle.

Dieses Schreckensszenario dauerte jetzt schon über 9 Monate und in dieser Zeit war noch keiner zu mir gekommen und hatte mich danach gefragt, wie es mir ging. Auch ich brauchte Wärme und Geborgenheit und ich sehnte mich nach ihrem Körper. Es ging mir nicht um das Sexuelle, nein im Gegenteil, ich wollte sie einfach nur spüren, sie berühren und sie streicheln.

Aber wir wussten beide, dass es soweit nie mehr kommen würde.

Nie mehr.

In den letzten Tagen flüchtete ich immer öfters, ohne sie dabei zu vernachlässigen. Als sie abends schlief, schlich ich mich heimlich aus dem Haus und suchte nach Zerstreuung, doch egal was ich auch tat, es gelang mir nicht. Ständig musste ich an sie denken und immer mehr und mehr beschlich mich das Gefühl, ich würde sie im Stich lassen.

Tat ich das?

Ich wusste es nicht, nur eines wurde mir klar. Wenn ich noch länger bei ihr sein musste, dann würde ich langsam aber sicher zugrunde gehen.

Ich wanderte durch die nächtlichen Straßen und kam durch Gebiete, die ich noch nie gesehen hatte. Prachtvolle Gebäude und noch schönere Gärten säumten die Straßen und in einem kurzen Moment wünschte ich, ich wäre dort Zuhause. Als ich weiterging, sah ich plötzlich vor mir ein Haus stehen, aus dem im obersten Stock ein Licht im Fenster brannte. Obwohl es nichts Außergewöhnliches war, blieb ich stehen und starrte gebannt darauf. Wie wenn ich es gewusst hätte, kam eine Frau zum Vorschein. Sie sah wunderschön aus. Mit ihren schulterlangen schwarzen Haaren, sah sie bezaubernd aus und in diesem Moment wusste ich, dass sie meine Bestimmung war.

Erstarrt schaute ich zu ihr hinauf und als ich in ihre Augen blickte, war es um mich geschehen.

Ich weiß nicht, wie lange ich dort gestanden habe, aber plötzlich zog sie den Vorhang zu und verschwand.

Ich war wie verzaubert.

In den nächsten Wochen ging ich jeden Tag zu ihr und schaute ihr zu, wie sie aus dem Fenster starrte.

Wie sie mich anschaute und mich einlud, zu ihr zu kommen.

Aber noch traute ich mich nicht.

Wenn ich diesen Schritt wagte, würde es sich wie ein Verrat an meiner Frau anfühlen. Ich würde fremdgehen und ihr untreu werden, und das wollte ich nicht.

Aber ihre Augen zogen mich magisch an.

Sagten zu mir:

„Komm zu mir und ich bringe dir Labsal und Wärme".

Es war ein Donnerstag, als sich der Zustand meiner Frau verschlechterte. Ein Krankenhausaufenthalt würde bald nicht mehr zu vermeiden sein und in Gedanken malte ich mir diese Situation aus. Die andere Lunge war nun auch vom Krebs befallen und würde nicht mehr lange ihre Funktion erfüllen. Ich wusste es ja, aber zu akzeptieren, dass es bald zu Ende ging, wollte und konnte ich nicht.

Noch nicht.

Aber es sollte alles ganz schnell gehen.

Die Ärzte meinten, vielleicht noch zwei Wochen bis die Lunge kollabierte, dann wäre es soweit.

Ich wollte es nicht wahrhaben und als sie wieder gingen, flüchtete ich.

Ich rannte durch die Straßen, auf dem Weg zu ihr. Diesmal würde ich zu ihr gehen.

Als ich sie am Fenster erblickte, sagten mir ihre Augen etwas anderes:

„Du bist noch nicht soweit".

Doch ich ignorierte es, rannte die Treppen hoch und klingelte an ihrer Tür.

Doch es machte keiner auf.

Sie zierte sich noch, waren meine Gedanken, doch ich ließ nicht locker. Ich klingelte und klingelte und klingelte, doch sie kam nicht zur Tür.

Ich wollte gerade gehen, als eine ältere Dame aus der gegenüberliegende Wohnung kam und mich ansprach.

„Junger Mann, was machen sie denn da?",

„Ich möchte zu dieser Frau", stotterte ich und zeigte auf die Tür.

Sie schaute mich entgeistert an.

„Kannten sie sie?", fragte sie mich.

Ich verstand nicht, was sie meinte und ging einen Schritt auf sie zu.

„Was meinen sie?".

„Na ich meine, sie ist doch schon lange tot", erklärte sie, „vor zwei Jahren. Ihr damaliger Freund, übler Bursche, hat sie einfach erstochen".

Ich starrte sie an und verstand immer noch nicht.

„Aber ich sehe sie doch jeden Tag am Fenster stehen", erklärte ich ihr, doch sie schüttelte mit dem Kopf.

„Ich weiß nicht, wenn sie da sehen, sicher aber nicht Helen".

Sie drehte sich mürrisch um und ging wieder in ihre Wohnung zurück.

Ich blieb fassungslos und schockiert zurück.

Du bist noch nicht soweit, hörte ich abermals ihre Worte in meinem Kopf.

In dieser Sekunde wusste ich, dass sie der Wahrheit entsprachen.

Ich verließ das Haus und machte mich auf den Rückweg.

Eine Woche später wurde meine Frau mit dem Notarztwagen in die Klinik gefahren. Als man sie eingehend untersucht hatte, prognostizierte man ihr noch zwei, vielleicht auch drei Tage zu leben.

Mehr nicht.

Bestürzt und mit dem Gefühl von der Welt verlassen zu sein, saß ich an ihrem Bett. Sie war an alle möglichen Maschinen angeschlossen und von überall her piepte und summte es. Ich weiß nicht, wie lange ich stumm und regungslos da gesessen habe, doch plötzlich hörte ich ganz tief in mir ihre Stimme.

Nun komm, sagte sie nur und ich folgte ihrer Stimme.

Ich war wenig später wieder vor ihrer Tür und obwohl es nicht sein konnte, machte sie mir auf. Als ich sie sah und ihre Schönheit erkannte, wusste ich, dass sie meine Erlösung war.

Sie umarmte mich und als ich sie spürte, fiel jegliche Belastung und Pein von mir herab.

„Du tröstet mich", sagte ich nur, dann vergrub ich meinen Kopf an ihren Brüsten.

„Ich weiß", antwortete sie und streichelte mein Haar.

Ich hatte keine Ahnung, wie lange wir so verweilten, doch plötzlich löste sie sich von mir und geleitete mich in die Wohnung. Sie war wunderschön, überall waren Blumen und elegante Möbel in den Zimmern verteilt. Wundervolle Bilder schmückten die Wände und ein betörender Duft lag in der Luft.

Ich schaute sie an.

„Bist du meine Erlösung?", fragte ich sie.

Ihre Augen trafen die meinen.

„Nur wenn du es willst", entgegnete sie.

Sie nahm mich an die Hand und geleitete mich zu dem Sofa, wo wir beide Platz nahmen.

„Du hast sicherlich viele Fragen. Stell sie mir", meinte sie auffordernd.

„Was bist du?", fragte ich.

„Ich bin eine Wandlerin", antwortete sie.

„Was ist eine Wandlerin?", fragte ich, konnte ich mir doch nichts darunter vorstellen.

„Als ich ermordet wurde, wollte meine Seele nicht in das Licht gehen. Ich war doch noch so jung, ich wollte noch nicht sterben. Seit dem wandle ich zwischen den Welten und warte auf den Tag, an dem ein verzweifelter Körper nach meiner Seele verlangt. Doch dies hat seinen Preis", erklärte sie.

Sie schaute mir tief in die Augen.

„Willst du den Preis bezahlen?".

„Was ist der Preis?", wollte ich wissen.

„Der Preis ist deine Frau", gab sie zur Antwort.

Ich erschrak und sie sah es sofort.

„Keine Angst", versuchte sie mich zu trösten, „es ist alles gut. Sie wird nicht sterben, ich werde an ihre Stelle treten und ihre Seele einnehmen, der Körper bleibt derselbe".

Sie kam mir näher.

„Willst du das?".

Ich wusste nicht, was ich machen sollte, doch je länger ich überlegte, desto näher würde der Tod meine Frau rücken. Ich hatte nicht mehr viel Zeit.

„Sie wird sich nicht mehr an mich erinnern, oder?", fragte ich nach.

„Nein, dieser Teil stirbt, aber ich verspreche dir, ich werde gut für dich sorgen. Ich werde mich bemühen, so zu sein, wie sie war. Du sollst nicht leiden".

Was hatte ich denn für eine Wahl?

Wenn ich ihr Angebot nicht wahrnehmen würde, würde

meine geliebte Frau sterben.

Aber was würde passieren, wenn ich ihren Preis zahlen würde?

Wäre es nicht so ähnlich, wie wenn meine Frau gestorben wäre?

Ich wusste es einfach nicht.

Und ich wusste nicht, wie ich mich entscheiden sollte.

Sie kam nochmals näher.

„Ich verstehe deinen Zweifel, doch solltest du mein Angebot nicht wahrnehmen, wirst du allein sein; und zwar für immer".

Ich blickte sie an.

„Ich weiß nicht", versuchte ich ihr verzweifelt zu erklären, „ich weiß es einfach nicht".

„Es ist deine Entscheidung".

Ich überlegte hin und her, wägte ab und nach endlosem Für und Wider hatte ich noch immer keine Entscheidung getroffen.

„Willst du mein Prinz sein?", fragte sie mich und ich verstand nicht, was sie damit meinte.

Sie sah mir meine Unwissenheit an.

„Es ist wie im Märchen. Du bist mein Prinz", meinte sie lächelnd, dann schaute sie mir tief in die Augen.

„Willst du mich wachküssen?".

Ihre Augen waren so tief wie ein Bergsee und als ich mich darin verlor, traf ich eine Entscheidung.

Ich kam ganz nah zu ihr, dann schloss ich meine Augen und küsste sie.

Es war nur ein kurzer Moment, als sich unsere Lippen berührten, dann plötzlich tauchten Lichtblitze vor meinen Augen auf. Ich schreckte zurück, dann fiel ich nach hinten. Immer noch mit geschlossenen Augen, bemerkte ich dennoch, wie sich etwas veränderte und als ich meine Augen wieder aufmachte, sah ich Erstaunliches.

Es war dunkel und ein Geruch nach Fäulnis lag in der Luft. Ich schaute mich um und konnte erkennen, dass in der Wohnung kaum Möbel standen. Nur einige wenige standen herum und die waren schon alle vermodert. Verwelkte Blumen und ausgedörrte Pflanzen standen herum und ich erkannte eine Wasserlache nahe der Wand.

Was war ich nur für ein Narr?

Welches Hirngespinst hatte mich da geritten?

Ich hatte mir alles nur eingebildet. Wirklich alles.

Ich stand auf und als ich mich im Schein der Straßenlaterne zur Tür bewegte, sah ich auf meine Uhr.

Es waren über drei Stunden vergangen, seit ich aus der Klinik geflüchtet war. Angefühlt hatte es sich für mich aber, als wären nur ein paar Minuten vergangen.

Ernüchtert ging ich zur Klinik zurück. Ich ging die Treppen hinauf und war froh, dass alles nur ein trügerischer Traum gewesen war. Als ich den Gang entlang lief, sah ich schon weitem die geöffnete Zimmertür, in der meine Frau lag.

Mir schwante Böses und es bewahrheitete sich.

Als ich in das Zimmer trat und das leere Bett sah, wurde mir schwer ums Herz.

Was hatte ich nur getan?

In der schwersten Stunde, die meine Frau zu bestehen hatte, war ich nicht bei ihr gewesen. Ich brach vor dem Bett zusammen und weinte bitterlich.

„Oh mein Gott", jammerte ich, „ich wollte dich nicht allein lassen, bitte verzeih mir".

Schluchzend vergrub ich meinen Kopf unter den Armen, als ich plötzlich eine Hand auf meiner Schulter spürte.

Obwohl es nicht sein konnte, wusste ich, wer da war.

„Hallo mein Prinz", sagte sie nur.

Zweite Chance

Er saß zusammen gesunken auf seinem Stuhl, den Kopf
unter seinen Händen begraben. Vor ihm lag ein noch
geschlossener Brief.
Der Brief, auf den er schon so lange gewartet hatte.
Endlich war er angekommen, aber er hatte Angst.
Angst davor, ihn zu öffnen und dann lesen zu müssen,
dass sie seinen Antrag abgelehnt hatten.
Er wollte doch nur eine zweite Chance erhalten, mehr
nicht. Sie mussten ihm einfach stattgegeben haben, etwas
anderes hätte er nicht ertragen können.
Es war nun schon über 25 Jahre her, als die Tragödie
ihren Anfang nahm. Er war mit seinem Auto unterwegs,
als das Unglück geschah. Es war schrecklich und nicht in
Worten auszudrücken, was er empfand, aber es wurde

nur noch schlimmer. Die folgenden Wochen würden die schrecklichsten werden, die er je in seinem Leben erfahren musste. Gequält von Alpträumen und Schuldgefühlen, wartete er auf seinen Prozess und obwohl er unschuldig war, verurteilten sie ihn.

Als er ins Gefängnis kam, war er 26 Jahre alt, heute war er 51.

Alles was er sich davor erarbeitet und verdient hatte, zerbrach in abertausenden Stücke. Seine Frau hatte ihn verlassen und das gemeinsame Kind hatte er in der gesamten Gefängnisstrafe nicht ein einziges Mal gesehen. Sein Haus wurde versteigert und sein gesamtes Vermögen wurde gepfändet, nachdem die Angehörigen des Opfers ihre Schadenersatzansprüche geltend gemacht hatten.

Er war bettelarm, lebte in einer kleinen heruntergekommenen Sozialwohnung und seine Aussichten auf ein besseres Leben waren in weiter Ferne gerückt.

Er konnte sie alle verstehen.

Er war derjenige, der dies alles verursacht hatte.

Deshalb hatte er auch den Antrag auf eine Rückführung gestellt.

Vor über zwei Jahren hatte er beim zuständigen Amt die Unterlagen dafür ausgefüllt. Sie wollten viel wissen, z.B. was die Beweggründe dafür waren und was er mit seinem neuen Leben anfangen würde und wie er zukünftig damit umgehen wollte.

Viele Fragen die er gerne beantwortete, denn er hatte einen Grund.

Einen sehr guten.

Er wollte wieder gutmachen, was er verbockt hatte, um sein Leben zurück zu bekommen.

Er starrte immer noch auf den Brief und in Gedanken kamen ihm wieder die Ereignisse dieses verhängnisvollen Tages.

Der dumpfe Schlag, das Schreien und dann das schmerzerfüllte Weinen.

Er schüttelte den Kopf, dann hämmerte er mit der Faust auf den Tisch ein.

„Ich wollte das nicht", kreischte er, dann begann er zu weinen.

27.08.1998-27.08.1998-27.08.1998-27.08.1998

Immer wieder schüttelte er mit dem Kopf, so als ob er damit dieses schreckliche Datum vertreiben konnte, doch es half nichts. Es blieb festgebrannt in seinem Gedächtnis und es würde solange da bleiben, bis er dies alles irgendwie wieder beheben konnte.

Am 27.08.1998 um 11:37 Uhr war mein Leben zu Ende, dachte er.

Er beruhigte sich wieder, dann nahm er mit zittrigen Händen den Brief in die Hand.

„Bitte", flehte er.

Er riss den Brief auf und legte das Kuvert auf die Seite, dann entfaltete er ihn.

Sein Herz pochte und für einige Sekunden hielt er den Atem an.

Als er die wenigen Zeilen las, huschte ein Lächeln über seine Lippen.

Sehr geehrter Herr Collins,

ich darf Ihnen die erfreuliche Mitteilung machen, dass Ihrem Antrag auf Rückführung stattgegeben wurde.

Wegen den weiteren Einzelheiten und dem Ablauf des Verfahrens darf ich Sie an Ihren zuständigen Sachbearbeiters verweisen.

Er wird sie über alles Weitere unterrichten.

Hochachtungsvoll

Gordon Miles

Er schloss die Augen, dann brach die ganze Anspannung aus ihm heraus.

„Danke, Danke", schrie er, dann sprang er auf und fiel auf seine Knie.

Endlich konnte er seine Schuld wieder gutmachen.

Einige Tage später bekam er wieder Post. Sein Sachbearbeiter hatte ihm einen Termin mitgeteilt, an dem er bei ihm vorstellig werden sollte. Alle dafür notwendigen Unterlagen sollte er mitbringen.

Er hatte sie schon seit Monaten parat.

Gesundheitszeugnis. Psychologisches Gutachten und ein Bericht von seinem Bewährungshelfer, indem ihm seine vorbildliche Führung attestiert wurde, dann noch etliche andere Nachweise.

Am genannten Termin war er pünktlich und kaum hatte er auf dem Flur Platz genommen, als er von seinem Sachbearbeiter, Mr. Fletcher ins Zimmer gerufen wurde.

„Guten Morgen, Mr. Collins, bitte kommen sie rein". John nickte ihm freundlich zu, dann ging er in das Zimmer und nahm auf einem Stuhl Platz, den ihm Mr. Fletcher anbot.

Der wiederrum setzte sich in einen Sessel, der John genau gegenüber stand, dann holte er eine Akte aus seinem Schreibtisch hervor.

„So Mr. Carter, wollen wir mal sehen".

Er durchblätterte die Akte, dann holte er ein Schriftstück hervor, das er eingehend studierte. An seiner

Mimik war nichts zu erkennen, nur ein Murmeln konnte John vernehmen.

Endlose Sekunden später nickte Mr. Fletcher wieder.

„Hervorragend", sagte er nur, dann stand er wieder auf und ging zu einem Schrank. Im Nu hatte er verschiedene Papiere hervor geholt und kam damit wieder zurück.

„Okay, Mr. Collins, dann fangen wir mal an. Haben sie alle Papiere dabei?".

John kramte in seiner Aktentasche und holte die entsprechenden Schriftstücke hervor, dann übergab er sie ihm.

„Hier bitte. Alles ist in Ordnung, ich meine, ich habe die Unterlagen so besorgt, wie sie es mir gesagt haben".

Fletcher lachte und nahm sie entgegen.

Wieder vergingen Sekunden, während denen Fletcher die Papiere durchlas. Ein Lächeln formte sich auf seinen Lippen, dann legte er die Papiere in die Akte.

„Sehr gut, dann können wir einen Termin ausmachen", meinte er nur.

Auch John lachte.

Bald wird alles wieder gut werden.

„Bevor wir den Termin machen, muss ich sie noch auf einiges hinweisen".

Er gab ihm die zuvor geholten Papiere.

„Dies ist zum Beispiel das Papier, das bestätigt, dass sie uns von allen rechtlichen und gesundheitlichen Risiken, die die Rückführung mit sich bringen kann, entbinden. Jegliche Nachforderungen, Schadenersatzansprüchen und eventuelle Schmerzensgeldforderungen können in der Zukunft, sowie in der Vergangenheit nicht mehr geltend gemacht werden. Des Weiteren ist hier das Schriftstück, das ihnen drei Tests ermöglicht. Anhand der Ergebnisse können sie selbst frei wählen, welchen sie bevorzugen. Ein weiterer Test ist nicht möglich".

Er schaute ihn eindringlich an.

„Mr. Collins, habe sie das alles verstanden?".

John nickte.

„Gut, dann bitte".

Er reichte ihm die Schriftstücke.

John nahm die Papiere entgegen und ohne sie durchzulesen, unterschrieb er sie.

„Hier", sagte er nur, dann reichte er sie ihm wieder zurück.

Fletcher lachte.

„Sie sind einer von der schnellen Sorte, das gefällt mir".

Er nahm die Papiere, überflog sie rasch noch einmal, dann legte er sie hin.

„Okay, noch Fragen?".

„Wann geht es los?", antwortete er mit einer Gegenfrage.

„Wann sie wollen".

„Gut, dann jetzt sofort".

Fletcher nickte und stand wieder auf. Er ging wieder zu dem Schrank, dann nahm er den schon vorbereiteten Ausweis daraus hervor.

Er ging zu John, dann übergab er ihm ihn.

„Hier, nehmen sie ihn, damit stellt ihnen keiner mehr dumme Fragen. Ihr behandelnder Arzt ist Dr. Wilson. Seine Zimmer-Nummer ist 3046. Ich werde ihn anrufen und sagen, dass sie in den nächsten Minuten kommen".

Er nahm wieder Platz, dann heftete er die Unterlagen fein säuberlich in die Akte und nahm den Telefonhörer in die Hand

John stand auf, dann ging er zur Tür. Als er schon fast draußen war, hörte er noch einmal Fletcher sprechen.

„War es damals wirklich so schlimm?", wollte er wissen.

Ohne ihn anzusehen, nickte John.

„Tut mir Leid für sie. Ich wünsch ihnen viel Glück",
meinte er und John spürte, dass er es ernst meinte.

Er verließ das Zimmer und machte sich daran, das
Zimmer von Dr. Wilson zu suchen. An einer
Informationstafel entdeckte er seinen Namen. Er war im
gleichen Gebäude und als er den Aufzug nahm, war er
innerhalb von wenigen Minuten bereits vor seiner Tür.

Er wollte gerade anklopfen, als er plötzlich Angst
bekam. Jahrelang hatte er darum gekämpft, diese Chance
zu bekommen, doch jetzt bekam er Zweifel. Würde alles
gut gehen und so funktionieren, wie er es sich gedacht
hatte? Wäre es nicht besser, die Vergangenheit einfach
ruhen zu lassen und mit Zuversicht und Mut in die
Zukunft zu schauen? Was würde passieren, wenn er
erneut scheitern würde und sich alles noch einmal
wiederholen würde? Würde er das alles noch einmal
verkraften können?

Fragen über Fragen, die auf ihn einstürzten.

Aber es gab noch mehr Fragen, die ihn beschäftigten.

Die Tests würden ja erst stattfinden, aber er hatte schon
so vieles darüber gehört. Anhand dieser Tests konnten
sie feststellen, zu welchen Zeitpunkten sie ihn in die
Vergangenheit zurückführen können. Die meisten hatten
Glück und konnten in jede Zeit zurückkehren, aber es
gab auch einige, bei denen es nicht so einfach war. Auch
die Zeitspanne, die ihnen zur Verfügung stand, war ein
Thema. Viele hatten die Möglichkeit, sich ausreichend
vorbereiten zu können, andere wiederrum hatten nur
wenige Sekunden.

Wie würde es bei ihm sein?

Würde die Zeit ihm genügend Spielraum geben?

Könnte er wirklich das wieder zusammenkitten, was

durch seine Schuld auseinandergerissen worden war?

Nicht nur die Vergangenheit quälte ihn, auch die Ungewissheit.

Es brachte nichts, sich über das alles Gedanken zu machen, denn im Innersten wusste er, er würde diesen Schritt wagen und …

… die Tests würden zeigen, welche Möglichkeiten er hatte.

Er klopfte an.

„Herein", erklang eine Stimme.

John trat ein und als er den kleinen Mann an dem Schreibtisch sah, wurde ihm wieder etwas mulmig.

„Mein Name ist Collins, John Collins", stotterte er leicht.

„Bitte, kommen sie herein. Mr. Fletcher hat mich gerade angerufen. Bitte, nehmen sie Platz".

Er war sehr freundlich und John nahm auf dem Stuhl Platz.

„So, Mr. Collins, dann wollen wir mal sehen. Die Papiere scheinen ja alle in Ordnung, so wie mir Mr. Fletcher am Telefon erklärt hat. Dann wollen wir mal sehen, was die Tests ergeben".

Er stand auf und kam zu ihm.

„Bitte kommen sie mit".

John stand ebenfalls auf und folgte dem Doktor.

Dr. Wilson öffnete eine angrenzende Tür, die in den Untersuchungsraum führte. Er war vollgestopft mit allen möglichen Apparaturen und Maschinen, an denen kleine bunte Lichter leuchteten. In der Mitte stand ein Stuhl, der genauso aussah, wie er ihn von seinem Zahnarzt her kannte. Es gab nur einen kleinen Unterschied. Am Kopfende des Stuhles war ein kleines Gehäuse angebracht, das oval und die Rundung eines halben

Balles hatte. Innerlich musste er trotz der Anspannung schmunzeln, denn dieses Gehäuse erinnerte ihn an etwas. Er hatte früher oft seine Mutter zum Frisör begleitet. Wenn sie sich ihre Haare hatte machen lassen, wurde sie auch immer unter ein Gerät gesteckt, dass ihre Dauerwelle gemacht hatte. Genauso sah dieses auch aus.

Aber es gab noch einen kleinen Unterschied. An diesem hingen kleine, rote Drähte herab, an deren Enden Saugnäpfe befestigt waren.

Der Doktor wies ihn an, auf dem Stuhl Platz zu nehmen, dann ging er an einen kleinen Tisch, auf dem eine Sprechanlage stand.

Er drückte auf den blauen Knopf.

„Ich brauch hier zwei Leute", sagte er nur, dann wandte er sich wieder ihn zu.

„Dann lassen sie uns anfangen", meinte er. „Ich will ihnen nur kurz den Ablauf erklären. Ich werde ihnen, sobald wir sie auf den Stuhl festgeschnallt haben, eine Injektion geben. Es ist nur ein schwaches Sedativum, aber es reicht aus, sie in einen Schlafzustand zu versetzen, damit die Maschine alles aufzeichnen kann. Es ihnen genau zu erklären, wie sie funktioniert und warum sie es kann, macht keinen Sinn. Ich selbst weiß es auch nicht, aber es geht".

Er lachte.

„Wie auch immer. Der Ablauf ist folgender. Sobald das Medikament wirkt, zeichnet die Maschine jede Sekunde ihrer Vergangenheit auf und errechnet anhand der Daten einen möglichen Rückführungspunkt. Anhand dieses Punktes ist es uns dann möglich, sie genau wieder zu diesem Zeitpunkt zurück zu schicken. Wir machen diese Tests genau dreimal. Sobald wir fertig sind, haben sie eine Woche Zeit, sich einen Termin auszusuchen. Sollten

sie diese Frist verstreichen lassen, gibt es keine
Möglichkeit mehr, diesen Test zu wiederholen. Haben
sie alles verstanden?".

Der Doktor schaute ihn fragend an.

„Ja, ich bin soweit".

„Gut", antwortete der Doktor.

Er ging an einen Schrank, dann holte er ein kleines
Fläschchen hervor und eine Spritze. Er kappte die Spitze
der Ampulle, dann zog er die Flüssigkeit in die Spritze
hinein. Er war gerade fertig, da öffnete sich die Tür.
Zwei Männer in weißen Kittel kamen herein und gingen
wortlos zu ihm.

John wurde an dem Stuhl festgeschnallt, dann ging einer
von ihnen an das Kopfende und stülpte ihm das
dauerwellenähnliche Gerät über den Kopf. Als er damit
fertig war, positionierte er die Drähte an ihm. Jeweils
eines davon wurde an seine Schläfen angebracht, die
zwei anderen rechts und links an seiner Schlagader. Nach
wenigen Sekunden war er fertig.

Der andere Mann hatte sich in der Zwischenzeit auf
einen Stuhl gesetzt und tippte verschiedene Befehle in
einen Computer ein. Er hackte wie wild darauf ein, dann
hob er plötzlich den Arm.

„Ich bin soweit", sagte er.

Dr. Wilson kam zu John.

„Sie werden nichts spüren, das verspreche ich ihnen.
Sie werden wie bei einer Narkose langsam müde werden
und dann einschlafen. Vielleicht, aber nur vielleicht,
werden sie sich später daran erinnern können, was
gerade abgelaufen ist. Einige sagen, sie hätten ihre ganze
Vergangenheit gesehen und hätten es als sehr schön
empfunden. Ich würde es ihnen wirklich wünschen",
sagte er.

John wünschte es sich lieber nicht, aber behielt dies für sich.

„Okay, wenn sie soweit sind, würde ich gerne anfangen".

John sagte nichts, sondern nickte nur.

„Gut. Phillips, wir können", meinte Dr. Wilson, dann spritzte er John die Flüssigkeit in den Arm.

Zuerst merkte er nichts, dann aber umfing ihn der Mantel der Müdigkeit. Es dauerte nur Sekunden, dann war da nur noch Schwärze. Gott sei Dank gehörte er nicht zu den Glücklichen, die vor ihrem geistigen Auge ihre gesamte Vergangenheit sehen konnten. Für ihn war alles nur dunkel und undurchsichtig.

Nach weniger als zwei Minuten, wachte er wieder auf. Schläfrig öffnete er seine Augen, dann sah er das Gesicht des Doktors schon vor sich auftauchen.

„Schon vorbei", meinte Dr. Wilson, dann ging er von ihm weg.

Er ging zu Phillips, der ihm bereits einen Ausdruck der Ergebnisse zu streckte. Er nahm sie entgegen, dann schüttelte er unschlüssig den Kopf.

John sah dies und in diesem Moment wurde ihm leicht übel. Das Gesicht des Doktors verhieß nichts Gutes.

Dr. Wilson kam wieder zu ihm.

„Hm, Mr. Collins. Keine guten Nachrichten. Wir haben leider nur einen Rückführungstermin für sie gefunden", erklärte er, dann sprach er weiter, „aber keine Sorge, das haben wir schon oft erlebt. Wir haben ja noch zwei Tests".

John nickte immer noch schläfrig.

Dr. Wilson holte erneut eine Ampulle aus seinem Schrank. Nach wenigen Sekunden war er wieder bei John.

„Okay, zweiter Versuch. Sind sie soweit".

John nickte.

„Dann los".

Wieder umhüllte ihn Schwärze und als er aus dieser wieder erwachte, sah er den Doktor wieder mit dem Kopf schütteln. Diesmal aber verfinsterte sich sein Gesicht.

„Sehr ungewöhnlich, Mr. Collins, aber leider haben wir dasselbe Ergebnis, wie vorher. Wieder nur einen Termin".

John wurde übel und er dachte, er müsste sich gleich erbrechen, dann aber beherrschte er sich wieder.

„Wir haben doch noch einen Test, oder?", fragte John mühsam.

Dr. Wilson nickte.

„Ja, keine Sorge. Wie gesagt, sehr ungewöhnlich und selten, aber keine Ausnahme. Ich bin mir sicher, jetzt wird es anders werden. Ich bin gleich wieder bei ihnen".

Er ging fort und war nach wenigen Sekunden wieder mit einer Spritze da.

„Also gut, auf ein Letztes", meinte Dr. Wilson, dann war die Flüssigkeit auch schon in Johns Arm verschwunden.

Wie die zwei vorherigen Male schon, schlief John sofort wieder ein und als er wenige Minuten später wieder erwachte, hörte er den Doktor schon aufgeregt schimpfen.

„Wie kann das sein?", schrie er Phillips an.

„Keine Ahnung, aber ein Fehler ist ausgeschlossen. Die Maschine arbeitet einwandfrei, ich habe alles überprüft, es stimmt einfach", erklärte er.

Dr. Wilson antwortete nicht, sondern zeigte auf John. Phillips und der andere Mann lösten die Fesseln, die

Johns Hände umgriffen, dann halfen sie ihm aus dem Stuhl.

John taumelte und wäre fast umgefallen, doch die Männer hielten ihn fest. Ihm war immer noch schlecht und dazu fühlte er sich, als wäre er sturzbetrunken. Alles um ihn herum drehte sich und er konnte sich kaum auf den Füßen halten. Und dazu noch diese pochenden Kopfschmerzen. John hatte das Gefühl, als würde sein Kopf platzen, wenn sie nicht bald aufhören würden.

„Bringt ihn in mein Zimmer und gebt ihm das Gegenmittel", sagte der Arzt erbost.

Sie geleiteten John auf den Stuhl, dann reichte ihm Phillips ein Glas, in dem eine rötliche Flüssigkeit war.

„Los, trinken sie. Das wird ihnen helfen", meinte er nur, dann verschwand er mit dem anderen Mann aus dem Zimmer.

John trank das ganze Glas leer und innerhalb weniger Sekunden verflog das taumelnde Gefühl. Er rieb sich mit einer Hand über die Stirn. Die Kopfschmerzen waren zwar immer noch da, aber kein Vergleich mehr zu denen, wie die er zuvor gehabt hatte. Auch das Benommenheitsgefühl und die Gleichgewichtsstörungen waren nun besser.

Dr. Wilson kam nun auch in das Zimmer.

Sein Gesichtsausdruck verhieß nichts Gutes.

„Wie geht es ihnen?", fragte er fürsorglich.

John sah ihn nur an.

„Okay, ich sehe, es geht. Ich möchte ihnen gleich reinen Wein einschenken, alles andere würde nichts bringen. Es tut mir leid ihnen mitteilen zu müssen, dass wir nur einen Termin für sie haben, an dem wir sie zurückführen können".

Er schaute ihn mitleidig an.

John ignorierte die Geste.

„Welchen?", fragte er nur.

Ihm schwante Fürchterliches.

„Ich muss ihnen sagen, dass die Maschine einwandfrei funktioniert hat. Unsere Fehlerquote liegt bei 0 %, das heißt, auch bei ihnen ist uns kein Fehler unterlaufen. Sie müssen wissen, dass wir …".

John unterbrach ihn.

„Sagen sie mir einfach den Termin".

„Gut, wie sie wünschen".

Dr. Wilson gab ihm den Ausdruck, den die Maschine ausgespuckt hatte.

Als John den Zettel in die Hand nahm und das Datum las, zog sich alles in ihm zusammen.

Mit dem Kopf schüttelnd, sah er zum Doktor auf.

„Das kann nicht sein", rief er mit Tränen in den Augen.

„Es tut mir Leid, Mr. Collins, aber einen anderen Termin kann ich ihnen leider nicht geben", erklärte er.

John zerknüllte wütend den Zettel, dann stand er auf. Er war schon im Begriff zu gehen, als Dr. Wilson ihn noch einmal ansprach.

„Es gibt noch etwas, dass sie wissen müssen. Es ist einfach unerklärlich, warum es nur bei ihnen so ist, aber leider ist es so. Wir sprechen immer von einem Zeitfenster, dass jeder Rückführende hat. Bei weinigen sind es Tage, bei den meisten Stunden oder sogar nur Minuten, in denen sie sich auf die neue Zeit vorbereiten können. Viele haben davon berichtet, dass sie sich in einem leeren Raum vorgefunden hatten und einfach warteten, bis die Zeit sie eingeholt hatte".

Er hörte auf, dann sah er betroffen nach unten und atmete laut auf.

„Aber bei ihnen, ich weiß nicht, wie es ich ihnen sagen

soll", meinte er und schüttelte verzweifelt mit dem Kopf.
Er stand auf, ging zu John und legte ihm die Hand auf die Schulter.

„Mein lieber Freund. Wenn sie am 27.08.1998, um 11:37 Uhr in ihre Vergangenheit zurückkehren, haben sie 8 Sekunden, bis die Zeit sie wieder einholt".

Es traf ihn wie ein Donnerschlag und im ersten Moment realisierte er gar nicht, was Dr. Wilson ihm da offenbarte, aber nach und nach verstand er, was das für ihn bedeutete.

Das Schicksal war grausam zu ihm und …

… es war ihm nicht wohlgesonnen.

Er hatte für etwas gebüßt, was jedem andere auch hätte passieren können, dass war aber nicht das eigentliche Problem. Er hatte eine neue Chance verdient, so wie die anderen auch. Er wollte wieder gutmachen, was er angerichtet hatte, aber was hielt sein Schicksal für ihn bereit?

Es schickte ihn genau dahin zurück, wo alles angefangen hatte und gleichzeitig sein Leben endete.

Er war fertig mit der Welt und kein Zuspruch konnte ihn trösten. Wütend stand er auf, dann ging er zur Tür.

„Mr. Collins, halt, warten sie", rief Dr. Wilson ihm hinterher.

John drehte sich noch einmal um.

Dr. Wilson kam auf ihn zu.

„Auch wenn es jetzt unsensibel klingt, aber ich muss wissen, ob sie den Zeitsprung machen wollen oder nicht".

John schaute ihn an.

Zuerst wusste er nicht, was er sagen sollte. Alles war so ungerecht und auch unbegreiflich. Erst bot sich ihm endlich eine Chance, dies ungeschehen zu machen, dann

offenbarte ihm die Maschine nur diesen einen Termin.
Er musste sich erst Gedanken darüber machen.

„Ich habe doch eine Woche Zeit, oder?", fragte er ihn,
obwohl er wusste, das es so war.

„Sicher, aber natürlich. Eine Woche, aber ich könnte sie
ja jetzt schon eintragen. Also nur, wenn sie es genau
wissen. Sie müssen wissen, unsere Termine sind immer
sehr begrenzt, ich würde bei ihnen aber eine Ausnahme
machen und sie überall hinein nehmen. Sie müssen mir
nur sagen, wann, dann reservier ich ihnen den Termin".
John erkannte sofort, was er damit meinte. Obwohl Dr.
Wilson nichts dafür konnte, war er so nett und half ihm,
soweit er nur konnte. Viel war das nicht, aber was sollte
er schon tun.

„Ich danke ihnen, Dr. Wilson, ich melde mich dann",
sagte John, dann ging er.

Dr. Wilson schaute ihm noch nach und als sich die Tür
hinter John schloss, ließ er sich schwer auf den Sessel
fallen.

„Armer Kerl", sagte er nur, dann klingelte das Telefon.

John irrte ziellos durch die Straßen und als die
Dunkelheit den Tag vertrieb, kehrte er in sein kleines
Zimmer zurück.

Er wusste nicht, wie lange er noch wachte und über das
Geschehene nachdachte, doch irgendwann bemächtigte
sich seiner der Schlaf. Traumlos glitt er in ihm hinab und
als der Morgen graute und er wieder erwachte, fasste er
einen Entschluss:

Er würde es wagen.

Die nächsten Tage recherchierte er im Internet, befragte
unzählige Reisende und durchforstete die Büchereien.
Alles was er erfahren konnte, schrieb er nieder. Was ihn
aber am meisten interessierte, waren die Berichte

derjenigen, die nahezu in der gleichen Lage gewesen waren, wie er. Er fand einen Mann, der vor 5 Jahren in die Vergangenheit gereist war. Er erzählte John, dass er noch drei Minuten gehabt hatte, um sich auf die neue Zeit einzustellen. Er und noch zwei andere hatten vor 20 Jahren eine Bank überfallen und hatten einen Kassierer schwer verletzt. Der Mann überlebte nur knapp, blieb aber zeitlebens ein Krüppel. Es machte ihm schwer zu schaffen, auch die Haftstrate, die er abzusitzen hatte, zerstörte alles, was noch gut an seinem Leben gewesen war. Als er wieder entlassen wurde, hatte er auch einen Antrag auf Rückführung gestellt und der wurde ihm genehmigt, weil er Reue zeigte und seinen Fehler wieder gut machen wollte.

Als er wieder in die Zeit zurückkehrte und im leeren Raum auf seine neue Chance wartete, wusste er trotz der kurzen Zeit, was er tun musste. Als die Zeit ihn einholte, wandte er sich gegen seine Kumpels, entwaffnete sie und machte sich dann daran, so schnell wie möglich aus der Bank abzuhauen. Es klappte alles so, wie er es sich vorgestellt hatte. Seine Kumpels wurden zwar verhaftet und auch er wurde verdächtigt, mit dabei gewesen zu sein, aber aus irgendeinem Grund, wurde er wieder freigelassen. Später hatte er erfahren, dass die wenigen Bediensteten in der Bank ihn wohl erkannt hätten, ihn aber aufgrund seines Verhaltens ihnen gegenüber nicht verraten hatten.

Was aber am wichtigsten für ihn war, der Kassierer wurde nicht verletzt und das war alles, was er wollte.

John hörte seine Geschichte, aber dieser hatte drei Minuten und nicht 8 Sekunden, so wie er. Was sollte er in dieser kurzen Zeit denn anders machen?

Es blieb ihm keine andere Wahl, als zu üben und die

Situation so nachzustellen, wie sie in Wirklichkeit stattgefunden hatte.

Er lieh sich das Auto eines Bekannten aus, dann spielte er immer und immer wieder die Begebenheit nach.

Bestürzt musste er feststellen, dass kein einziger Versuch klappte und Hoffnungslosigkeit machte sich bei ihm breit.

Wäre es nicht doch besser, er würde dies alles dabei bewenden lassen?

Die Vergangenheit ruhen lassen?

Als er darüber nachdachte, glitten seine Erinnerungen an jenen Tag zurück, an dem sich die Tragödie ereignet hatte.

Als er die Augen schloss, sah er ihre Augen, dann die Schreie und das Weinen.

Aber er sah noch etwas viel Schrecklicheres.

Das Röcheln und das viele Blut.

Es schauderte ihn.

Was blieb ihm denn noch für eine Wahl?

Er musste es riskieren, denn noch hatte er eine Option. Eine letzte.

Die Tage vergingen, in denen er immer noch übte und als die Verzweiflung immer größer wurde und er merkte, wie sinnlos dies alles war, ließ er es sein. Er würde es nie schaffen, egal ob 8 Sekunden oder selbst drei Minuten.

Am Tag darauf rief er Dr. Wilson an.

„Ja, Hallo?", meldete sich dieser.

„Dr. Wilson, hier ist John Collins".

„John, Hallo, ich habe schon gedacht, sie melden sich gar nicht mehr. Haben sie sich entschieden?".

„Ja, wann haben sie Zeit?".

„Wann sie wollen".

John machte eine kurze Pause.

Wieder kamen die Zweifel, doch kurze Zeit später waren sie wieder verschwunden.

Er ließ sich nicht mehr beirren.

„Morgen?", fragte er.

„Gut, wäre ihnen 12.00 Uhr recht?".

„Okay, ich bin da. Muss ich irgendetwas mitbringen?", fragte er noch, obwohl es wahrscheinlich nicht wichtig war.

Dr. Wilson wusste, wie John fühlen musste.

„Mut", antwortete er nur, dann legte er auf.

John hielt den Hörer noch lange in der Hand, dann geschah plötzlich eine Veränderung mit ihm. Die Zweifel und die Angst wichen und an ihre Stelle traten Unerschrockenheit und Beherztheit.

Er würde es machen, komme was wolle.

Er hatte eine Schuld zu begleichen, dies war größer und wichtiger, als sein gesamtes Leben. Wenn er diesen Schritt nicht wagen würde, würde er seines Lebens nicht mehr froh werden, dass wusste er. Was würde es für ein Leben sein, mit dieser Last auf den Schultern?

Ein trauriges und freudloses.

Die Würfel waren gefallen.

Er war sich seines Risikos bewusst, aber erst jetzt wusste er, seine Entscheidung war richtig.

Sein Schlaf in dieser Nacht war ruhig und trotz der Aufregung, war er mit sich im Reinen, denn er wusste nun, was zu tun war.

Als er bei Dr. Wilson anklopfte, war er euphorisch und gut gelaunt.

„Ah, John. Schön, dass sie gekommen sind", sagte er freundlich.

„Wir hatten ja einen Termin, oder?", meinte John lachend.

„Ja, den haben wir. Wollen wir gleich anfangen?", fragte der Doktor.

John stand auf.

„Je schneller, desto besser. Ich bin soweit".

„Sehr schön, aber wir müssen in die Zentrale. Ihr Rückführungstermin ist um 12:00 Uhr, wir haben also noch ein paar Minuten. Los, kommen sie mit".

Dr. Wilson stand ebenfalls auf, dann gingen sie gemeinsam aus dem Zimmer und gingen den Flur entlang.

Als sie dort so gingen, griff der Doktor nach seinem Arm.

„Sie müssen ganz ruhig sein und sich konzentrieren, dann klappt das schon", sagte er leise.

John nickte.

„Ich weiß".

Nach ein paar Minuten waren sie in der Zentrale angekommen. Es war ein riesiger Raum, in dem wieder viele unzählige Maschinen und Computer bis zur Decke standen. Links von sich sah er einige Männer in weißen Kitteln, die geschäftig umher liefen und ihrer Arbeit nachgingen. Er ging weiter hinein und fast in der Mitte des Raumes angelangt, sah er neben sich einen riesigen Spiegel, der von metallischen Armen eingefasst war.

Er ging einen Schritt darauf zu, dann spürte er plötzlich eine Hand auf seine Schulter.

„Das ist die Pforte", sagte Dr. Wilson.

Johns Herz pochte laut und Angst überfiel ihn. Er zitterte und Schweißtropfen bildeten sich an seine Lippen.

Dr. Wilson konnte wohl Gedanken lesen.

„Es ist okay, sie dürfen Angst haben. Jeder hat sie, aber sie werden sie gleich verlieren, versprochen".

Ohne eine Antwort zu geben, ging er weiter auf den Spiegel zu.

Er sah so schön und wunderbar aus. Als das Licht darauf fiel, sah er die wunderschönsten und fantastischsten Farben, die er je in seinem Leben gesehen hatte.

Aber er bemerkte noch etwas.

Plötzlich hörte er ein leises Klingeln und kurz darauf erklang eine Melodie. Als John sie hörte, fiel alle Angst von ihm ab. Sie war so rein, so schön und so makellos und als er ihr weiter zuhörte, wusste er es endgültig.

Seine Entscheidung war richtig.

John drehte sich um und schaute Dr. Wilson zufrieden an.

„Es ist wunderbar", sagte John nur, dann lachte er mit einer Träne im Auge.

„Ja, es ist ein Wunder".

John atmete tief ein, dann kam er auf ihn zu.

„Danke Dr. Wilson, sie waren mir eine große Hilfe".

Er streckte ihm die Hand zu.

Dr. Wilson erwiderte den Gruß, nun standen auch ihm Tränen in den Augen.

„Wollen wir?", fragte er dann.

„Ja", erwiderte John, „ich bin soweit".

Dr. Wilson führte ihn an einen Punkt, wo er kurz warten sollte. Er selbst verließ ihn kurz und ging zu einem Techniker, der an einem Computer saß.

John beobachtete ihn und sah, wie der Techniker kurz nickte, dann kam er wieder zu ihm zurück.

„Nur noch ein paar Minuten, die Maschine muss erst noch hochfahren", erklärte er.

John sah ihn an.

„Wie funktioniert er?", fragte er.

„Das weiß keiner. Das einzige, das wir wissen ist, das wir den Spiegel in Schwingung bekommen müssen. Wenn er eine gewisse Schwingung erreicht hat, verwandelt sich die harte und feste Spiegeloberfläche und wird zu einer weichen Masse, durch die man dann hindurchgehen und in der Zeit zurückreisen kann".

„Woher haben sie ihn?", fragte John wieder.

„Wir haben ihn im Irak gefunden. In einer Höhle, als wir Osama Bin Laden gesucht hatten, haben wir ihn entdeckt. Ich weiß nicht, wie er dahin gekommen ist, aber eines weiß ich gewiss: Er ist nicht von dieser Welt".

John glaubte es, denn als er nah genug am Spiegel war, hörte er leise, wie sein Namen gerufen wurde und eine Stimme erklang, die engelsgleich zu ihm sagte:

John, es wird alles gut werden. Hab keine Angst.

Er hatte keine Angst mehr, denn egal was nun auch geschehen sollte, er würde endlich Frieden und Ruhe finden.

„Wir können anfangen", sagte John mit einem Lächeln auf den Lippen.

„Gut, es wird gleich losgehen. Wenn es soweit ist, wird ihnen Megan ein Zeichen geben. Gehen sie einfach hindurch, alles andere wird sich ergeben", erklärte Dr. Wilson.

Plötzlich kam eine Frau zu ihm und gab ihm die Hand.

Sie schaute ihn aufmerksam an, dann runzelte sie die Stirn.

„Kennen wir uns? Ich habe das Gefühl, als hätte ich sie schon einmal gesehen", erklärte Megan.

Er schaute sie aufmerksam an und versuchte sich zu erinnern, aber die Frau war ihm unbekannt.

„Tut mir leid, ich kann mich nicht an sie entsinnen. Vielleicht verwechseln sie mich mit jemand anderem".

„Das wird es wahrscheinlich sein", meinte sie, „Okay, es ist ganz einfach, wenn ich ihnen ein Zeichen gebe, gehen sie einfach durch das Portal. Den Rest hat ihnen sicherlich Dr. Wilson bereits erklärt. Ich wünsch ihnen viel Glück".

Sie drehte sich von ihm ab und kehrte an ihren Platz zurück. Als sie wegging, grübelte sie noch immer.

Ich weiß, dass ich ihn kenne, aber woher?

John schaute ihr noch nach, dann wand er sich wieder Dr. Wilson zu.

Er gab ihm nochmals die Hand, dann verabschiedete er sich für immer von ihm.

John drehte sich um und wartete darauf, dass die Schwingungen den Spiegel veränderten.

Ein trommelndes Geräusch war zu hören, dann wurde es stärker und stärker, bis es seinen Höhepunkt erreicht hatte, dann flachte es plötzlich ab.

John starrte gebannt auf den Spiegel und er erkannte wellenförmige Bewegungen darin.

Es begann.

John blickte zu Megan, die immer noch abwartend da stand.

Ein hoher Summton entstand und John hörte trotz des großen Lärms die Melodie wieder.

„Sie ist so schön", sagte er leise.

Die Wellenbewegungen wurden immer schneller und schneller, bis sie urplötzlich verebbten und sich ein wässriger Schimmer auf dem Spiegel abzeichnete.

Jetzt war der Zeitpunkt gekommen.

John sah, wie Megan die Hand hob, dann ließ sie sie kurze Zeit später wieder sinken.

Das Zeichen, dass er nun reisen durfte.

Er ging die paar Schritte nach vorne, dann hielt er noch

einmal inne.

Ich mach alles wieder gut, dachte er.

Er atmete noch einmal tief ein, dann schloss er die Augen und tauchte in den Spiegel ein.

Kurz bevor er verschwand, schloss Megan die Augen.

Ich bin mir sicher, dass ich ihn kenne, aber woher?

Plötzlich fiel es ihr ein.

„Aber natürlich", rief sie, dann stürzte sie zu ihm.

„Halt, warten sie, ich muss ihnen noch etwas sagen. Sie haben mich …".

Es war schon zu spät.

John war schon auf der Reise.

Zuerst war da nur Schwärze, dann aber lichtete sich das Dunkel und Helligkeit umhüllte ihn. Er fühlte sich geborgen und sanft trug ihn das Licht in eine neue Zeit. Für wenige Sekunden genoss er dieses Gefühl, doch plötzlich raste ein Blitz auf ihn zu, der ihn für einen kurzen Moment blendete. Als er wieder sehen konnte, sah er sich in dem leeren Raum wieder.

Jetzt hatte er nur noch wenig Zeit.

Genau 8 Sekunden.

Er war aufgeregt und sein Herz pulsierte.

Ihm fielen die Worte von Dr. Wilson ein:

Ruhe bewahren und konzentrieren.

John befolgte seinen Rat.

Er konzentrierte sich und zählte in Gedanken die restlichen Sekunden runter.

6 …...… 5 …...… 4 …...… 3 …...… 2 …...… 1 …...…

Von einem Moment auf dem anderen saß er in seinem Auto.

Jetzt galt es.

Er hatte nicht mehr viel Zeit, gleich würde es passieren.

Er schaute nach rechts, dann sah er bereits den

Schatten.

John riss das Lenkrad nach links, aber es war schon zu spät. Er hörte und spürte, wie etwas gegen seinen Kotflügel prallte, dann sah er schon das silbrig glänzende Kinderfahrrad im hohen Bogen wegfliegen.

Und er sah noch etwas.

Einen Körper, der weggeschleudert wurde.

„NEIIIIIIIIIIIIIIIIIIIIIIIIN", schrie er.

Er versuchte noch zu bremsen, doch er war zu schnell. Wieder riss er am Lenkrad, dann krachte er an den Bordstein und überschlug sich.

Er wusste nicht, wie oft er sich überschlug, aber den Schmerz, der sich plötzlich in seiner Brust ausbreitete, bemerkte er sofort.

Es lief alles wie in Zeitlupe ab.

Er sah sich herumwirbeln und die Häuser und Autos, die am Straßenrand standen, sah er mal von oben, dann wieder von unten. Obwohl sich alles nur in Bruchteilen von Sekunden abspielte, erschien es ihm, als wären es Minuten. Es machte einen Höllenlärm, als das blanke Blech des Wagens über die Straße schlitterte und der Motor ein ums andere Mal aufheulte. Erst als er endlich liegen blieb, war alles ruhig.

Stille.

Für einen Moment fühlte er gar nichts, doch dann wütete der Schmerz in seiner Brust und nahm ihm den Atem.

Doch was viel schlimmer war als der Schmerz, war die Erkenntnis, schon wieder versagt zu haben. Er begriff sofort, dass er auch dieses Mal die Tragödie nicht hatte abwenden können.

Zorn und Wut stieg in ihm auf und Enttäuschung machte sich breit.

„Warum nur?", fragte er, dann spuckte er Blut.

Er wollte sich bewegen, aus dem Auto gehen und nachschauen, vielleicht konnte er doch noch helfen und das Schlimmste verhindern?

Doch er konnte nichts tun.

Erst jetzt bemerkte er die tonnenschwere Last auf seinem Schoß. Der Motorblock hatte sich gelöst und war auf ihn geschossen und hatte erst Halt gefunden, nachdem Johns Beine zertrümmert worden waren.

Die Schmerzen wurden nun unerträglich.

John wurde immer schwächer und schwächer und bald war er an einem Punkt angelangt, an dem er nicht mehr wollte.

„Lass mich doch endlich sterben. Es hat doch alles keinen Sinn mehr", schrie er.

Bevor er ohnmächtig wurde, kam ihm alles noch einmal in den Sinn.

Seine Bemühungen, seine Ängste und Sorgen, alles war umsonst gewesen. Er hatte wieder den gleichen Fehler gemacht und wurde wieder mit dem Schlimmsten bestraft, das man sich nur vorstellen konnte.

Aufkommende Schwärze umgab ihn, dann brach er zusammen.

Er wusste nicht, wie lange er bewusstlos gewesen war, doch als er erwachte, hörte er plötzlich Stimmen.

„Meinst du, er schafft es noch in die Klinik?", fragte der Sanitäter.

„Schau ihn dir an", antwortete sein Kollege, „er hat keine Chance mehr".

John begriff, was sie sagten und obwohl es vernichtend klang, war er froh darüber. Wenn sein Opfer nicht überleben durfte, so wollte er es auch nicht.

Sein Atem wurde flacher und die Schmerzen brachen

nun wieder aus. Sie überfielen ihn und rasten in seinem ganzen Körper umher, bis sie so stark waren, dass er wild aufschrie.

„Los, Mike, gib ihm noch etwas Morphium, er hat es dringend nötig".

Mike holte aus einer Tasche eine kleine Ampulle, dann nahm er die Spritze und zog die Flüssigkeit auf. Eine Sekunde später war er bei John.

„Sir, hören sie mich? Ich gebe ihnen etwas gegen die Schmerzen".

Er wollte John gerade die Spritze geben, als dieser ihn am Arm packte.

„Das Mädchen. Ich habe sie schon wieder überfahren, oder?", fragte er gebrochen.

„Sir, es wird alles wieder gut werden", log Mike.

„Nein, sie verstehen nicht, ich habe schon wieder versagt", schrie John.

Mike verstand nicht, was er meinte.

„Sir, keine Angst, sie ist okay", meinte er, dann zeigte er nach vorne. „Sehen sie".

John hob mühsam den Kopf und was er dann sah, entschädigte ihn für alles Durchlebte.

Das Mädchen saß am unteren Ende des Wagens und schaute ihn an.

„Aber, aber das kann doch nicht sein", sagte John und lachte.

„Sie hat nur ein paar Schrammen und einen leichten Schock erlitten, aber sonst geht es ihr gut. Wenn sie nicht rechtzeitig gebremst und ausgeschert hätten, wäre es für sie sehr übel ausgegangen", erklärte Mike, dann fügte er noch hinzu:

„Sie sind ein Held".

Es war doch nicht umsonst gewesen, waren Johns Gedanken.

Er blickte wieder auf das Mädchen und plötzlich erkannte er sie.

Es war Megan.

John konnte sehen, wie sie ihn anlächelte und als er in ihren Augen die Dankbarkeit sah, da wusste er, dass seine zweite Chance nicht vergebens gewesen war.

Als er ein letztes Mal auf sie blickte und erkannte, das nun alles in Ordnung war, hörte sein Herz zu schlagen auf.

Glücklich und mit einem Lächeln auf seinen Lippen, tat John seinen letzten Atemzug, dann starb er.

02:08 Minuten vorher:

„…damals gerettet", schrie sie, aber John war schon im Portal verschwunden.

Dr. Wilson, der nicht weit von Megan entfernt stand, sah sie mit großen Augen an.

„Megan, was ist los?", fragte er, doch sie raste an ihm vorbei.

„Er … er hat mich …", stotterte sie, dann rannte sie aus der Zentrale hinaus.

Dr. Wilson folgte ihr.

Kurz darauf war sie in seinem Zimmer angelangt und machte sich an seinem Computer zu schaffen. Schnell tippte sie ein paar Zeilen ein und wartete gespannt. Als das Internet das Ergebnis ausspuckte, hielt sie vor Staunen die Hand vor den Mund.

„Oh mein Gott", sagte sie nur.

Dr. Wilson kam in den Raum und sah Megan weinend vor dem Computer stehen.

„Megan, um Himmelswillen, was ist denn nur los mit ihnen?".

Sie sagte nichts, sondern zeigte auf den Bildschirm.

Dr. Wilson ging um den Schreibtisch herum und schaute dann auf den Monitor. Als er es auch sah, schüttelte er fassungslos mit dem Kopf.

Polizeiliche Mitteilung vom 27.08.1998:

Ein schwerer Autounfall ereignete sich heute auf der Brown-Street. Ein 26-jähriger Mann verstarb noch am Unfallort an seinen schweren Verletzungen, die er sich zugezogen hatte, als er einem kleinen Mädchen auswich, das unachtsam mit ihrem Fahrrad die Straße überqueren wollte. Die Polizei und der Rettungsdienst zollten dem Toten Respekt, weil er mit seiner selbstlosen Handlung den sicheren Tod des Mädchens verhindert hatte. Die Aufräumarbeiten und …

„Ich war das Mädchen", meinte sie schluchzend.

Er nahm Megan in den Arm und versuchte sie zu trösten.

„Wie kann das nur sein?", fragte sie.

Er schüttelte mit dem Kopf.

Er wusste keine Antwort.

Es war wie immer ein Mysterium, wenn Menschen in die Vergangenheit zurückkreisten, um ein begangenes Unrecht oder Unglück wieder zum Guten zu wenden.

John hatte wie ein Held gehandelt und seinen Namen wieder reingewaschen, obwohl er sich eigentlich nichts zu Schulde kommen lassen hatte.

Aber da war noch etwas anderes, an was er dachte, und er freute sich darüber.

John hatte endlich seinen Frieden gefunden.

Bis ans Ende der Welt

„Hier ist sie", sagte der Mann, „sie können sie mit nach Hause nehmen.

Er freute sich.

„Hallo Liebling, wie geht es dir?".

Mir geht es gut. Die Schmerzen sind nicht mehr da. Ich bin froh darüber, dass es mir endlich wieder besser geht.

„Das freut mich".

Er nahm sie in seine Hände, dann küsste er sie.

„Ich liebe dich".

Ich liebe dich auch.

„Komm mit nach Hause, ich habe eine Überraschung für dich".

Er brachte sie in ihr gemeinsames Heim.

Er hatte das Haus hergerichtet und ihr Blumen besorgt.

Rosen und Tulpen, die mochte sie am meisten.

„Schau, was ich getan habe".

Oh, du bist niedlich.

Er freute sich immer, wenn sie das sagte. Wenn er ihre

Stimme hörte, war er es wie ein Zauber.

Nein, es war wie Magie.

„Nein, du bist niedlich".

Er führte sie im Haus umher, dann trug er sie in das Schlafzimmer.

„Ich habe das Zimmer neu gestrichen. Türkis, das magst du doch so sehr, oder?".

Du verwöhnst mich.

„Ja, das bist du mir wert und noch vieles mehr".

Als er ihr das Zimmer gezeigt hatte, trug er sie wieder nach unten, dann setzte er sie am Küchentisch ab.

„Hast du Hunger?".

Nein, nicht wirklich, aber iss du nur. Ich schaue dir gerne zu.

„Nein, nein, ich habe auch keinen Hunger. Ich möchte dich lieber gerne ansehen, das stillt meinen Hunger".

Er schaute sie lange an.

Sehr lange.

Er sprang plötzlich auf.

„Komm, ich möchte dir etwas zeigen".

Er führte sie aus dem Haus, dann fuhren sie an ihren Lieblingsplatz. Als sie im Wald angekommen waren, trug er sie sanft ein paar Schritte weit.

„Sieh nur".

Er zeigte auf einen Baum.

Ihren gemeinsamen Baum.

„Er steht immer noch da und wenn du genau hinsiehst, wirst du unser Liebessymbol an ihm erkennen".

Er führte sie noch näher heran, dann hob er sie in die Höhe.

Etwa in zwei Meter Höhe war in dem Stamm ein Herz eingeritzt, links und rechts jeweils ein Buchstabe.

Ihre Buchstaben.

Ein S für Sheila und J für Jonathan.

Das ist schön, es ist immer noch da. Ich erkenne es.

„Ja, es ist nun schon über 50 Jahre her und ich bin immer noch in dich verliebt".

Und ich in dich.

Er führte sie wieder sanft nach unten, dann trug er sie den gleichen Weg wieder zurück.

Bring mich bitte wieder heim, mir ist ein wenig kühl.

„Entschuldige, das wusste ich nicht. Keine Sorge, bald bist du wieder Zuhause".

Als er mit ihr wieder daheim war, legte er sie sanft in das Bett.

„Möchtest du noch etwas?".

Nein, bleib einfach bei mir.

Er legte ihr seine Hand auf und spürte sofort die innige Verbundenheit zwischen ihnen.

Als er sie vor über 50 Jahren kennen gelernt hatte, hatte er sich sofort in sie verliebt. Mit ihren kurzen dunklen Haaren und ihrem sanften und hübschen Gesicht, sah sie wie ein Engel aus. Er hätte alles für sie getan und er bemühte sich so gut er nur konnte, ihr ein perfekter Mann zu sein.

„Ich liebe dich so sehr".

Ich weiß. Ich bin froh, dich zu haben und ich werde dich niemals verlassen.

Er senkte seinen Kopf, dann schloss er seine Augen.

In Gedanken durchlebte er sein gemeinsames Leben mit ihr. Sie hatten gute, aber auch schlechte Jahre gehabt, aber eines war stets gewiss: Sie liebten sich und sie hielten zusammen, egal wie schlimm es auch kam.

Du schaust traurig aus, was hast du, mein Liebling.

„Nichts, nichts, es ist alles gut. Wenn du bei mir bist, ist alles schön".

Er schaute sie verliebt an, dann streichelte er sie sanft.

„Du bist schon immer mein Glück gewesen und ich bin unendlich dankbar, dass du dein Leben mit mir geteilt hast".

Er weinte leise.

Nein, du warst mein Glück und mein Anker. Ohne dich wäre ich endlos im Meer umhergetrieben, ohne Richtung und Ziel. Du warst es, der mir Halt gegeben und mir einen Weg in den Hafen der Zuneigung gezeigt hat

Er vergrub seinen Kopf unter ihr, dann liebkoste er sie wieder.

„Du bist mein Ein und Alles, weißt du das?"

Und du mein Held und Retter in der Not.

Er löste sich von ihr, dann sprang er erneut auf.

„Liebling, warte kurz, ich habe noch eine Überraschung für dich".

Er ging fort, kam aber nach wenigen Sekunden wieder. In der Hand hielt er triumphierend zwei Karten.

„Weißt du, was das ist?".

Ja, ich kann es mir denken.

Er zeigte ihr die Tickets.

Du bist verrückt.

Er schaute sie sehnsüchtig an.

„Ja, verrückt nach dir".

Es war schon immer ein Traum von ihr gewesen, einmal in ihrem Leben das Taj Mahal zu sehen.

Er hatte ihr diesen Traum erfüllt.

„Du weißt ja, was ich einmal zu dir gesagt habe".

Ja, ich weiß. Bis ans Ende der Welt.

„Genau. Bis ans Ende der Welt".

Wieder einmal schaute er sie verträumt an.

„Zu dieser Jahreszeit ist es dort am schönsten, wollen wir gleich fliegen?".

Aber ja, ich freue mich schon.

Er packte ihre Sachen zusammen und schon eine Stunde später waren sie am Flughafen. Als sie eincheckten, verabschiedete er sich von ihr.

„Es tut mir leid, mein Liebling, aber wir müssen uns kurz trennen".

Er blickte sie traurig an.

Aber warum?

„Es ist nicht von Dauer, aber ich darf dich leider nicht zu mir nehmen. Aber bald sind wir wieder vereint".

Ich verstehe.

Sie hatte immer Verständnis und war immer für ihn da, wenn er mit seinen Nöten zu ihr kam. Tröstend und aufmunternd, gab sie ihm Halt und er war dankbar dafür. Wie er für sie der Fels in der Brandung war, so war sie für ihn eine Oase der Ruhe.

„Nur ein paar Stunden, dann nehme ich dich wieder in den Arm".

Der Flug dauerte nicht lange, dann waren sie wieder in Eintracht vereint. Als er sie in den Arm nahm, fühlte er wieder die Geborgenheit und Wärme, die sie immer für ihn ausgestrahlt hatte.

Auch heute spürte er es.

„Bald sind wir dort".

Er wurde nachdenklich.

Sie merkte es.

Was ist, Liebling?

„Nichts, ich bin nur gerührt".

Er trug sie aus dem Terminal, dann rief er ein Taxi. Als sie im Auto saßen und losfuhren, zeigte er mit der Hand nach draußen.

„Schau nur, sieht das nicht schön aus?".

Ja, es ist wunderschön hier.

Nach einer Stunde hatten sie ihr Ziel erreicht. Er

bezahlte den Fahrer, dann geleitete er sie aus dem Taxi und führte sie an den Ort ihrer Träume.

Majestätisch ragte das Grabmal vor ihnen empor.

„Ist das nicht wundervoll?".

Ja, es ist ein Traum.

Er führte sie weiter, dann schaute er sich um.

Es war nun der Zeitpunkt gekommen, an dem er sich von ihr verabschieden musste.

„Liebling, du musst jetzt gehen. Du hast eine wundervolle Reise vor dir und ich wünschte, ich könnte dich begleiten".

Eine Reise? Wohin?

„Eine Reise ins Licht".

Er schaute sie noch einmal liebevoll an.

„Es ist Zeit, Abschied zu nehmen".

Du verlässt mich?

„Nein, Nein, mein Schatz. Ich verlasse dich nicht. Du bist immer in meinem Herzen, aber den Weg, den du jetzt gehen musst, kann ich nicht mit dir teilen. Nicht heute, auch nicht morgen, aber bald bin ich wieder bei dir"

Ich verstehe.

„Ich liebe dich und ich werde dich immer lieben, vergiss das nie".

Ich liebe dich auch, mehr als du denkst.

Er wusste es.

Er blickte sich um und als er niemanden sah, stellte er die Urne auf den Boden. Sachte öffnete er sie, dann schaute er sie noch einmal an.

„Bis ans Ende der Welt", flüsterte er.

Bis ans Ende der Welt, hauchte sie.

Er kippte die Urne aus, dann trug sie der aufkommende Wind in alle Himmelsrichtungen fort.

Wettlauf gegen die Zeit

ISBN: 9783738605013

Bei Ausgrabungen in Mexiko machte man tief unter einem Tempel eine erschreckende und todbringende Entdeckung, die das Ende der Menschheit bedeuten würde. Eine geheime Organisation, die unentdeckt bleiben möchte, scharte Wissenschaftler und Techniker um sich, um Gegenmaßnahmen gegen die drohende Katastrophe zu finden. Bald hatte man eine Maschine entwickelt, die am Tage des Jüngsten Gerichtes die Katastrophe verhindern sollte, doch irgendwas oder irgendjemand war in die Vergangenheit gereist und hatte die Vorahnen der fünf Wissenschaftler, die diese Maschine gebaut hatten, getötet. Nach und nach verschwanden die Wissenschaftler, sowie die Maschine. Das Ende der Menschheit war gewiss. In einer letzten Möglichkeit sandte nun auch die geheime Organisation einen Zeitreisenden in die Vergangenheit, um die Vorahnen zu schützen, damit die Zukunft wieder so werden sollte, wie sie einmal war.

Während Caspar van Horn, der Zeitreisende versucht, die Zukunft zu beschützen, begab sich Joshua Parker, ein Journalist auf die Suche nach der Geschichte seines Lebens. Durch einen Tipp hat er von der Existenz der Maschine erfahren, denn sie birgt ein schreckliches Geheimnis in sich, dass nicht nach außen dringen durfte.

Wird es Caspar van Horn schaffen, auch nur einen Vorahnen in Sicherheit zu bringen? Schafft es Joshua Parker die ganze Wahrheit zu erfahren und es allen mitzuteilen? Und was ist mit uns allen? Woher stammen wir und wird das Artefakt, das seit Jahrtausenden in der Erde schlummert, das Ende der Menschheit bringen? Ein Wettlauf gegen die Zeit beginnt.

Das Geheimnis der Schriftrollen

ISBN: 9783738605020

Eine unheimliche Mordserie versetzt London in Angst und Schrecken. Ein Mörder, den alle nur den *neuen Ripper* nennen, tötet wahllos Frauen und verstümmelt sie dann auf bestialische Weise. Während Inspektor Gordon Strachan, ein traumatisierter Polizist versucht, des Mörders habhaft zu werden, kennt Laura Finnigan, ein Medium ihn bereits. Zusammen versuchen sie verzweifelt, den Ripper zur Strecke zu bringen, denn kaum wurde ein Mord verübt, schon bricht ein schreckliches Ereignis über die Welt herein.

Unterdessen findet Pater Lacombe im Keller seiner Kirche eine Kassette mit geheimnisvollen Schriftrollen und Briefen. Als er sie nach und nach liest, erkennt er, dass ihre Veröffentlichung das Ende des Christentums bedeuten würde.

Aber er findet noch etwas heraus.

Zwischen den Morden und den Dokumenten besteht eine unheilvolle Verbindung, denn sollte es dem Mörder gelingen, seine

Mordserie zu beenden, wird eine böse, uralte Macht wieder auferstehen und alles Leben auf der Erde vernichten.

Liebe auf Umwegen

ISBN:9783735738066

Dieses kleine Buch erzählt die Geschichte zweier Menschen, die vor Jahren schon einmal ineinander verliebt waren. Doch aus unbestimmten Gründen trennten sie sich wieder, ohne sich jedoch aus den Augen zu verlieren. Es entstand eine tiefe Freundschaft, die geprägt war von Treue und liebevoller Verbundenheit. Die Zeit verging und mit einem Mal waren da wieder Gefühle, die sie miteinander verbanden. Nach und nach wuchs erneut ihre Liebe, bis sie wieder "auf Umwegen" zueinander fanden. Eine romantische und liebevolle Erzählung, wie zwei Liebenden sich nach langem Irrweg wieder gefunden haben.

FSC
www.fsc.org

MIX

Papier aus ver-
antwortungsvollen
Quellen
Paper from
responsible sources

FSC® C105338